EL VALLE
DE LAS ADELFAS
FOSFORESCENTES

I0543668

Nicolás Boullosa

faircompanies

A Kirsten Dirksen

Artífice de una trilogía que habría discurrido por el duermevela
universal como una canción no escrita.

"Esos arroyuelos cantan sin que nadie se detenga a oír su música humilde y, sin embargo, no se intranquilizan y prosiguen su suave canción, armonizada con el ritmo de todos los mundos".

Knut Hamsun, *Pan* (1894)

ÍNDICE

Prólogo	Un jirón con dos iniciales bordadas	7
1	Ciudadano Aumentado número "n"	11
2	(Re)encuentro	35
3	Herederos de los Merry Pranksters	63
4	Tras los pasos de Edmundo Dantés	92
5	Lo que Tolstói nos enseñó de Napoleón	118
6	Mujeres "ubercougar" de Los Altos Hills	144
7	Encuentro entre los Argonath de Menlo Park	170
8	Quinto Concierto de Richard Halley	199
9	Anatomía de un impacto fortuito	228
10	Madurez en estado embrionario	257
11	Cuatro especies de equidna	286
12	Molinos quijotescos en el puerto de Oakland	310
Epílogo	Los peces no saben que están en el agua	334
	Trilogía del Largo Ahora	343
	Agradecimientos	346

Prólogo
Un jirón con dos iniciales bordadas

"Esta es una historia apócrifa de un final que origina un principio, del acontecimiento que desata la colonización humana de Europa, el satélite de Júpiter. Nuestro hogar. En los momentos previos a la era de incertidumbre que asoló las Seis Californias en el último cuarto del siglo pasado, cuando nadie hablaba todavía de la inviabilidad de la vida en la tierra, una animosa y enamoradiza niña adolescente del valle de Santa Clara se enfrascó en una pequeña aventura cotidiana.

"Nada del otro mundo: según la historia, la chiquilla siguió al chico por el que estaba prendada hasta el lugar donde éste tendría que decidir entre dar su vida para salvar a una familia del valle, en apariencia una familia más de aquella época; o callar y dejar que las autoridades de entonces apresaran a la familia.

"La familia transportaba consigo la tecnología que permitiría a la humanidad seguir con su vida muy lejos de la tierra, usando a la luna y Marte como bases intermedias. Pero nadie sabía eso entonces, ni siquiera los portadores de la tecnología, que a lo sumo intuían su importancia.

"El audaz chico que asistía -acompañado por su admiradora- a la escena entre la policía de un oscuro puesto fronterizo del valle de Silicio y la familia que huía para investigar en su propio beneficio y en el de todos, eligió delatarse y luchar contra los androides del puesto fronterizo.

"La familia sobrevivió. El chico murió, rompiendo para siempre el pequeño sendero de su propósito vital, apenas un surco baldío de la fractal de la eternidad. Un surco yermo al que yo ahora rindo tributo.

"Esa niña se llamaba Jane Coelho; seguiría con su vida, se casaría y tendría su primer hijo ya en Europa, gracias al proceso tecnológico que su antiguo amado había salvaguardado con su corajuda actuación.

"Han pasado muchos años y estoy algo cansada, pero me he propuesto no abandonar este nuevo mundo hasta escribir la historia que me condujo hasta aquí y me permite observar ahora, desde la ventana, a mis nietos jugando con el desparpajo y la mala uva que su propia abuela demostrara en sus años de pueril rebeldía muy lejos, en un hermoso y próspero rincón de la bahía de San Francisco. Volvamos, pues, a esa hermosa esfera añil que sigue flotando con su reluciente brillo líquido en nuestro sistema solar, como la más hermosa anomalía del universo conocido que es. Esa esfera todavía llena de vida, aunque su atmósfera sea ahora tóxica para su antigua megafauna. Al simio de la familia hominidae, tribu hominini y género homo que escribe estas líneas le entristece vivir desconectado del cordón umbilical de Gea. Quizá algún día vuelva, aunque ello suponga vivir en una burbuja y pelear por los recursos básicos para sobrevivir. Al fin y al cabo, ¿no hacemos los colonos terráqueos algo similar aquí?

"Espero estar a la altura para evocar la belleza de mi rinconcito de existencia en el anómalo astro azul índigo que el polímata del siglo XX Buckminster Fuller bautizó como Nave Espacial Tierra. El relato que sigue es el trazo fractal que relata la intersección de mi experiencia con la del héroe anónimo que salvó a la familia de científicos que nos ayudaría a sobrevivir. Mi intersección es, por tanto, también vuestra.

"Jane Coelho, en CaliKowloon de Europa, Júpiter, a 11 de febrero de 2157".

La anciana dejó la pluma junto al tintero, decidida a seguir la historia dictándola a su asistente virtual. Desató con la mano derecha un raído jirón de ropa de cáñamo que pendía de la frágil y escuálida muñeca izquierda, su pulsera durante tantos años, y lo depositó sobre la página que acababa de escribir. En el jirón había cosidas dos iniciales: T. N.

El retal, pensó, le sincronizaba con la tierra, evocando a un ejército de células madre dispuesto a recomponer la vena umbilical que la guiaría hacia el valle de las adelfas fosforescentes.

Capítulo 1
Ciudadano Aumentado número "n"

Se había dormido con el susurro de una voz explicando el fenómeno de las "superlunas"; así supo que la luna se encontraba esa noche al 0,5 por ciento de su punto más cercano a la tierra. "Cero-coma-cinco-por-ciento... para qué necesito saber eso... para qué necesito saber... para qué necesito...". La divagación se aceleró a las puertas del sueño. Imágenes como fogonazos, pensamientos. El rostro de su padre. Su mujer, haciendo el amor con él sin parar de llorar. Su hijo. De nuevo, su mujer, ahora apoyada en la cocina, siempre melancólica. Su mujer mirándole a los ojos.

Era lo último que le había rondado la cabeza antes de entrar en la vaguedad que le llevaría al sueño profundo, debidamente registrado por su subconsciente... y por la tan minúscula como inabarcable memoria sólida del repositorio instalado en su pecho.

Él mismo había sido el culpable del plastazo de las superlunas -recordaría a la mañana siguiente mientras se despegaba de las sábanas con ánimo de resacas-. "Quién me mandará a mí meterme en el uso de algo que no sea exclusivamente mi conciencia...". Él mismo -recordaba con claridad- había demandado contexto sobre la temática... a modo de somnífero cognitivo, ocultándolo a su mujer, que ahora se revolvía en la cama.

- Mm. ¿Qué hora es? -susurró ella.

Observó a su mujer con detenimiento, apoyando la cabeza sobre el codo; su piel tersa, sus párpados y labios ligeramente hinchados, las pecas del rostro subrayadas. Se limitó a confirmarle que faltaba media hora para que sonara el despertador.

- Duerme un poco más si puedes.

- Has estado otra vez usando el asistente en vez de dormir, ¿verdad? -preguntó su mujer con voz ronca y cachazuda.

- Duerme... -la besó en la frente.

Una vez más. A ella le preocupaba su dependencia del asistente virtual: todo lo que criticaba de los yonquis que babeaban por obtener y participar en las memes virtuales estaba patente en él mismo. "Te estás enganchando a las contextualizaciones del asistente". Lo que le dolía era la base de certidumbre que llevaba a su mujer a afirmarlo. En efecto, se parecía cada vez más a esos personajes de animación que se paseaban por la televisión del siglo XX, afrontando gráficamente decisiones malévolas o bondadosas en función de lo que un pequeño demonio o querubín les susurrara al oído. Ah, el platonismo de la relativamente feliz segunda mitad del siglo XX... Afortunadamente, se encontraban en otro momento, donde el misticismo, el materialismo y el hedonismo inconsciente habían cedido terreno a una ética más aristotélica. ¿Afortunadamente? A su juicio, el aristotelismo estaba tan muerto como los ideales románticos que habían inspirado las grandes catástrofes de los últimos ciento cincuenta años, incluyendo las tres guerras mundiales, así como los nacionalismos radicales y el islamismo degüella-cabezas de la Lucha Oscura de Guerrillas. ¿Seguían en un momento racional de la historia, o habían vuelto a un período místico, autocomplaciente, dogmático, como los momentos dominados por las grandes religiones monoteístas y, tras su decadencia, por las principales corrientes ideológicas? Ni puñetera idea.

Eso sí, A sus cincuenta años, con un tercio de la vida vivida, había asistido a la transformación del concepto de libre albedrío, que había pasado del libertarismo de los primeros años de la década de los cincuenta al albedrío "tutelado" por algoritmos de recomendación que a menudo -cosas de la "conveniencia"- no podían desactivarse del asistente virtual. Así que, cuando uno pasaba por la heladería de Joe y había mantenido las preferencias programadas por defecto en el asistente, una voz susurraba la existencia de alguna oferta, curiosidad o ambas cosas sobre la tienda del tal Joe. "A mí que me importan todos los Joe del mundo. Yo quiero salir, pasear, perderme, dejarme llevar por la serendipia, esforzarme para reencontrar el camino, sea geográfico o mental..."

Los ciudadanos más libres del mundo, al menos según el listado Mercer de Protección de Libertades Individuales, eran sus vecinos, su hijo, su mujer y él mismo. También los más sanos, longevos y protegidos, tanto por pólizas inteligentes de seguros como por herramientas que reducían los acontecimientos azarosos hasta lo testimonial. Así que había rumores circulando en octavillas impresas en viejas y grasientas rotativas portátiles de empresas de reprografía del siglo XX, que relacionaban los accidentes azarosos con la muerte por encargo. El asesinato. Todavía se asesinaba en el Valle, según las octavillas. "En el fondo, nada ha cambiado y los matones siguen matando", sentenciaba el panfleto. ¿Quiénes? ¿Personas? ¿Organizaciones? ¿El "Gobierno" o las "Fuerzas de Orden" en un Estado que oficialmente carecía de éstas herramientas de las democracias anteriores a la era colaborativa?

Su mujer lo tenía claro. Las octavillas no eran obra de un loco y su estómago le decía lo mismo. La sonrisa de su hijo denotaba cualquier cosa menos libertad individual. Era un adolescente difícil, "enajenado", según les había explicado el psiquiatra de la clínica de Stanford. Un niño infeliz que oficialmente era tan sano y feliz como cualquier otro ciudadano del Valle. "Como en los peores momentos del comunismo soviético", había susurrado un día ante la pica de la cocina mientras preparaba unos fresones gigantes. Acto seguido se había desplomado en el suelo, enviando a su marido, Frederick Terlingua, un mensaje telequinésico encriptado (con protocolo neural), cuyo contenido le evocó *El Grito*, de Edvard Munch. El mensaje incluía el holograma de una mujer vencida, arrodillada en el suelo y con las manos en el suelo, abiertas palma arriba. La cabeza, incómodamente encorvada hacia el cielo, mostraba, en la espectral transparencia de los hologramas mentales, la dolorosa mueca del llanto materno. Junto al holograma, el texto: "Nos repiten que el niño está bien. Sabemos que mienten, sean quienes sean". El ciudadano-masa del micropaís más libre del mundo se parecía demasiado a las más oscuras dictaduras del proletariado, según las octavillas que aparecían día sí y día también en las estaciones de aerotaxis, planeadoras e hyperloop.

A juicio de su mujer, parte del cambio se debía a los intrincados algoritmos de recomendación de los asistentes insertados en el oído interno de la población. Tampoco ayudaban las percepciones y preferencias de la mayoría, que acababan imponiéndose sobre las del resto, como ya ocurría en cualquier democracia avanzada sin actualizar su constitución al equivalente a Sentido Común P2P.

Así, las ideas de la multitud, aunque fueran trasnochadas y populistas, o -como ocurría casi siempre- superficiales, acababan introducidas en los algoritmos de recomendación, unas herramientas tan ubicuas en la vida de todos como invisibles y permeables, diseñadas para aprender en tiempo real y reaccionar en consecuencia. Los ciudadanos favorecían masivamente lo fácil, adictivo, dulzón, narcotizante. Así, los mecanismos de trabajo duro, estudio, perseverancia y todo lo que supusiera esforzarse para obtener frutos a la larga habían sido barridos de los asistentes. A cambio, los algoritmos de recomendación competían entre sí por servir las ideas atractivas más instantáneas, el último chismorreo u ofertas que apelaban de inmediato los mecanismos de gratificación de la zona primitiva del cerebro (azúcares, sexo, violencia, actitudes gregarias). Asistentes virtuales y drones de reparto habían suprimido el tiempo de espera de compras virtuales y de bienes físicos, hasta hacer realidad el sueño del marketing de épocas pretéritas.

Nos encontrábamos en la era de la gratificación instantánea. La amígdala de Freud había ganado a la autorrealización virtuosa de Maslow. "Lo tendrás ante ti antes de que tu asistente te haya confirmado el tiempo de envío", rezaba el anuncio contextual del restaurante de insectos y biofermentos más popular de El Camino Real, Chef Chu.

Los asistentes con implante auditivo estaban propulsados con energía cinética y conectados a otro implante, el repositorio, una tarjeta de memoria en estado sólido ("para registrar toda tu vida", según las primeras publicidades sobre el servicio) conectada a un procesador cuántico que se actualizaba y reconstruía a sí mismo cuando era necesario para evitar errores en la copia de datos.

En los paneles de publicidad de los aerotaxis que sobrevolaban el condado de Marín en dirección al Valle, aparecían anuncios no intrusivos, sin permiso para enlazar por audio al asistente virtual, al tratarse de territorio ajeno a la República P2P del Valle de Silicio: "¿Olvidaste algo antes de salir de casa? Relájate. Tu repositorio garantiza a los más despistados una memoria de elefante para registrar toda su vida".

El procesador cuántico funcionaba con la energía de los radicales libres potencialmente cancerígenos que recolectaba del organismo huésped, evitando de paso el desarrollo de cualquier tumor. Así, la destrucción celular causada por las ondas electromagnéticas de la transmisión inalámbrica de datos y energía se mantenía a niveles muy inferiores a los de siete décadas atrás, a principios de siglo, época de despliegue de las primeras redes de telefonía y datos sin cables con velocidad relevante, justo antes de la revolución de la Internet de las cosas. ¿Qué "cosas"? Los sensores microelectromecánicos habían acabado conectando todo con todo como el "polvo inteligente" que, según los filósofos, había acabado con la incertidumbre física, dejando la mental en manos de los asistentes virtuales.

En teoría, tanto el asistente en el oído como el repositorio constituían el mayor avance en transhumanismo en la década anterior y superaría a la larga al polvo inteligente, proporcionando nuevas posibilidades de mejora de las capacidades intelectuales, físicas y psicológicas de cualquier individuo.

Después de diez años de intenso uso, la realidad le decía otra cosa. En ocasiones, se sorprendía soñando despierto con un mundo donde la expresión "polvo inteligente" fuera simplemente una bonita metáfora, y no el nombre de un ejército de sensores que incluso recolectaba mapas -con un margen de error inferior a un milímetro- sobre las rutas usadas por cada chucho para hacer sus necesidades. Era el último intento del algoritmo Ordenanzas Locales P2P por frenar la oleada de protesta cotidiana que había llevado a muchos dueños de animales de compañía en el Valle a protestar por la omnipresencia del polvo inteligente en sus vidas... dejando las necesidades del animal en cualquier lugar. En cuestión de meses, el Valle se había llenado de excreciones de perro, hasta el punto de originar un nuevo juego infantil: el uso de robots-ardilla para analizar las deposiciones con sensores filamentosos y conocer con la operación desde la raza a lo que había comido el chucho en las últimas horas.

La felicidad de muchos ciudadanos era tan inquietante para Sentido Común P2P como el propio concepto de individuo en las dictaduras marxistas del siglo XX. Ya no se trataba sólo del preocupante aumento de individuos SA, siglas de "superaptos", un eufemismo para referirse a los individuos "demasiado sensibles" cuyo sistema nervioso rechazaba los implantes invasivos de última generación, controlados con impulsos neurales y filamentos de carbono conectados a los conductos del laberinto óseo, en el oído interno. Había "organismos", decían los doctores y las informaciones contextuales sobre el fenómeno disponibles en Internet ("organismos", como si los individuos SA no merecieran el calificativo de "ciudadanos"), que rechazaban la simbiosis biodigital, una anomalía que se traducía en pérdida de equilibrio y Síndrome Psicolélico. La relación entre laberinto óseo y equilibrio era una vieja conocida para la ciencia; no así el nuevo trastorno del comportamiento cuyos efectos tomaban el nombre de la exploración mental con psicotrópicos de mediados del siglo XX. Quienes padecían sus efectos, tildados de superaptos -apelativo que denotaba hasta qué punto la corrección política se había salido de madre-, eran a menudo incapaces de distinguir entre voces y pensamientos de la propia conciencia y las indicaciones del asistente virtual. En estos casos, próximos al uno por mil de la población, se optaba por anular el implante cinético del laberinto óseo, sustituyéndolo por una Interfaz Cerebro Computadora no invasiva. A menudo, la interfaz no invasiva se componía de diminutos chips que detectaban la temperatura y vibraciones de la corteza cerebral, interpretando la actividad mental con un margen de error muy superior al del implante rechazado. En estos casos, el asistente digital personal se expresaba a través de cualquier dispositivo para llevar, desde auriculares a pendientes, reloj, collar, gafas o lo que el afectado quisiera diseñar e imprimir en casa. "Al menos, los superaptos no pueden ser hackeados como el resto de nosotros", le había confesado su mujer en un momento de despecho. Ninguno de los dos olvidaría los meses de pureza biológica de su único hijo, ahora preadolescente. Durante seis meses, tuvieron al bebé más risueño que habían visto en su familia, en su cada vez más ajeno a ellos entorno de relaciones o incluso en Internet, donde abundaban más que nunca las grabaciones de risueños momentos familiares. El niño era tranquilo y mostraba la dulce y clara sonrisa que él había visto en fotografías de su mujer de bebé. Su extroversión se había acabado con la afilada precisión de los acontecimientos traumáticos, capaces de producir transformaciones psicosomáticas perceptibles desde el instante inmediatamente posterior al fenómeno que las produce.

Habían entrado a la clínica para niños Lucile Packard, en Stanford, una plácida mañana otoñal dominada por la frescura del ambiente. La luz, todavía vaporosa, otorgaba a los robles y eucaliptos de la carretera de circunvalación del campus un aspecto pictórico, con los tonos pastel de una biopantalla. En ocasiones, recuperaba las imágenes del repositorio y las proyectaba ante sí, en la pared del despacho, en el espejo del aseo o incluso en el suelo ante él mientras corría por la mañana. Acompañaba las imágenes con música clásica, normalmente melancólica, sobre todo suites para piano del período romántico y, en ocasiones, alguna banda sonora de Hans Zimmer. Nada les había hecho presagiar la transformación de su existencia a partir de aquel día. El bebé entró sonriendo a la habitación del pediatra. Seguía sonriendo y jugando con la corbata que asomaba por la impecable bata del doctor cuando la fina pistola con ventosas asentaba sus finos tentáculos de kevlar en el oído externo del niño.

Un presagio tan certero como indescriptible, de esos que sólo una madre puede intuir, recorrió la mente de Marfa, su mujer. El doctor la había mirado sin verla en realidad, hablando con la voz ausente de quien en realidad conversa consigo mismo o con otra persona -o entidad- a través del asistente virtual. Aquel impecable adulto blanco de seis pies y cuatro pulgadas de estatura, profundos ojos azules, corte de pelo castrense y el vello de orejas, cejas y fosas nasales debidamente rasurado con láser -lo que implicaba que era mayor de cincuenta años, ya que hacía medio siglo que los hospitales de la zona desactivaban por defecto la producción de proteínas para bello en estas áreas exógenas-, pensaba en otra cosa mientras sostenía bajo su tutela el futuro del bebé. Su conciencia se movió con la sensación de vértigo experimentada en ocasiones a las puertas del sueño.

Entonces, ocurrió.

El disparo de la pistola situó el implante en el lugar preciso del oído interno del retoño, como así atestiguaban los indicadores, todos verdes, proyectados en un holograma tridimensional dispuesto entre el doctor y los padres. Pero el rostro del bebé no explicaba la misma información del holograma y del satisfecho semblante del pediatra, seguro de mantener, una vez más, su historial médico en la categoría de infalibilidad. Quizá se encontraba a las puertas de lograr un bono de reputación, más atento a canjear lo que todavía no había logrado que a estudiar la reacción del pequeño al implante. El bebé pasó del pavor -ojos abiertos de par en par, pupilas dilatadas, extremidades en tensión, respiración agitada: como si hubiera caído en una piscina de hidrógeno-, al llanto histérico. El pediatra se esforzaba por mantener el semblante seguro mientras decía algo que el llanto del bebé apagaba. Al final, al observar que el niño no dejaba de llorar, invitó a los padres a que se acercaran a él.

- Todo ha ido bien, se lo aseguro. Ahora Marcus está acostumbrándose al implante. Cuando deje de llorar, las microincisiones en los conductos del equilibrio estarán listas para recibir órdenes neurales... así que Marcus aprenderá a ordenar al asistente que le susurre al oído antes que a hablar él mismo.

- ¿Está seguro de que todo ha ido bien? -Frederick recordaba cómo su mujer había insistido al doctor.

- Sin duda alguna. Los bebés de hoy desconocen lo suertudos que son. Han nacido en el mejor momento y el lugar idóneo. He aquí a un nuevo tipo de ciudadano. El Ciudadano Aumentado número "n".

Y así había sido cómo aquel pequeño Ciudadano Aumentado había pasado de ser el bebé más risueño de Silicon Valley al más huraño y enfermizo, una especie de caricatura precoz de esos adolescentes con síndrome de Asperger que transitaban por la existencia sin poder disimular del todo, pese a los correctores neuronales, sus espasmos musculares ni su tendencia al recogimiento.

Las herramientas para mejorar capacidades humanas tenían el potencial de afectar la fuerza interna individual que trataban de reforzar. A mayor facilidad y menor esfuerzo necesario para realizar tareas intelectuales y técnicas (debido a la "ayuda a bordo"), mayores incentivos para optar por el piloto automático cognitivo. El zombismo de la atrofia tecnológica se extendía con la facilidad de los populismos de inicios del siglo XXI, durante los años en que la Gran Recesión y la cadena de movimientos independentistas y otros extremismos en los países entonces llamados "desarrollados" o "ricos", habían transformado el mapamundi.

La información contextual siempre estaba allí, a una orden neural de distancia. Quizá ello explicara su celo para curar con determinación las experiencias, físicas y virtuales, de su hijo, cuyo repositorio implantado carecía todavía de clon digital externo con backup automatizado. Quizá fuera el único niño de la bahía de San Francisco sin copia cognitiva externa. Casi un freak analógico... a no ser por el implante neural y el repositorio en el pecho, que habían afectado para siempre su desarrollo. Más extraña que el deficiente desarrollo cognitivo y psicomotriz del niño había sido la decisión del Gobierno P2P de no atender la petición de los padres para retirar el implante quirúrgicamente, optando por una interfaz no invasiva adaptable a su desarrollo físico y mental. La explicación oficial: "El niño evoluciona correctamente, tal y como se observa en todos los indicadores que sus tutores han tenido la amabilidad de compartir con la comunidad P2P del Valle. Atentamente: Ciudadano-Pueblo". La respuesta había deprimido a su mujer hasta el punto de hacerla llorar cada noche durante meses, víctima del mismo "mal de melancolía" que los médicos de la Ilustración diagnosticaban a los pacientes deprimidos antes del advenimiento de la medicina y psiquiatría modernas. Ella misma se había cuidado de no dar pistas al asistente para que no existiera rastro registrado del desasosiego causado por el estado de su hijo y todo se quedara en episodios de melancolía byroniana, más propios del lluvioso San Francisco que del apacible y lozano Valle.

Qué envidia, reflexionaba Marfa en ocasiones. Los últimos freaks analógicos (ellos se referían a sí mismos como "orgánicos") de la Costa Oeste de Norteamérica nacían en familias totalmente analógicas ajenas a las sociedades avanzadas, a menudo residentes en territorios no incorporados a Estados Unidos (ni tampoco a ninguno de los microestados que habían atomizado por decenas el Medio Oeste y el Lejano Oeste estadounidenses, tales como las comunidades mormonas de Utah y Nevada). Marfa quería un mundo orgánico para su hijo. Un analógico en cuerpo y conciencia pertenecía al mundo analógico; a qué otro lugar, sino.

Todavía no era de día cuando cerró la puerta de entrada tras de sí. Los aspersores llevaban unos minutos encendidos, trabajando con la industriosidad de un enjambre de polvo inteligente. El aroma de las flores y la tierra mojada despertaron sus sentidos. Activó la carrera matutina con una orden neural directa al Gestor de Actividades. Dejó atrás los dos enormes robles que presidían el sendero privado de cincuenta yardas y asfalto fotovoltaico que finalizaba en su casa, una vivienda diáfana de una planta en la trasera de una propiedad de medio acre subdividida a principios del siglo XXI. Desde North Lemon, su calle, se adentró en la Avenida de Santa Cruz. "Hoy no toca Alameda de las Pulgas", decidió en el instante, y optó por la dirección contraria. A un lado y otro, las casas, con la sencilla y desacomplejada opulencia de Silicon Valley, mantenían la frescura del nuevo día cobijada por las amplias copas de los árboles; las adelfas, con sus correosas y alargadas hojas moteadas de abundantes flores elípticas blancas, rosáceas, rojas, carmín o fucsia, otorgaban un puntillismo cromático en movimiento a los primeros rayos. Su perenne elegancia en el apacible clima mediterráneo de la zona contrastaba con el electrizante color de las especies fosforescentes, cuyos pétalos lanceolados iluminaban las principales autopistas y avenidas. A diferencia de las especies no transgénicas, las adelfas bioluminiscentes de Menlo Park y Palo Alto doblaban el tamaño de las multicolor y alcanzaban hasta cincuenta pies de altura, se hidrataban exclusivamente con la humedad de la niebla y el rocío, y absorbían partículas contaminantes que el Pacífico traía desde Asia. A los quince minutos, se encontraba a las puertas del viejo puente para viandantes y bicicletas que conectaba San Mateo Drive con Sand Hill Road, la calle de los inversores de capital riesgo ochenta años atrás y ahora, además, epicentro de los servicios de realidad aumentada usados a diario por miles de millones de personas en todo el mundo.

Al otro lado de Sand Hill se desplegaba el campus de la Universidad de Stanford. Medio siglo atrás, hasta 2030, los terrenos de la Universidad permanecían sin edificar, con caminos flanqueados por árboles que aislaban el complejo universitario de los apacibles suburbios residenciales de Menlo Park, al poniente; y Palo Alto, al naciente, más allá de El Camino Real, la arteria viaria del valle de Santa Clara desde que fuera proyectada por los españoles durante la fundación de las misiones franciscanas a finales del siglo XVIII. Bordeó los principales edificios, de disposición horizontal y todavía dominados por la torre Hoover, que aportaba un toque art déco al homogéneo y resultón estilo neocolonial español usado en el núcleo de la Universidad. Cruzó despreocupado numerosos claustros hasta que una carretera le condujo, sin haber recurrido al asistente de navegación, a su rincón favorito en la zona: el suave cerrito coronado por la casa de ladrillo rojo, conformada por cuerpos hexagonales de idéntico tamaño cuya disposición se adaptaba a la orografía de aquel particular desnivel, y no a la inversa. La casa desplegaba como alas de libélula los amplios ventanales que rodeaban su irregular planta hexagonal entre los robles y jóvenes secuoyas de la propiedad, todavía con el aspecto azaroso y despejado de la naturaleza de la zona, en contraste con las zonas del campus desarrolladas durante el boom de las últimas décadas. En aquel primer encuentro había iniciado el asistente virtual implantado en el oído interno para buscar en Internet referencias acerca de la casa. Había leído la entrada de Wikipedia. La Hanna-Honeycomb House. El primer edificio de Lloyd Wright sin planta rectangular. Un homenaje al diseño hexagonal, figura geométrica surgida al presionar unidades circulares entre sí para colonizar con la máxima eficiencia todo el espacio de una superficie. El tejido vegetal estaba conformado por células hexagonales. "El hexágono pavimenta, claro", se había repetido en aquella ocasión. El panal de las abejas y el ojo facetado de los insectos demostraban la idoneidad del diseño hexagonal. Maximizar el espacio y la visión para así multiplicar las posibilidades de sobrevivir; el objetivo del hexágono era el suyo. Hacer más con menos. El principio de diseño que en las últimas décadas había salvado a la humanidad del cataclismo, tras la expansión de los polímeros vivos, la arquitectura de micelios, los minigeneradores de fusión nuclear, los colectores de radiación solar y tantas otras tecnologías que a menudo habían recurrido a los patrones presentes en la naturaleza. Los mejores diseños habían estado siempre ahí, conviviendo con la civilización extractiva que, por agotamiento, había dado paso a la era de la biomimética, en la que avanzó la emulación de los diseños ya probados con éxito por organismos vivos, después de una lenta y progresiva evolución hacia la máxima eficiencia usando el mínimo material y energía posibles. Aquella entrada de Wikipedia sobre la Casa Hanna de Lloyd Wright le había evocado los años preadolescentes de Educación Libre Tutelada, cuando su asistente tutor socrático, un incisivo algoritmo adaptado a sus aptitudes psicotécnicas, le había susurrado hasta la saciedad en el implante coclear: "En la naturaleza, la esfera protege, por eso los cuerpos inertes sin ninguna presión ni dirección determinada en el espacio se decantan por esta forma; la fractal coloniza, usando el mismo patrón expansivo a distintas escalas para crecer o decrecer de manera exponencial; la espiral empaqueta -y el asistente proseguía con la explicación, siempre concisa-; la parábola concentra; la hélice agarra; el ángulo penetra; la onda mueve; el hexágono pavimenta; la catenaria aguanta..."

- Claro, el hexágono pavimenta -repitió en voz alta al pisar las grandes baldosas hexagonales del porche de la casa.

Pero las celdas prismáticas de cera confeccionadas en series paralelas por las industriosas abejas eran también la unidad de la colmena. La imagen le produjo un escalofrío. ¿Qué había más aglutinador que una colmena? ¿Cuál era el papel de la unidad en un entorno que, por diseño, tendía a la uniformización?

Alguien se asomó a la ventana, así que decidió, por pudor, seguir con su carrera. Una orden neural volvió a proteger la planta de sus pies con una membrana adaptativa Vibram. Siguió en dirección a Arboretum Road para, volviendo sobre sus pasos, cruzar Sand Hill Road y adentrarse de nuevo en Menlo Park.

Invocó el asistente virtual para que enumerara diseños naturales basados en el hexágono. Una suave voz, siempre amable, le explicó en el interior del oído:

"La herencia genética de numerosos organismos produce membranas de protección hexagonales. El caparazón de las tortugas, la corteza de las plantas y la piel de determinadas especies de animales usan esta forma geométrica".

¿Cuál era la geometría de la existencia? Había discutido con su mujer apenas unas horas atrás; no había gestionado su reputación con suficiente destreza y, en los últimos dos meses, su nivel de karma había bajado dos enteros de un total de cuarenta y ocho restantes desde los cien otorgados al nacer. Él había insistido en la teoría del hackeo del algoritmo. Era imposible perder reputación a un ritmo tan acelerado sin cometer faltas graves, a no ser... A no ser que alguien poderoso y con acceso a la Red Neural Primaria estuviera interesado en que ello ocurriera.

"Ya estás otra vez con tus teorías conspirativas", había sentenciado su mujer al final de la noche, cansada de conversar con un ser humano a una hora en que acostumbraba a reducir su nivel de actividad mental con ayuda del asistente virtual. Cuando el agotamiento o el hambre hacían mella en sus reservas, no soportaba los ojos ausentes de cualquier persona que, a su alrededor, se mostrara más pendiente de los susurros de su asistente virtual que de las perspectivas de interacción real. "Es como si me estuvieran diciendo que no les interesa lo que yo diga, con su mirada vacía y ese además de querer llevarse una mano al oído para evitar interferencias de la realidad".

Él había podido comprobar, observando la información proyectada en la pared, la reacción de despecho de su mujer ante otro suceso ajeno a las normas de racionalidad establecidas por los Servicios de Yo Cuantificable, identificados con la expresión popular de Sentido Común P2P: el derecho y el deber universales en el micropaís, realidad política y jurídica sobre la cual el World Factbook de la CIA decía: "La República P2P del Valle de Silicio es un microestado capitalista, colaborativo y encriptado, ideado por un consejo de sabios que diseñó los algoritmos que arbitran el funcionamiento de los derechos y libertades de su población; renombrados hackers argentinos, siberianos y cantoneses han tratado de acceder al núcleo del sistema informativo de la que se autodefine como 'micronación de ciudadanos aumentados' y son, hasta el momento, los principales riesgos para su seguridad".

A los esbirros electrónicos les había sido imposible acceder al sistema y alterarlo, o al menos así se había reiterado oficialmente desde la independencia del Valle de Silicio, que contaba con el estatuto jurídico en las Naciones Unidas de Estado Libre Asociado de los Estados Unidos de América.

Frederick Terlingua había bajado por sorpresa de la barrera psicológica de los 50 puntos de karma... justo dos semanas después de recibir el encargo clasificado de DARPA. Y ahí estaba lo raro, según su pálpito. Tenía constancia de al menos dos acontecimientos similares entre amigos y conocidos.

Los incidentes seguían el mismo patrón de desarrollo: algún suceso en la biografía de Fulanito chirriaba a ojos de Menganito, quien casualmente disponía de acceso -directo, indirecto o muy indirecto, pero "muy indirecto" en un mundo interconectado apenas significaba "un poco más complejo"- a moderar la reputación de ciudadanos, lo que a su vez resultaba -o al menos así lo sospechaban los afectados- en la pérdida de uno o dos puntos de karma sin aparente razón objetiva. Oficialmente, no había un método canónico para que cualquier individuo denunciara a otro por actividades ilícitas o potencialmente dañinas para la sociedad P2P. "Oficialmente", se había jactado él mismo irónicamente ante su mujer; eso sí, sin sospechar que sus pensamientos, conversaciones y proyecciones de conducta futura (a partir del análisis de estos datos en el repositorio: el "repo" personal) pudieran ser filtrados a otros contenedores de información ajenos a ellos mismos. Al fin y al cabo, la sociedad P2P carecía del equivalente a los servicios secretos y sus cloacas en los estados convencionales. En un país donde todo era "inteligencia", no era necesaria una "inteligencia" que persiguiera sombras, pues éstas eran proscritas (de momento, en sentido figurado).

La independencia del Valle había dado pie a la primera nación del mundo con gestor variable de reputaciones personales como método para regular el acceso a servicios y la proyección pública de cada ciudadano, contabilizada en un número absoluto llamado "'fi' empírica" -donde "fi" era la letra griega Φ-, "reputación Φ" o "reputación" a secas. La teoría de la información integrada, IIT, en la que se basaba el cálculo de reputación, servía tanto para seres humanos (individuos "aumentados", en la jerga del Valle) como para androides, cuya conciencia era catalogada como "primaria", conformando una subclase de facto. En el Valle, meditaban a veces los Terlingua, crecía una versión endémica del sistema de castas hindú, aunque en esta ocasión era transhumanista. Quién mejor para esclavizar que alguien que ni siquiera ha alcanzado el estatuto de ser con conciencia avanzada (y, por tanto, algo capaz de sentir, amar, odiar, intuir... ser). Porque "algo" capaz de "ser" pasaba a ser "alguien".

Cada persona era una criptomoneda andante de iure, cuyo valor dependía de la apreciación y reconocimiento de la comunidad con respecto al individuo: quien realizaba las tareas más valiosas para sí, beneficiaba a la sociedad en su conjunto y solía aumentar su capacidad de compra, independientemente de su nivel salarial.

Cualquier persona nacida en el Valle o allí naturalizada disponía de 100 puntos justo después de que al menos uno de sus padres decidiera tenerla en la reunión de la primera ecografía, o después de haber recibido la huella encriptada de ciudadanía, concedida casi siempre a brillantes inmigrantes tecnológicos. Comportamiento ético, rendimiento académico, contribución a la comunidad y otros indicadores cuantificados dirimían si cada individuo mantenía, a partir de los diez años, cuantos más puntos mejor. La puntuación de "karma ciudadano" no era pública... o al menos así se suponía, pero cualquiera podía comprar información sobre terceros en servicios con sede en territorios no incorporados; los viajes familiares en coche solían ser el mejor momento para visitar algún "oráculo", o camello de información, con el que se quedaba en lugares que contaban con inhibidor de señales GPS, ondas electromagnéticas y protocolos de baja frecuencia de sensores microelectromecánicos. Los camellos de datos vestían la mejor ropa del mundo; convencional a simple vista, pero inhibidora de mecanismos de espionaje a escala molecular.

Cada ciudadano nacía con un implante inalámbrico de un exabyte de capacidad instalado bajo la quinta costilla derecha, donde se almacenaban e interpretaban órdenes nerviosas, neuronales, sentimientos y todo aquello captado por la experiencia, ya fuera de manera consciente o inconsciente. De esta manera, tanto la exformación -información de la realidad que nuestra conciencia desecha a cada instante para evitar el colapso- como las experiencias de entrenamiento y regeneración del sueño, quedaban debidamente anotadas y contextualizadas en un soporte físico que, al menos en teoría, podía ser hackeado por alguien ajeno al propio individuo. El Valle del Silicio se había convertido en el sueño-pesadilla de Sigmund Freud. El Übermensch de Nietzsche; el sentido de la tierra: el superhombre que permanece fiel a la tierra y desoye las esperanzas supraterrenales... A diferencia de la mente humana, el repositorio personal, el repo, otorgaba la misma importancia potencial a todo lo captado por los incisivos sentidos humanos, sin editar ni descartar lo superfluo, secundario, traumático, repetitivo, obsesivo, tabú... Como consecuencia, el repo personal, conectado inalámbricamente a la Red Neural Primaria, o infraestructura de datos con las experiencias registradas en tiempo real por todos los ciudadanos del Valle, se había convertido en la conciencia de facto a efectos oficiales, ya que en su registro se podía cotejar el auténtico origen de una conducta no deseada, para así tratar de corregirla.

El Gobierno estaba oficialmente conformado por todos los ciudadanos y gestionado por P2P-Fork-n, una bifurcación del código fuente de Núcleo por cada ciudadano del Valle, para así evitar futuras incompatibilidades: un algoritmo agregado conocido como Sentido Común P2P, contaba con sus propios programadores, científicos computacionales, analistas y administradores de sistemas y diseñadores de entornos; era un secreto a voces que todos los "errores" del Sistema -todas las polémicas, injusticias y abusos en el Valle desde que se implantara Sentido Común P2P- se habían debido a errores humanos, tanto fortuitos como -eso era una especulación de la pareja- premeditados... Se conocían algunos sonados errores sospechosos de premeditación, nunca resueltos del todo por el gobierno entre usuarios. La supuesta sabiduría de la multitud: el Gobierno Peer to Peer, o P2P.

Habían pasado diez años desde que Sentido Común P2P permitiera a cualquier individuo mayor de quince años comprar un cuerpo-contenedor humanoide para registrar y cargar su clon digital en un androide y, así, delegar en el monigote las tareas más pesadas y mecánicas. Pronto se habían acumulado las "externalidades" derivadas de semejante decisión. En primer lugar, los servicios de geolocalización detectaban más humanoides activos en el territorio del Valle que solicitudes oficiales de ciudadanos para disponer de su propio Bautista digital, una especie de Yo que no sentía el dolor, ni caería en impulsos o tentaciones dictadas por la amígdala, el núcleo del cerebro que el ser humano compartía con reptiles y demás vertebrados. ¿De dónde salían los indocumentados, a qué se dedicaban y por qué no eran detectados y apresados por las fuerzas P2P? ¿Por qué Sentido Común P2P no enviaba una solicitud de asistencia militar puntual al gobierno federal de Estados Unidos para acabar así con el problema? ¿O acaso no era prioritario proteger el principio fundacional del Valle, independizado para otorgar a cada individuo la libertad y responsabilidad *de iure*, y no sólo *de facto*? Porque, al permitir que individuos del Valle pusieran en circulación androides con conciencias clonadas no registradas abría, una vez más, la puerta a "lo que debe permanecer oscuro". Los ciudadanos del mayor experimento de gobernanza racional P2P, a partir de los ideales clásicos libertarios, permitían, mirando hacia otro lado, que su No Estado tuviera cloacas sin supervisar, dando la razón a los filósofos y neurocientíficos deterministas que sostenían que los fenómenos sin amparo de la Ley son intrínsecos a cualquier organización humana con voluntad de estabilidad. Robo, prostitución, drogadicción, delitos económicos, contrabando de secretos tecnológicos... El Valle "lo estaba permitiendo". El principio absoluto de derecho-responsabilidad estaba siendo refutado, ni más ni menos que con el método científico. Ante la misma crisma de la gente.

Empezó a divagar. La carrera matutina le había permitido entrar en un estado de flujo mental; los pensamientos llegaban y partían de nuevo disparados, como si chocaran contra una membrana mental capaz de divertir y acelerar su curso; sentía haber dado vida a un acelerador de partículas elementales en el interior de su corteza cerebral. Evocó la ocasión en que, discutiendo con su mujer, había propuesto la peligrosa idea de abandonar el Valle y vivir sin repositorio bajo el pecho.

- Sólo hay un corazón. Sólo una conciencia. Sabes perfectamente que no soy un ludita, Marfa. Yo mismo contribuí más que nadie, con el interés más desinteresado que quizá haya existido en el Valle, a crear el marco de software sobre el que se asienta Sentido Común P2P. He propuesto más cambios que nadie en el repo público de Control de Versiones del Valle, y me han aceptado el 80% de ellas. He trabajado sin descanso para todos, sabiendo que lo hacía para mí. Prioricé el esfuerzo desinteresado, a sabiendas de que yo era el primer beneficiado por ello. ¿Recuerdas los cinco puntos de karma que conseguí en dos años?

Adquirir de golpe cinco puntos o más de karma aumentaba en ocasiones el poder adquisitivo de cualquier individuo hasta en un 20% a medio plazo, según la experiencia registrada por Hacienda P2P desde la fundación del país. La pérdida de karma era penalizaba el doble que el rédito de la ganancia, un incentivo perverso añadido en Núcleo, el algoritmo que administraba las características del sistema de reputación, además de comprobar en tiempo real cualquier transacción positiva o negativa en cualquier individuo de la sociedad. Sobre el papel, tanto el algoritmo como su labor supervisora tenían una encriptación biológica, capaz de cambiar a escala molecular a cada instante, por lo que era virtualmente imposible acceder al código fuente, si se desconocía qué organismo (o quién: también podía ser una persona) aportaba el código genético que constituía la contraseña.

Un grupo -rotativo y aleatorio- de cinco "sabios" se reunía una vez al mes para revisar las propuestas de cambio o "commits" que cualquiera podía proponer en la versión de control, siempre y cuando la propuesta y la identidad fueran públicas y accesibles por cualquier ciudadano que así lo deseara. Ninguno de los cinco tenía información acerca de los otros cuatro antes de la reunión, ni volvía a coincidir con ellos en Núcleo después del encuentro; era matemáticamente imposible.

El poder de compra de cada ciudadano del Valle mayor de edad dependía de la convertibilidad en tiempo real de su puntuación Φ (su karma: reputación institucionalizada, a fin de cuentas). En esencia, cada individuo equivalía a una criptomoneda con un valor fluctuante que no dependía de la política de un banco central, sino de la marcha de la economía del Valle y el rendimiento de tanto el valor de lo producido o vendido por cada individuo, así como su capital dinerario y puntuación en el índice PersonRank: la evolución propuesta por uno de los fundadores de Google, un "joven" que superaba los cien años en plena forma física y mental. PageRank había derivado en la valía de una persona en la sociedad en función de una salsa secreta, un algoritmo encriptado que constituía la fórmula de la Coca-Cola de la República P2P del Valle.

Si bien su PersonRank había permanecido inmutable en los últimos siete años, el último descenso de karma confirmaba su mala racha. "Difícilmente podré cumplir el sueño de viajar a Marte o a Europa en mi propio cuerpo y conciencia biológica si mi karma desciende de los cuarenta puntos antes de los sesenta años". La Europa que le interesaba era el satélite de Júpiter, cuyos colonos sumaban ya los 5.000 humanos y alrededor de cuatro veces el mismo número de androides con conciencias clonadas. Costaba el equivalente a dos años del salario base de alguien medianamente valorado situar a un clon personal en Europa o Marte, lo que permitía a casi cualquiera vivir la experiencia -y conocer de ella- casi en primera persona. Era casi imposible viajar uno mismo.

Ni él ni su mujer estaban dispuestos a impostar su vida más de lo necesario, al menos hasta conocer a ciencia cierta qué ocurría a su hijo.

Aceleró. El sudor, cada vez más copioso, se disipaba al contacto con el tejido absorbente de la camiseta. Tomó Middle Street y decidió cubrir a sprint el resto del trayecto hasta casa. Notaba tanto el peso de las piernas como el pesar de sentirse responsable por el destino de su mujer y su hijo, que debían ser felices según los indicadores de Sentido Común P2P pero, siendo aptos, encajaban menos que un SA.

- ¿Algún problema, Frederick? -la voz de su entrenador personal sonó metálica.

- Todo bien.

Un sudor frío le acompañó el resto de la carrera. Algún indicador psicofísico de su huésped había originado la pregunta. El Ciudadano Aumentado número 70.547 luchó por no evocar clásicos distópicos de la literatura y el cine.

Capítulo 2
(Re)encuentro

"Ritmo: estable, por debajo de los cinco minutos por milla, según objetivos. Última milla: cuatro minutos cuarenta y cinco segundos. Elevación: trescientos veinte pies de media. Altura actual sobre el nivel del mar…"

- Omitir. Pasar a pulsaciones y calorías -la información era dictada por el asistente; ni reloj ni gafas se activaron.

"Pulsaciones actuales: ciento cincuenta y seis por minuto. Media de pulsaciones en la última milla: ciento cuarenta y seis. Media de puls…"

- Calorías.

"Calorías consumidas hasta el momento: setecientas cuarenta y ocho. ¿Deseas escuchar las recomendaciones de hidratación y alimentación después de la carrera?"

- No. Nada nuevo bajo el sol.

"¿Nada nuevo bajo el sol? Disculpa, Frederick, desconozco si se trata de una aseveración o una indicación. El contexto de la conversación me impide conocer el significado de la expresión. Recomiendo que…"

- Gracias, asistente. Volvamos al hilo musical.

Una melodía in crescendo perseguida por un violín se elevó en sus oídos, invitándole a apurar la carrera. "Compositor: Hans Zimmer. Canción: *503*. Álbum…"

Las generosas viviendas de Menlo Park se sucedían a uno y otro lado del camino fotovoltaico. Los cuidados jardines de vegetación nativa celebraban el apacible clima mediterráneo de la zona, que apenas había variado desde inicios del Antropoceno, a diferencia de los microclimas del resto de la Costa Oeste de Norteamérica. Algunas casas optaban por jardines comestibles administrados con sensores en los que convivían abejas melíferas que polinizaban la zona y producían miel, lombrices que compostaban desechos domésticos y del jardín, y orugas proteínicas para suculentos platos; otras viviendas, en las que los ocupantes optaban por imprimir alimentos u obtenerlos con camionetas y drones de reparto, disponían de plácidos y minimalistas jardines zen. Se tratara de paisajismo nativo de sibaritas del xeriscape, jardines comestibles o rincones minimalistas, las viviendas de Atherton, Menlo Park, Palo Alto -incluyendo la ahora selecta zona próxima a la bahía de East Palo Alto, una de las demarcaciones más conflictivas de Estados Unidos a finales del siglo XX y principios del XXI- o Los Altos habían sobrevivido a los años locos de Silicon Valley, ofreciendo a la tranquila comunidad sobrios jardines que celebraban la sencilla y áspera transitoriedad de la naturaleza, cobijados entre árboles centenarios.

No pasaba un solo día sin que su carrera por la zona le revelara algún detalle oculto hasta ese momento a la parte consciente de su percepción de la existencia (fuera en jardines, viviendas, vegetación, señalética, gente, androides, etcétera). Acostumbrado al recorrido, su memoria espacial se adelantaba con precisión matemática a cada uno de los grandes arbustos y árboles que separaban su vivienda del campus de Stanford. La hilera de adelfas con sus flores evocando un puntillismo multicolor; el verde apagado de los pétalos de las adelfas fosforescentes, plantadas con regularidad para iluminar la vía pública; la casa de los perfumados rosales y galanes de noche; el roble con alcorque de protección junto a la casa estilo "mid-century" de la esquina; la secuoya costera de segundo crecimiento que se levantaba describiendo una elegante fractal tras la vivienda de tejuelas de madera emulando el estilo rural de Nueva Inglaterra un poco más allá...

El tamaño y estilo de las viviendas no sólo revelaba su período de construcción, sino que ofrecía concisas pistas acerca de sus propietarios, en ocasiones tanto o más acertadas que lo que sus propietarios mostraban en las preferencias públicas de su Perfil Ciudadano, accesibles -con restricciones- por cualquiera con una razón -justificable y cuantificable- para ello (por ejemplo, algún vecino, headhunter, pariente o amigo sin pérdida dramática de reputación por faltas graves; es decir, casi cualquiera). Abundaban los núcleos familiares con perfil académico, los hogares "techie", aquellos donde residían adictos a la nutrición y el deporte transhumanista, o las casas de cacharreros, dominadas por creaciones artísticas y tecnológicas propias. Pero las preferencias públicas emitían lo que había definido al ser humano durante incontables generaciones: retazos de sus aciertos y faltas, de sus actos más admirables y también de los detestables.

Sobrevivían todavía las humildes -pero no por ello menos luminosas y espaciosas- primeras viviendas unifamiliares baratas del lugar, que habían dejado de ser económicas en los años 80 del siglo XX, hacía ya casi un siglo. Estas espaciosas e insípidas casas de una planta, chimenea de ladrillo y estructura de madera de contrachapado se habían construido después de la II Guerra Mundial y hasta la era Reagan, a precios razonables y con un buen rendimiento en el apacible clima de la zona. Eran las "tract homes" de los barrios levantados cuando los campos de aromáticos árboles frutales del valle de Santa Clara daban paso a Silicon Valley. Casas confortables y sin ostentaciones de clase que solían cobijar a individuos, familias y androides con menos pretensiones materiales que intelectuales.

Las casas prefabricadas de una planta, tan alargadas y espaciosas como los vehículos de su época, habían compartido protagonismo en la zona con las viviendas modernistas de mediados del siglo XX, también de planta baja, orientación hacia el interior y amplios ventanales y cristaleras que bañaban las estancias con luz natural sin comprometer la privacidad. En el barrio quedaban todavía algunas casas Eichler originales, con suelo radiante y ventanales sin doble cámara, principal crítica de sus detractores. Éstas eran las preferidas de los perfiles técnicos: directivos y emprendedores especializados en Internet de las cosas e impresión bajo demanda de todo tipo de bienes y materiales. Steve Jobs se había criado en una vivienda de la zona, modernista, prefabricada y económica.

Luego había llegado la moda de las moradas todavía más generosas, con cuidados jardines, plaza de aparcamiento para varios vehículos y una segunda planta. Erigidas durante la bonanza de las inversiones de capital riesgo y la primera hornada de empresas de Internet, algunas parecían el hogar-tapadera de un superhéroe de Marvel, mientras las más imitaban con desasosegada presunción estilos del Mediterráneo europeo. El resultado era un batiburrillo estético más próximo a la azucarada sobreactuación de Disneyworld que a la arquitectura rústica toscana o provenzal. Las primeras viviendas edificadas en el siglo XXI eran elefantiásicas: enormes mansiones trazadas por arquitectos de la zona a imagen y semejanza de la demanda de sus dueños y muestra inequívoca de la absoluta falta de escrúpulos del arquitecto, que firmaba tapándose la nariz desproporcionados cubos de madera de contrachapado y materiales de construcción tóxicos, como cualquier otra McMansion. Abundaban las columnas corintias y los estilos neocoloniales, europeizantes y posmodernos, todos ellos con las peculiaridades sólo presentes en las viviendas proyectadas por quienes son incapaces de gestionar con sosiego el éxito económico y profesional sobrevenidos. Muchas eran ahora habitadas por descendientes de emprendedores y directivos de finales del siglo XX y principios del XXI; la mayoría de estos herederos, una suerte de aristocracia en tejanos y forro polar, era incapaz de crear algo más allá de un batido de kombucha.

A diferencia de las "tract" y las "mid-century modern", las McMansion puntocom estaban diseñadas desde dentro hacia afuera: la intención era demostrar un estatus, no vivir en ellas con el máximo confort y privacidad.

Finalmente, las viviendas de la segunda década del siglo XXI habían encogido; como las primeras casas prefabricadas de la zona, erigidas entre melocotoneros floridos, las residencias de un siglo después optaban de nuevo por una planta, ajenas a las pretensiones de las villas toscanas y provenzales con columnas dóricas y jónicas de las tres décadas anteriores.

En la nueva construcción abundaban los materiales ligeros, transparentes y translúcidos, adaptados al clima y demandas de los residentes. Era el caso de la casa de los Terlingua, acabada en la década de los sesenta del siglo XXI, justo después de la última crisis de los hidrocarburos, cuando células de hidrógeno, renovables y fusión nuclear portátil habían reducido su necesidad a aplicaciones médicas y de alta tecnología, tales como el desarrollo de polímeros con gramaje tan espeso que bloqueaban la radiación gamma, lo que había permitido los viajes espaciales de larga distancia tripulados por humanos, sobre todo con destino a las nuevas colonias de Marte; los dos satélites del Planeta Rojo; y Europa, el satélite de Júpiter.

Frederick aceleró y abrió todavía más la zancada al llegar al extremo del naciente de North Lemon, su pequeña calle, cuya poco pretenciosa exclusividad había cobijado a generaciones de profesionales desde que después de la II Guerra Mundial Estados Unidos decidiera invertir en programas tecnológicos de Defensa en la zona, sustituyendo los frutales ahora evocados en gigantescos hologramas que cubrían medianeras y puentes de autopista, naves industriales, paredes de aparcamientos y otros rincones poco amables de la zona. Manzanos, melocotoneros, ciruelos, albaricoques... Eran hologramas reconstruidos con abundante documentación gráfica, sonora y olfativa que, sin embargo, impostaban su exactitud histórica.

Al final de la carrera, cerró los ojos y evocó las interminables hileras de albaricoques sobrevoladas por colibríes del valle de Santa Clara anterior a Silicon Valley... hasta que el sonido de la resistencia contra el viento de los silenciosos vehículos del cruce de North Lemon con la Avenida de Santa Cruz le obligaron a frenar, antes incluso de oír la alarma espacial del asistente virtual aumentando de volumen y acelerándose a medida que se acercaba el peligro, hasta el punto de obligarle a desactivarla con un categórico "off alarma".

Anduvo hasta casa mientras recogía las membranas plantares Vibram y, plegándolas como un abanico, las introducía en el bolsillo trasero del pantalón de correr. Cubrió el último tramo descalzo, sintiendo cada guijarro y brizna de hierba entre la carretera y la difusa acera. El asfalto fotosensible del pavimento mantenía la frescura de la noche; horas más tarde, carretera y acera absorberían y transmitirían a colectores energéticos suficiente radiación solar, transformada en impulsos eléctricos, para abastecer energéticamente toda la zona.

- Hora y tráfico hasta DARPA -preguntó a su asistente un día más, a la misma hora y más o menos en el mismo lugar.

Justo antes de adentrarse en el camino asfaltado de cien pies de longitud que accedía al garaje de su casa, una pequeña estructura translúcida y futurista oculta tras una McMansion de dos plantas que envolvía su probable estructura de madera barata en una fachada de piedra gris y remates de estuco beige, divisó un vehículo personalizado de color negro mate montado sobre un tren de potencia adaptado de Tesla Motors.

Era la primera vez que veía aquel vehículo estacionado en su calle. Frederick supo apreciar de un vistazo la máquina ante sí; al fin y al cabo, él mismo había proyectado las especificaciones de su auto familiar, del que había impreso varias piezas con la fresadora casera suspendida bajo el techo del garaje transparente; así como encargando el sistema de propulsión al autoservicio DIY de Tesla en Fremont, donde cada día se reunían entusiastas y constructores amateurs para obtener piezas y mecanismos que la marca ofrecía en régimen de código abierto. Su experiencia con los vehículos modificados bajo tren motriz Tesla le permitieron identificar de un vistazo casual las más que posibles tripas del Tesla DIY. "Sin duda, no es un principiante y tiene una edad: no hay tuneo superficial", pensó.

El vehículo aceleró de repente y se dirigió hacia él a toda velocidad, para frenar ante los dos robles que flanqueaban el camino privado a su propia casa. Se abrió la ventanilla y el conductor y único ocupante -adulto joven, cabello castaño claro, gafas de sol de aviador- se dirigió a él:

- Buenos días.

- Buenos días.

- Frederick Terlingua?

- Sí.

- Tengo algo para usted.

- ¿De veras? No le conozco de nada. ¿Es usted repartidor?

- No.

- ¿Representa a alguna empresa o servicio?

- No.

¿Es acaso de la Oficina del Consumidor P2P?

- No.

- ¿Entonces?

- Quería entregarle un mensaje. ¿Accede a compartirlo a través del asistente virtual?

- Verá... no querría ser más grosero de la cuenta... no le conozco de nada y... últimamente...

- Entiendo. No se preocupe, venía preparado. Verá, voy a bajar del auto un momento y usted moverá las manos y hará los gestos propios de indicarme hacia dónde ir.

- No le entiendo.

- Quisiera que pareciera que me he perdido.

- Verá... se comporta usted de manera inquietante. ¿No tiene usted acceso a los últimos datos de navegación geoespacial a través del asistente virtual? Nadie pregunta por la dirección de nada desde hace décadas, a no ser...

- A no ser que se trate de un...

- Dígalo, sin miedo.

- Un SA. Un superapto. Un organism... digo, un ciudadano superapto. Alguien sin implante coclear por hipersensibilidad.

- O alguien que tenga implante como cualquier Ciudadano Aumentado pero conste como Organismo SA oficialmente. O un androide. O alguien que conste como androide. O un proscrito suficientemente astuto...

- ¿Insinúa...?

Por un instante, el extraño, que se había sacado las gafas ante él, mostrando unos profundos y claros ojos azules, le miró con ternura, o así lo interpretó él.

- Le confesaré que tengo implante y, sin embargo, se me considera un SA. También le diré que, mientras esté conmigo este instante, un inhibidor impedirá a su asistente captar la conversación, no sea que nos metamos en un lío antes de tiempo.

- En efecto, sus ademanes son humanos -contestó Frederick, cuyo repentino reposo físico activó sus glándulas sudoríparas; varias gotas descendían a chorro por la frente y cara húmedas-. No le cuento a usted como androide. Aunque hay que reconocer que los últimos modelos incluyen gestos faciales con tantos músculos y nervios que empiezan a acercarse peligrosamente.

- Sí, soy humano, no le quepa a usted ninguna duda. Oiga, no tengo mucho tiempo y nos observan. Conozco la posición relativa de drones-libélula y drones-colibrí en la zona. Podrían captar sonido, además de las imágenes que ya tomarán sobre nosotros... por cierto, cuando hable, agache y levante la cabeza de tal modo que sea difícil leerle los labios, pero no se lleve la mano a la boca o, de lo contrario, lanzarán los drones más pequeños de la zona para sobrevolar la copa de esos dos enormes robles...

Frederick Terlingua estaba cada vez más intrigado. Su asistente le había confirmado que eran ya las siete de la mañana y pronto habría tráfico poco fluido en la Alameda de las Pulgas, lo que complicaría su llegada a la oficina.

- Perdone, pero debo ducharme antes de dejar a mi hijo en la escuela e ir a trabajar.

- De eso quería hablarle.

- No le entiendo...

El extraño le indicó que bajara el rostro, mientras miraba y señalaba hacia la Avenida de Santa Cruz:

- Su hijo tiene edad para ir en bicicleta al colegio, ¿no le parece? Pero deduzco que su estado normosómico no es normal para ustedes... ni para nadie...

- ¿Cómo sabe...?, ¿quién le ha dicho...?, ¿cómo se atreve...?

- Yo también tengo que irme. Aunque todavía no comprenda el alcance de lo que le digo, le remarco que estamos con ustedes. Y con su hijo. No olvide esta conversación y salude a su mujer de mi parte. Tenga -y le entregó un pequeño papel al chocar su mano antes de darse la espalda hacia el Tesla DIY, mitad superdeportivo mitad vehículo *Mad Max*.

- Léalo ya desnudo y dentro de la ducha. Asegúrese de cerrar el cristal glaseado de la mampara. Y claro, recuerde que la celulosa se destruye con agua, especialmente el papel casero. Así que asegúrese de leerlo antes de destruirlo. O puede comerlo. Ya sabe, celulosa comestible: básicamente moléculas de hidratos de carbono, tan anheladas por nuestro voraz cerebro -el extraño le guiñó el ojo-. Cuídese.

- ¡Un momento! ¿Cómo se llama?

El extraño no le oyó o hizo que no le oía, puesto que el vehículo se alejó a toda velocidad; eso sí, antes de torcer por la Avenida de Santa Cruz el claxon polifónico del misterioso vehículo sonó dos veces, originando una melodía de Vivaldi, tan resultona y corriente en el Valle como inquietante, dado el aspecto del individuo y el vehículo que mostraban semejante sensibilidad.

Cerró el puño y se encaminó hacia la puerta de casa. Por primera vez, las vagas sospechas de que la democracia P2P del Valle de Silicio podía estar empleando métodos ubicuos de vigilancia se convirtieron en un pálpito real que hizo reaccionar su corteza cerebral, hasta el punto de provocar una acción algorítmica en el asistente virtual.

- ¿Te encuentras bien, Frederick? Noto una presión sanguínea anormal en la sien.

- Estoy bien, no te preocupes. El sprint final ha sido un poco más duro que de costumbre, como habrás notado... y anotado.

- Sí.

El asistente calló.

Entró en casa. Puerta de entrada, puerta del garaje y ventanas carecían del costoso -y, en ocasiones, complejo de usar y reparar- sistema de cierre centralizado con detector óptico y de calor que permitiera acceso incondicional a residentes de la morada, y acceso granulado a personas conocidas y representantes de servicios. En su casa, puertas y ventanas permanecían abiertas: el mecanismo de "high-low tech" más efectivo que él mismo había ideado jamás, tal y como le gustaba bromear con su mujer. Un sistema rápido, efectivo y que no requería reparaciones en un micropaís cuyo objeto fundacional había sido otorgar libertad y responsabilidad a sus ciudadanos, para así hacer realidad una sociedad utópica: un lugar de ciudadanos libres donde crímenes y delitos fueran obsoletos, tanto en el mundo de los datos como en el físico. Un Estado donde la identidad de Internet, tanto la personal como la delegada en androides a través de clones digitales incapaces de desoír dueños ni leyes, equivaliera a la identidad real. Un lugar donde el Estado actuara apenas como árbitro de situaciones extremas (por ejemplo, cuando las órdenes de un tutor humano a su androide o androides contradijeran la libertad de otro ciudadano o transgredieran las escasas leyes del Valle); pero esa libertad para actuar bajo circunstancias extraordinarias había abierto las puertas, según los críticos, a que las excepciones -que debían ser, por definición, casi inexistentes- se impusieran como la norma en los encontronazos cotidianos de una sociedad competitiva, lo que había causado una agria protesta entre los impulsores iniciales de la independencia con ideas libertarias y liberales clásicas, tales como Peter Thiel, viejo filósofo de la "mafia" Paypal. Thiel había desaparecido del Valle sin dejar huella tras un roce entre sus intereses y los de Sentido Común P2P.

La pérdida de control de androides tutelados había empezado a forjarse en la década de los veinte, cuando Estados Unidos y la Unión Europea habían aprobado legislaciones para crear una ética algorítmica: máquinas morales que supieran decidir en un instante si, en caso de accidente inmediato, debían salvar a los dueños que servían -por ejemplo, a los ocupantes de un vehículo autónomo- u optar, por el contrario, por el "mal menor" para la sociedad, u objetivamente la catástrofe más pequeña. Ahora bien: ¿cómo se decidía cuál era el accidente más tolerable, cuando se trataba de vidas humanas? ¿Contaban los ciudadanos más valiosos para la sociedad de igual modo que los peores ofensores, como ocurría con el voto democrático? De momento, sí. Tanto los ciento cincuenta países, territorios no incorporados y protectorados NAFTA (Norteamérica) como los ochenta y siete países, ciudades libres y protectorados de la Unión Europea optaron por el mal menor: en casos extremos, debía prevalecer la ética proporcionalmente mejor para la sociedad en su conjunto. Las comisiones de ética automatizara habían estudiado hipótesis de todo tipo y su probabilidad, aprovechando la experiencia acumulada en los protocolos y leyes aéreas, desde el manejo de aviones con piloto automático hasta los protocolos aplicados durante situaciones extremas -terrorismo, fallo técnico, etcétera.

Frederick recordaba los supuestos que aparecían en los vídeos educativos sobre ética y automatización de su infancia. Si un vehículo autónomo que circula a 60 millas por hora se encuentra con un autobús que, por un error humano, se cruza en la carretera, ¿qué debe hacer el vehículo automatizado: A) proseguir, poniendo en peligro la vida de los niños; o B) dar un volantazo y salirse de la vía, poniendo en peligro la vida de los ocupantes del vehículo en piloto automático? El ejemplo de los legisladores había cambiado las leyes para siempre; desde entonces, todas las máquinas con potestad para desarrollar tareas que podrían enfrentarse a situaciones límite debían incorporar sistema ético, y el Valle no era una excepción.

La paradoja, y ello le había llevado a desconfiar de la ética automatizada, no sólo se asomaba a sus vidas a través del caso de su hijo, afectado por un mal desconocido según él y su mujer y, en cambio, considerado un ciudadano "normosómico", según Sentido Común P2P.

Eso sí, su hijo era un ciudadano normosómico a quien concedían el derecho de usar asistentes externos, no fuera que un colapso de su sistema nervioso saltara más alarmas de las necesarias y produjera un escándalo en el Valle. También percibían contradicciones en las enmiendas a la ética automatizada que el Valle había introducido en los últimos tiempos, que permitían, en la práctica, desarrollar una policía o ejército con capacidad para desobedecer el mandato ciudadano interpretando de manera torticera las regulaciones internacionales sobre máquinas morales y ética automatizada. ¿Y si el lugar más libre del mundo se estaba convirtiendo en el más implacable, dado su avance tecnológico y la falta de decisiones humanas por carecer de gobierno electo? La infalibilidad algorítmica del Gobierno P2P estaba por ver, si en realidad existía la potestad velada de que un grupo de humanos o androides -o ambos- tuvieran la facultad delegada de hacer y deshacer a su antojo en situaciones "extraordinarias". ¿Quién decidía qué era una situación extraordinaria? ¿Extraordinario con respecto a qué?

La luz de la mañana entraba en casa y el escaso mobiliario, preciso, cómodo y funcional, enseñaba ya sus colores y texturas. El microcemento de las superficies, pulido y de un apagado negro grafito, las otorgaba la sobriedad de una villa patricia que amortiguaba la luz matinal hasta el punto de hacer bailar los fotones al trasluz, suspendidos, como ocurría en los templos de la Época Clásica y en las casas de té japonesas. La ropa de tresillos, sillas, alfombras, toallas y cualquier trapo era de viejo lino francés, mientras que estanterías y muebles, de cáñamo trenzado, emulaban la ancestral cestería mediterránea. Un interior intemporal para contrarrestar la reclusión mental involuntaria que degradaba a su mujer ante sus ojos. Su hijo estaba sentado en una de las sillas de contrachapado y acabados redondeados que había impreso en la tienda local de muebles bajo demanda, a partir de un diseño Creative Commons compartido por la Fundación Alvar Aalto.

Al pasar junto a su hijo, se inclinó y le dio un beso, no correspondido. Hizo lo propio con su mujer, esta vez con mayor éxito. Marfa era alta y esbelta; se movía con la delicadeza de un anciano budista por su jardín particular y el contraste del tinte natural de su ropa con el grafito mate del mostrador de la cocina le evocó la pureza de la naturaleza sosegada. También tristeza.

- Off música interna. On Sonos Cocina -su mujer apagó el tenue y tranquilo hilo musical en el interior de sus oídos y lo encendió, al mismo volumen relativo, en el terminal interconectado de la cocina, que a su vez acompañó con tonalidades cromáticas la melodía, a medio camino entre músicas del mundo y canto gregoriano.

- ¿Alguna novedad?

- No -respondió Marfa, que mantuvo sus labios entreabiertos mientras centraba su atención sensorial en las tres crepes de semillas de sésamo que sacaba de la sartén.

- Voy a ducharme y salgo pitando. ¿Estás preparado, Arcus?

En ocasiones, Frederick acortaba el nombre de su hijo, como el propio niño había hecho hasta los cinco años. No recibió respuesta. Su hijo seguía mirando a través de la puerta corredera, compuesta por ocho enormes hojas con finos y precisos marcos -grafito mate- de acero cepillado Schüco, que ocupaba toda la fachada trasera de la casa. Afuera, en el patio trasero, una acequia engastada en granito cortado con precisión metálica transportaba el agua que caía desde un canalón a tres pies de altura, también de granito. Bambú y gramíneas se mecían junto al canalón.

"Arcus". Frederick se había sorprendido un día averiguando el origen etimológico de "Arco", vocablo tan parecido en todas las lenguas europeas. En efecto, la raíz precedía al latín. "Derivado del indoeuropeo arkw", le había indicado el asistente en su momento. La definición le había agradado todavía más, al aludir la evolución del dintel para salvar los vanos entre dos apoyos. "Curvado o poligonal, conecta el espacio entre dos pilares". Arcus conectaba el espacio entre dos pilares, en efecto. O así había sido durante sus primeros meses de vida. Su anomalía no reconocida desde el día del implante había maltrecho, quizá para siempre, las dovelas que habían conformado, por compresión, el arco que conectaba a ambos progenitores.

Ya en el baño, Frederick abrió el papel arrugado y lo leyó:

"- DESDE SIEMPRE.
"- CREÍA QUE ERA UN JUEGO SÓLO MÍO. AHORA SÉ QUE MIS COMBINACIONES SE LLAMAN BLOQUE".

Un pirado, pensó. En una época en que proliferaban las octavillas impresas a modo de protesta y uno no podía estar nunca del todo seguro si un colibrí era tal o más bien un dron registrando la imagen y el sonido de alguna escena ante sí, no debía extrañarle que se le acercara un desconocido para entregarle lo que fuera. Muchas personas habían idealizado un pasado en que había reinado lo fortuito, cuando la teoría de juegos y la del caos se aplicaban a todo tipo de fenómenos de las ciencias sociales.

Eran dos oraciones escritas a mano, en mayúscula y con una extraña regularidad, como si la caligrafía hubiera sido forzada por una postura incómoda, aproximándose a la apócrifa inclinación de la escritura especular de Leonardo da Vinci. Las frases, no obstante, no estaban escritas al revés pero denotaban la más que probable postura incómoda de su autor; como si el autor hubiera escrito del derecho, pero situado del revés: frente al papel y no ante él.

Mientras se duchaba con agua compuesta por residuos grises de la vivienda reciclados con jabón de castilla a la menta Dr. Bronner's, especuló acerca de qué habría sido de ellos como pareja, de no haber existido el doloroso escollo de la singularidad de su hijo, el pequeño SA, el superapto, el-niño-normosómico. Adelantándose a la alarma del asistente virtual, que le anunciaría -también en la ducha, bajo el agua- el cambio radical de sus constantes nerviosas, optó por dejar caer agua sobre el oído, ahogando el efecto del minúsculo altavoz plasmático del implante.

- Jódete -sonrió.

El asistente le indicó:

- Repite la indicación, querido Frederick, pues me ha sido imposible entenderla por circunstancias ambientales.

- No será necesario. No dije nada. Quizá hablaba solo -y silbó una canción mientras continuaba frotándose.

- Un momento...

- ¿Decías algo, querido Frederick? -preguntó el asistente.

Cerró el agua con el grifo: como ocurría con puertas y ventanas, la iluminación y los grifos requerían accionamiento manual. Un recordatorio de lo que quedaba de su voluntad no coartada para accionar un grifo, o cerrar una puerta o ventana. Habían tomado la decisión de transformar la vivienda en un modelo analógico casi ocho años atrás, mientras comían en la espaciosa mesa del comedor celebrando, melancólicos y a solas, la segunda fiesta de cumpleaños de un bebé que no reaccionaba a estímulos con normalidad.

Empezó a susurrar una tonadilla. Desconocía la canción tarareada, pero su inexorable melodía se acercaba a su mente y labios con la facilidad de lo que existe y es tan claro como el aire o la luz; esta extraña familiaridad de lo desconocido le sugirió que la melodía no era fruto ni de una improvisación jazzística, ni de algo totalmente desconocido. La melodía "debía" existir y, pese a no conocerla conscientemente, había surgido de sus labios. Quizá procedía de su subconsciente.

- Eh... sí. De hecho, decía algo. Copia y pega en el buscador la melodía que silbaba justo ahora.

- La melodía empezó a las siete y cuarenta y cinco minutos, siete segundos, dos décimas. Acabó a las siete y cuarenta y cinco minutos, cuarenta y un segundos, ocho décimas, hora del Pac...

- Ignorar.

Sólo una máquina podía desconocer la irrelevancia de la información bruta, por muy refinado y actualizado que fuera su software. Pensó en grabar una nota a sí mismo sobre un proyecto en su tiempo libre: proponer cambios (a través de un "commit" de datos) en el repositorio del algoritmo raíz de los asistentes personalizados, común a toda la población del Valle. La propuesta intentaría granular la capacidad del asistente para entender qué información era relevante para el individuo y en qué momento, a partir de los patrones de aprendizaje en tiempo real ya existentes. Calculaba que el trabajo le llevaría, a lo sumo, un par de domingos, dedicando cinco horas el primero y dejando las cinco del segundo para repasar, perfeccionar y publicar en GitHub.gov. Aguardó a que el asistente le ofreciera información sobre la melodía.

- ¿Y...? -insistió a su asistente, intuyendo que la melodía había sonado en algún punto cercano del espacio-tiempo o, de lo contrario, debería haberlo hecho. ¿Acaso las canciones de The Beatles no habrían sido tarareadas tarde o temprano, si The Beatles hubieran muerto de sobredosis en un antro de Hamburgo a finales de los cincuenta del siglo XX?

- No puedo ofrecer información al respecto -sentenció el asistente sin paliativos.

Frederick cerró el agua de nuevo y empezó a secarse. Algo no iba bien.

- O el agua que me ha entrado antes al oído ha atrofiado el mecanismo de recarga cinética, o de lo contrario pensaría que es la primera vez en más de una década que contestas a una pregunta concreta con una respuesta tan humana como... ¡Una evasiva! -pegó un manotazo sobre el grafito negro del lavamanos, empañado por el vapor del agua, mientras su lengua acompañaba la situación con un cómico chasquido.

- No existe información sobre la melodía. Ruego me disculpe, mi querido Frederick.

- Tendré que revisar tu nivel de formalidad en las preferencias, ya que me parece algo exagerado el cortejo que me estás haciendo. Opté por una voz masculina precisamente para que no hubiera equívocos, dadas mis claras preferencias heterosexuales, pero ni esas...

- Está bromeando. Permítame que me ría -tras un instante, una risa tan natural que aumentaba su artificialidad le hizo estremecerse.

- Solicitaré una actualización si vemos que sigue sin encajar, pero obviamente esta interacción no ofrece confianzas sobre la calidad de los módulos personalizados del algoritmo.

- Como considere, Frederick. Permítame que ahorre el tratamiento de cortesía en el contexto actual.

- ¡No pidas permiso y hazlo, Sonotone 1010! -Frederick supuso que la comparación con el primer aparato auditivo de masas era lo más próximo a un comentario hiriente, dado el contexto. Sobre el papel, el algoritmo, conectado al repositorio bajo su pecho y a su vez interconectado con los sensores de su radio de acción, carecía de emulador de sentimientos.

Silencio.

Le inquietó el perturbador comportamiento del asistente, tan humano como novedoso e inesperado. Le evocó una situación del pasado remoto. Unos cuarenta y cinco años atrás, cuando corría en una playa del mediterráneo español (ahora atomizado con las realidades políticas europeas de la segunda mitad del siglo XXI), mientras en su pecho latía sólo el corazón y no había más repositorio que su propia conciencia infantil en eclosión. Luz cegadora, fuerte olor a salitre, mujeres en top-less y él hablando con su hermano mayor por walkie-talkie.

- Aquí hay más chicas con las tetas al aire. Camina hacia donde está varada la barca blanca y roja, gírate hacia el campanario de la iglesia y mira en la arena.

Había obedecido a su hermano. Y allí estaban las chicas, riéndose del pequeño "guiri" -apelativo español para los turistas, aprendieron en aquellas vacaciones por Europa-: o sea, él mismo, que las observaba riendo mientras conversaba con su hermano por walkie-talkie.

De nuevo, estaba hablando por walkie-talkie con su hermano, o con algún humano al otro lado de las ondas de radio. O algo tan parecido que la imagen había vuelto a su corteza cerebral con la potencia y plasticidad de los recuerdos más recientes.

- No eres un algoritmo cualquiera... O no eres un algoritmo. Punto.

Frederick había ido demasiado lejos. Sus palabras acusadoras harían saltar las alarmas y la interacción con el asistente sería depositado como "incidencia" o "ticket" en el sistema de seguimiento de errores, conectado al sistema de control de versiones de los algoritmos del Valle. El próximo consejo aleatorio de sabios se haría cargo de la situación. Circulaban leyendas, la mayoría de las cuales citadas en octavillas, acerca de los encuentros entre ciudadanos que forzaban errores en el sistema. Pronto sabría si el evento se traducía en un descenso aún mayor de su reputación (¿un punto?; ¿dos puntos?), o si se veía forzado a contribuir a la comunidad con una "propuesta obligatoria" (un oxímoron: las propuestas dejaban de serlo cuando eran forzadas).

Acabó de vestirse y entró en el comedor. Su mujer le esperaba en la puerta junto a su hijo. Observó el semblante ausente en ambos.

- Vamos, chaval.

Su hijo dio un beso a su madre, impulsado por la costumbre, mientras ambos se deseaban una buena jornada hasta la hora de salida de la escuela. Acto seguido cogió la mano de su padre, que besaba a su mujer.

- Que vaya bien en la oficina. Espero que se solucione el desencuentro sobre las modificaciones y enmiendas que intentan imponerte.

- Yo también -obviando el encontronazo con su asistente, Frederick evocó el extraño diálogo con el conductor del auto Tesla DIY justo antes de entrar a casa.

- ¿Has observado a algún auto negro merodear por aquí? -preguntó a su mujer-. ¿Te ha hablado algún extraño conduciendo un Tesla DIY?

- No. ¿Por...? ¿Tú sí has tenido el encontronazo?

Dudó. Demasiado tarde para que su mujer no pensara a solas sobre el tema en las horas siguientes, mientras trataba de avanzar en su propio trabajo.

- No es nada. Prométeme que no te preocuparás ni me enviarás ninguna señal neural al respecto. Además...

- ¿Sí?

- Creo que solicitaré visita prioritaria con el doctor de polvo inteligente. Mi asistente parece tener algún desajuste: quizá sea el conversor de energía cinética.

Sopló a su mujer un beso desde la palma de la mano. Ella sonrió, dibujada a contraluz en el umbral de la puerta, con marco de cobalto diseñado por Schüco en Alemania e impreso en Joe's CNC, la tienda de impresión de control numérico bajo demanda en Los Altos.

Subieron al coche, una berlina familiar con motor de cubo de rueda algo anticuado, de esos que nunca habían abandonado la fase experimental. Funcionaba con tecnología híbrida: un autogenerador eléctrico conectado a la carrocería fotosensible y a una célula de aire comprimido que se recargaba con la conducción.

La carrocería traslúcida permitía observar el interior si el conductor no accionaba la función de opacidad. La luz matinal destacó, con su rica tonalidad pastel, los movimientos espasmódicos de M-Arcus. Marcus había empezado a firmar así con su rotulador permanente Sharpie: M-Arcus. De momento, que él supiera, el tag o firma grafitera de su hijo no había engrosado la base de datos de Ventanas Rotas P2P, un sistema anónimo de supervisión de actos vandálicos de baja intensidad que recopilaba denuncias sobre infracciones incívicas; la reparación de los desperfectos corría a cargo de drones de análisis de muestra y limpieza. Con un poco de suerte, el tag M-Arcus estaba sólo presente sobre el granito del patio trasero, en la habitación y los cuadernos del preadolescente. Su mujer y él no trataban de frenar al niño; de producirse, la presencia del chiquillo en la base de datos de Ventanas Rotas P2P supondría una oportunidad de calado para analizar qué ocurría. Alguien humano, más allá del laberinto de algoritmos de Núcleo y Sentido Común P2P, debía reconocerlo en profundidad, analizar su dolencia. Paradójicamente, sería algo tan "humano" como el ademán rebelde y creativo de firmar en algún lugar no permitido, el acto que suscitaría alarma en los algoritmos de civismo y convivencia. No había automatización ni persona que se preocupara de si el niño era o no un enajenado con su propio cóctel de dolencias esquizoides, siempre y cuando no molestara a nadie más que a sus padres. Veríamos qué ocurría cuando el normosómico empezara a mear fuera de tiesto. Quizá mejor dejar que su única faceta humana, la creativa, hiciera saltar las alarmas de los sensores microelectrónicos interconectados hasta conformar el polvo inteligente de la zona de Menlo Park.

Ambos estaban sentados en los asientos delanteros. Frederick sonrió a su hijo.

- ¿Qué, lo sacas? Si no, no nos movemos.

Había configurado el trayecto en el vehículo en modo autónomo, como de costumbre. También como de costumbre, esperó a que su hijo sacara su amuleto digital con microproyector del bolsillo y lo situara en el salpicadero; el interior del habitáculo tenía un diseño retro a imagen y semejanza del que incorporara la camioneta Chevrolet El Camino de 1967, que habían impreso con la fresadora de control numérico del garaje a partir de las especificaciones que alguien había publicado y compartido en la página de control de versiones GitHub. El microproyector del amuleto inició el holograma ante el muchacho: un gigantesco volante nacarado que reaccionaba al movimiento de las manos. Marcus sonrió, concentrado en conducir el vehículo. Un tic le obligó a cerrar los ojos en repetidas ocasiones. Cuando el espasmo facial finalizó por completo minutos después, el vehículo ya abandonaba la Alameda de las Pulgas y seguía sin girar por el Bulevar de Junípero Serra, repleto de vehículos que evitaban el atasco debido a la coordinación automatizada de una mayoría abrumadora de trayectos automatizados. Sobre la luneta delantera aparecía la información relativa al entorno de conducción. 753 vehículos con piloto automático en la zona, por sólo 9 usando versión manual. De estos 9, 3 de ellos, representados en pequeños iconos bajo el número que los cuantificaba, realizaban servicio público. Seguramente trabajadores no registrados de un gobierno oficialmente conformado por todos los ciudadanos a través de las leyes y algoritmos que se habían concedido. A Frederick siempre le había extrañado que sensores y asistentes detectaran y reflejaran en las interfaces de usuario esas personas "especiales", siempre contadas con iconos aparte, o colores distintos. La información relativa a ellos era clasificada. ¿Por quién?; ¿quién tenía acceso a ella?; ¿quién se ocupaba de limpiar los trapos sucios y mantener un cierto equilibrio entre el hampa del Valle? Porque si bien el crimen no era visible, sus leyes de oferta y demanda se imponían con sutilidad.

Los álamos temblones movían sus hojas en el sol matutino con la metálica reverberación de las escamas de un pez reflejando la luz solar. El movimiento puntillista de las hojas contrastaba con la rigidez del ramaje; era una brisa suave, enaltecida por la hilera de elegantes árboles cuyo delicado aspecto contrastaba con la dureza montuna de las secuoyas costeras de tercer crecimiento, así como con las magnánimas copas de los viejos robles, con su dura cabellera recortada en el azul de una clara mañana de finales de septiembre de 2071.

Estacionaron en esta ocasión en la zona arbolada de la Avenida de Miranda con Arastradero Road, para así compartir algo de tiempo mientras caminaban hacia la puerta de la escuela infantil de Artes y Ciencias, frente al parque de Alta Mesa, un edificio bajo y luminoso diseñado en el siglo XX. A medio trayecto su hijo le cogió de la mano, sonriendo mientras se reclinaba cariñosamente sobre la cadera de su padre, que observó el doble mechón blanco que caía a un lado y otro del cabello liso y castaño del niño, cortado a la cazuela.

Los niños se agolpaban a la puerta de la escuela con padres, abuelos y niñeras. Abundaban los rasgos asiáticos y caucásicos en niños y familiares; componentes amerindios de México y Centroamérica en las niñeras, los únicos ciudadanos del Valle de Silicio cuyo estatuto jurídico de Ciudadano Aumentado salvaguardaba temporalmente todos sus derechos, con una cláusula inexistente para el resto de la población: en estos casos, la ciudadanía era revocable usando mecanismos ajenos al propio sistema de reputación. Bastaba con quedarse sin trabajo durante más de seis meses para que niñeras y otros trabajadores eventuales abandonaran la cobertura social del Valle y se convirtieran de nuevo en "visitantes" con pasaporte de Estados Unidos, México o la Gran Colombia; o en ciudadanos apátridas, cuando procedían de Estados no reconocidos por la ONU, como el País Narco de Sonora. Sus compatriotas en el Valle que habían obtenido la ciudadanía mediante visados profesionales carecían de estas limitaciones. El trabajo de niñeras y chachas humanas era residual, pero no desaparecería a corto plazo mientras muchos ciudadanos del Valle, sobre todo las familias jóvenes con hijos en edad escolar, antepusieran la errática inteligencia emocional humana a la clínica productividad de los androides.

Mientras se acercaban a la cola, Frederick se paró a saludar a la madre de uno de los niños de la clase de Marcus. Conocía de cerca los problemas de la familia y tanto ella como su marido eran los únicos que no les habían tratado con la cobarde condescendencia de quienes conocen que algo no va bien pero prefieren mirar hacia otro lado para evitar más problemas de la cuenta.

- Hola, Emily, ¿cómo va todo?

- Todo bien. ¿Y vosotros? -miró a Marcus, atenta-: ¿Dónde está la sonrisa que me prometiste el otro día? ¿Recuerdas?

Marcus sonrió, pero su semblante cambió cuando León, el hijo de Emily, se acercó por detrás. Simulaba mantener una buena relación con Marcus ante ambos adultos, pero era un secreto a voces que Marcus "el mudito" o Marcus "el tartaja", en función del día, no tenía más amigos que su amuleto cuántico y los complejos y enigmáticos juegos a los que dedicaba todo su tiempo durante el recreo, siempre en algún rincón y sin apenas levantar la vista de los objetos, reales, imaginarios o en forma de holograma, que ocuparan su atención.

- ¿No dices nada a Marcus?

- Hola.

Marcus saludó a León moviendo la cabeza, un signo casi de extroversión considerando de quién emanaba.

Emily demandó un beso de su hijo, que corrió hacia la puerta de entrada; y refregó cariñosamente su mano por el pelo de Marcus, que estuvo a punto de apartar la mano, de no haber sido por los rápidos reflejos de su padre. Al advertir la tensión concentrada en el pequeño antebrazo de su hijo, su mirada se entristeció y Emily notó el dolor en la profundidad de sus ojos azules al trasluz del sol mientras se alejaba despidiéndose. Logró liberar parte de la tensión concentrada y ayudó a su hijo a bajar el brazo. Le besó la frente.

- Espero que tengas un buen día, Arcus.

Marcus se abrazó a la pierna de su padre, en un ademán más propio de un niño de dos años que de un prepúber a punto de cumplir diez años, con una sutil sombra de rubio vello en el incipiente mostacho. Miró a su padre a los ojos:

- Yo también conozco la canción.

- ¿Qué canción?

- La que tarareabas en la ducha.

Mientras Frederick se duchaba, su hijo no se había movido de la zona del comedor, en el otro extremo de la vivienda.

- ¿Cómo me escuchaste tararearla? La mampara y la puerta estaban cerradas. ¿Estás seguro de que no la tarareé cerca tuyo?

El niño le miró con sus enormes ojos verdes. Buscó en ellos una respuesta al porqué de muchas cosas. Pasó un instante, pero el momento no podía explicarse en espacio y tiempo, sino en un estado de comprensión cósmica superior al contexto que les brindaba aquella mañana cualquiera. Los ojos del pequeño se agudizaron, mostrando una picardía que sólo surge de la agudeza mental. Se acercó el índice a los labios y pidió a su padre que no hablara; acto seguido, se señaló el interior del oído y apuntó hacia su padre.

- No comp... quieres que no habl... Entiendo.

Silencio. La clase del niño ya había entrado y el grupo de acompañantes volvía hacia sus coches y vehículos personales. Algunos, los menos, encendían su jetpack y corrían hacia casa o el trabajo a 25 millas por hora.

Consciente de que su maestra se acercaba a por él extendiéndole la mano para entrar a clase, buscó un último contacto ocular con su padre.

- Papá, ¿me prometes que iremos pp... pp... pronto de vacaciones?

- Pero si apenas hace un mes que empezó el nuevo curso, ¿recuerdas? -el exabrupto, ahora sí, le recordaba a su hijo: vuelta a la normalidad-. Lo que sí te puedo prometer es una buena aventura de fin de semana. Me tendrás que ayudar a convencer a tu madre. Ya sabes que últimamente no está muy animada.

Miró a su padre con determinación, bajando los brazos y cerrando los puños.

- Papá... creo que pp... pp... puedo ayudarla.

- ¿Sí? -Frederick acarició la cara de su hijo, mientras le señalaba la maestra, que les esperaba respetuosamente a unos pasos de distancia.

- Buenos días, Mrs. Daisy.

- Buenos días, Frederick.

- Ultimaba con Marcus un plan de ocio para el fin de semana al que su madre no podrá resistirse.

- Estoy segura de ello -respondió Mrs. Daisy.

Marcus cogió la mano de la maestra y, antes de girarse, miró a su padre con determinación. A Frederick le sorprendió el sonido de un mensaje neural de su hijo en el interior de su oreja, lo que implicaba que el pequeño se las había ingeniado para contactar con el protocolo de su asistente virtual, un tipo de comunicación íntima entre familiares del Valle que así lo demandaran... y que tuvieran implante en el oído. Marcus carecía de implante desde que se lo hubieran desactivado por "incompatibilidades desconocidas". Él mismo, experto en protocolos de comunicación, desconocía si era posible establecer conexiones neurales entre Interfaces Cerebro Computadora externas e implantes convencionales. Pero ahí estaba la voz de su hijo, nítida a través del minúsculo altavoz de su asistente virtual:

"Papá, creo que ha llegado el momento de que comprendas que no pertenecemos a este lugar. Como verás a partir de ahora, no tartamudeo en las conexiones neurales. Sí, he conectado mi amuleto al implante externo que tengo pegado al cuero cabelludo con ondas de radio encriptadas. Me costó algo conectarme a tu protocolo neural, pero esp..."

Notó un pinchazo en el oído. El asistente interrumpió su conversación con su hijo. Los asistentes virtuales de tercera generación incorporaban en su código ético la imposibilidad de interrumpir una conversación humana salvo en casos de peligro físico o prevención de delitos. Oyó un apagado "¡Adiós, papá! Nos vemos luego..." y, a continuación, un hilo musical que él no había demandado.

¿Lo había imaginado?; ¿se trataba de una perturbación?; ¿o era posible que su hijo, el "enajenado normosómico" de Menlo Park se las hubiera ingeniado para contactar con él usando un protocolo de comunicación encriptado?

Fuera como fuese, Frederick intuyó que ya nada sería igual.

Capítulo 3
Herederos de los Merry Pranksters

Esperó a que todos sus compañeros salieran del laboratorio de ciencias. Mickie llevaba días sin molestarle y no quería tentar la suerte. Michael "Mickie" Kowalski era un abusón escoltado siempre por dos debiluchos pretorianos que, a cambio de su inmunidad, ofrecían regalías en actividades lectivas donde se podía suplantar la identidad; casi siempre, se trataba de presentar trabajos ajenos como propios. Las escuelas presenciales, decían los pedagogos más prestigiosos, fomentaban el desarrollo social equilibrado en un país donde el porcentaje de trastornos mentales esquizoides y obsesivo-compulsivos doblaba la media de Nueva Inglaterra y triplicaba la de microestados europeos como Gran Londres, Gran París o Castilla. La máxima Aristotélica recordando que el hombre es una animal social seguía sin ser refutada y los niveles de sociopatía habían bajado en las últimas tres décadas, coincidiendo con la reinstauración de la escuela infantil presencial. La generación de Marfa y Frederick había asistido a los estertores del experimento fallido de la desescolarización a gran escala. Surgida como la última esperanza de Estados Unidos para "reeducar" a su población y adaptarse a un mundo cambiante cada vez más tecnificado, la desescolarización había desatado, una vez más, el viejo error cartesiano de planificar a lo grande (en este caso, con emuladores de realidad sobre granjas de datos con potentes servidores cuánticos) y creer que la realidad azarosa se adaptará a los planes siguiendo una causalidad lógica. Avanzándose a la teoría de juegos, Lev Tolstói ya había sugerido en *Guerra y Paz*, el rico lienzo sobre la complejidad de la campaña napoleónica en Rusia, que las grandes operaciones y estratagemas parecen una cosa cuando se discuten sobre plano, pero la realidad tiene sus propios derroteros, más erráticos e imprevisibles. La realidad también está hecha de esperanzas de individuos, de ánimos, de frío, de estado del calzado, de valor y motivación, de si llegó o no la carta de la amada o la madre que esperan...

La desescolarización infantil masiva había pretendido devolver a la escuela la razón socrática perdida durante la época de la especialización de finales del siglo XX y principios del XXI. Los partidarios de la nueva corriente habían convencido al Congreso para, según palabras de su promotor, el senador libertario Rand Paul, "dejar a los niños aprender por sí mismos, experimentando, preguntando grandes cuestiones y rastreando tesoros de la naturaleza sin interferencias". La idea, que el mismo Sócrates habría suscrito, se topó con la realidad de un país donde amplias capas de la población malvivían haciendo malabares con las finanzas personales y a menudo pluriempleados, de manera que la tutoría académica indirecta, que recaía sobre padres y maestros no presenciales, se diluyó a menudo en pequeños que, en lugar de experimentar más y conocer el jardín de casa o los parques y bosques cercanos -en función de la realidad geográfica de cada lugar-, permanecían en casa sin salir de la habitación. Ante una pantalla. El fenómeno de los hikikomori ("los que se recluyen") se extendió por Occidente; eran adolescentes sociópatas japoneses que se confinaban voluntariamente en su habitación, a menudo durante años, incapaces de afrontar la presión de su entorno social y académico. Los niveles de sociopatía superaron las inadmisibles cotas de paro juvenil incluso en sociedades tradicionalmente gregarias y con grandes dosis de luz natural para contrarrestar la depresión y la abulia con revoltosos fotones, como la Europa mediterránea. Finalmente, varios gobiernos, entre ellos el estadounidense, habían reinstaurado la educación infantil presencial; apenas una década después, los niveles de sociopatía y trastornos obsesivo-compulsivos entre preadolescentes habían vuelto a niveles anteriores a la desescolarización.

El fracaso del experimento educativo socrático a gran escala había descarrilado por varios motivos, entre los cuales destacaba el déficit de realidad entre lo que los padres y tutores decían que iban a hacer con sus hijos y lo que en realidad ocurrió en cada caso. La desescolarización no cambió las cosas en los hogares donde nunca se había leído ni charlado en buena sintonía. A menudo, en vez de optar por que sus hijos exploraran el mundo y experimentaran por su cuenta, con refuerzo lectivo en materias troncales formativas, la mayoría de padres y tutores habían antepuesto su propia comodidad y la conveniencia o conciliación de horarios a la propia educación, optando que sus hijos permanecieran en sus habitaciones o lugares controlados ante una pantalla, sin preocuparse por el tipo de contenido al que los niños accedían ni su seguimiento o duración.

Otros casos, siempre minoritarios, certificaban el potencial de la desescolarización bien aplicada. Frederick y Marfa se encontraban entre los niños afortunados, los "freedos": chavales autónomos convertidos en adultos autosuficientes y exitosos, criados en familias estables de clase media y con la formación y mentalidad necesarias para aprovechar el potencial del socratismo. Las madres de Mickie pertenecían a la generación desescolarizada, pero no formaban parte ni del grupo mayoritario de hikikomoris, ni tampoco al de los freedos. Conformaban una tercera categoría, la de "preppies", que habían sustituido escuela privada por tutor privado. En otras palabras, los preppies habían reemplazado la tradicional enseñanza de élite por una educación a la carta, hecha a medida a partir de las preferencias de los padres. Una enseñanza condescendiente con los pequeños e impartida en zonas privilegiadas y sobreprotegidas: en salones, cuando se trataba de niños urbanitas; y en arbolados patios traseros para los hijos de suburbios y exurbios relativamente acomodados, tanto los nuevos barrios de la élite progresista, densificados con principios de urbanismo flexible, o "lean urbanism"; como los suburbios que mantenían el modelo surgido después de la II Guerra Mundial, con viviendas cobijadas bajo las copas de árboles casi centenarios.

Hijo in vitro de dos mujeres, el pequeño Mickie, con las facciones aplanadas y los ojos claros rasgados propios de los pueblos bálticos y tártaros, no había asumido del todo formar parte de una familia no convencional, demasiado intelectual para su desasosegada personalidad. O quizá fueran cosas de la edad, comentaba uno de los androides propiedad del doctor Schleswig, "con un clon digital tan perfecto que no sabrás si es el doctor o uno de sus bautistas digitales", les había dicho una vecina al recomendarles al psiquatra infantil. Las madres de Mickie supieron durante la primera visita, la única vez en que verían juntos a ambos, doctor y androide asistente, que la apreciación de la vecina bien podría haber incluido un doble sentido: el doctor Schleswig, de unos noventa y cinco años, vigoroso gracias a su cóctel diario de suero de células madre y opioides, era difícil de distinguir del androide debido a la cirugía. Labios hinchados, piel tersa y brillante como las superficies artificiales, movimientos poco naturales en ambos casos... Sólo dos particularidades permitían reconocer al doctor sin equívocos: el dominio del uno sobre el otro durante la conversación; y el bronceado de la versión transhumana. El androide, por el contrario, había sido diseñado con el lechoso tono de un monaguillo irlandés. Después de la primera visita, el androide de Schleswig les había visitado una vez por semana, siempre el mismo día y a la misma hora. Así que la cotidianidad de Mickie estaba dominada por la ausencia de comportamientos materno-filiales propios de cualquier mamífero, sustituidos por la frialdad de dos madres con personalidad-robot y dos robots: Linda, el androide-niñera; y el androide-psiquiatra sub-Schleswig o "sub" a secas, como los humanos llamaban con cierto desprecio a los "intocables", o androides destinados a asistir a su dueño en su tarea profesional.

Las madres de Mickie habían curado con atención sibarita la experiencia epigenética de la madre de alquiler, que había convivido con ellas durante el período de gestación. Ellas mismas le habían suministrado el suero fólico, así como los alimentos y experiencias neurales que, en teoría, habían enriquecido la herencia genética de su hijo. Pero los genes del pequeño no se comportaban como los de un ganador, y sus madres padecían ante este recordatorio cotidiano: un hijo regordete, mediocre y abusón, con predisposición a la rabieta. Mickie, nacido de la combinación genética de sendos óvulos procedentes de dos preppies sociopáticas de la época de la desescolarización, era el arquetipo de engendro epigenético contrahecho, un niño frustrado e infeliz que habría enrabietado a Charles Darwin al contradecir su teoría evolutiva. El polímata victoriano Herbert Spencer, defensor de la sociología evolucionista, habría encasillado al glotón espécimen entre las jirafas de cuello corto, o mutaciones que se extinguirían en la carrera por la supervivencia del más apto.

Mamá y mamá pasaban el poco tiempo que estaban en casa trabajando; una en un escritorio y la otra sobre la mesa del comedor; ambas compartiendo música clásica de fondo, sobre todo del barroco. Cuando una interrumpía a la otra, lo hacía pidiendo permiso a través de un mensaje neural del que él se percataba cuando Emily, su madre más femenina, hacía el ademán de llevarse la mano al oído, como si de ese modo atendiera mejor a las palabras de su mujer, a la que llamaba Kitty, en honor a su personaje preferido en *Anna Karénina*. Una vez ambas oficializaban la interrupción y la convertían en breve descanso, se desvanecía Bach (o Händel, o Vivaldi, o acaso Scarlatti, cuando el trabajo de ambas corría fluido y se avecinaba un descanso), y entonces se oían voces humanas en la vivienda, siempre relajadas, respetuosas, reflexivas. Mickie se había criado con Linda, una androide cuya personalidad estaba conformada por el clon digital de ambas madres. Una identidad digital compuesta por el común denominador de dos personas que se comportaban como androides en su día a día, era incapaz de aportar el calor familiar que un niño necesita. Acaso la única manera de captar la atención de sus madres consistía en perder puntos de karma por traficar con juegos neurales producidos en la caótica Tartaria y distribuidos a través de redes satelitales encriptadas. Eran casi siempre juegos de disparos en primera persona, en los que el jugador suplantaba, en una experiencia cercana a la realidad, a dudosos personajes que no dudaban en matar, robar o incluso mantener relaciones sexuales con avatares.

Marcus conocía el punto débil de Kowalski, pero nunca lo había explotado: la inacabable fanfarronería de Kowalski con los juegos neurales contrastaba con su patosería; Mickie habría vendido su alma al primer hacker que se lo hubiera pedido a cambio de algo de pericia en juegos virtuales. En una ocasión, tras padecer uno de los ataques de Mickie y sus esbirros, Marcus había explotado un protocolo inalámbrico abierto en el asistente virtual de Kowalski mientras reflexionaba sobre sus puntos débiles; necesitaba conocer más a fondo a su enemigo para poder devolverle el golpe en el futuro. Aquel hackeo le había confirmado la absoluta falta de reflejos del abusón, que apenas avanzaba por el rico y peligroso entorno virtual sin que una y otra vez le horadaran el cerebro con una bala.

Llegaría el momento, pensaba Marcus, en que tendría que ser su avatar quien acabara con el avatar del correoso matón de clase. Como cada tarde, su madre le esperaba a la puerta del colegio. Las anomalías en el comportamiento de su hijo la habían obligado a teletrabajar de manera permanente en vez de optar por la jornada partida, con media semana en la oficina y el resto en casa; las empresas del Valle tenían la potestad de diseñar sus propios métodos de organización del trabajo, sin injerencias públicas, y su puesto gozaba de total flexibilidad siempre y cuando el empleado cumpliera sus objetivos. La flexibilidad laboral, reconocida y aplicada por la mayoría de empresas e instituciones del Valle había llevado, tal y como habían vaticinado las previsiones más optimistas de los Padres Fundadores del Valle -emprendedores del valle de Santa Clara, inversores de capital riesgo de Sand Hill Road y profesores de Stanford-, a horarios más flexibles y mayor productividad, validando teorías mecanicistas sobre el darwinismo social de pensadores como, por ejemplo, el propio

Herbert Spencer: si se otorgaba libertad de acción y autonomía a cualquier trabajador, considerándolo ante todo un individuo racional, éste consideraría su libertad como el contrapeso de su responsabilidad. Trabajadores como la propia Marfa contradecían a Sigmund Freud y a los teóricos del caos, en cuyo trabajo se basaban tantos algoritmos y la misma inteligencia artificial; de ahí que los individuos con un propósito vital definido fueran -pensaron los Padres Fundadores del microestado- la única cura posible contra el estancamiento de una sociedad; eran individuos motivados, empecinados en hacer realidad sus sueños a partir de fuertes convicciones internas, ajenas a incentivos a corto plazo tales como reconocimiento social o una subida salarial.

Sigmund Freud había sentenciado que la mayoría de la gente en realidad no quiere libertad, porque ésta implica, en sociedades avanzadas, responsabilidad. Y la mayoría de la gente siente pavor a la responsabilidad, decía. Ella, en cambio, había nacido en el seno de una familia de pequeños profesionales hambrientos de conocimiento y aventuras; sus padres habían defendido la autonomía de su propósito vital e intelectual, lo que había quedado marcado, con la "letra escarlata" de la famosa novela, en su código genético. La herencia epigenética le había predispuesto al libre pensamiento y a la libre acción: la búsqueda de lo que el filósofo danés del XIX Søren Kierkegaard había llamado "vocación", la única cura -según él- a la angustia existencial. Los valores éticos en que se había educado la habían animado a buscar su propio camino, a saltar sin paracaídas. Ahora, como adulta de la sociedad más libre, próspera y aristotélica que, sobre el papel, se había creado jamás, se sentía atrapada en manos de un mundo mecanicista en que la suerte parece haber sido echada según lo dictado por engranajes y algoritmos, ambos el mismo tipo de trampa al fin y al cabo. Los unos, átomos; los otros, bits. Los estoicos, los epicúreos y todos los filósofos inspirados en el atomismo presocrático tenían razón, quizá. El universo quizá funcionara como un mecanismo inabarcable, un tic tac cósmico donde apenas somos la efímera asociación en la eternidad de un grupo de partículas que han elegido asociarse en este instante y, al momento, disgregarse de nuevo. Apenas nada, una chispa en la eternidad. O acaso menos que eso. Marco Aurelio era su filósofo preferido; su asistente se lo dictaba al oído a petición suya cuando, en su soledad, Marfa buscaba el porqué de sus manos, el porqué de su realidad más próxima, el porqué de la rara dolencia de su hijo. El pasado, siempre alejándose, no podía cambiarse. El presente, escurridizo. El porvenir, incierto.

Así que, pese a su "melancolía", lo que para ella y su marido había sido una depresión no tratada desde la operación de implante coclear a su hijo, Marfa Terlingua había luchado, mejorado, aprendido y desaprendido con pasión en su trabajo. Había contradicho a sus compañeros cuando se imponía la idea más cómoda, si ésta no era la mejor solución, y la refactorización de código fuente dependía del olfato del programador para entender el contexto en que aparecía un error, con su herencia y su proyección hacia el futuro. Un error de software era algo parecido a la existencia, ya que tanto el software como la vida dependían del tiempo, con la herencia del pasado, la imperfecta situación del presente y las esperanzas del futuro. También había criticado los aspectos de organización más polémicos en su puesto de trabajo, del que dependía el buen funcionamiento de muchos de los algoritmos que permitían que el Valle contara con el mayor nivel de automatización del mundo. Necesitamos empresas con incansables visionarios, decía, más héroes que quieran mejorarse a sí mismos a diario y menos organizaciones cooperativas en las que los más brillantes y los que tienen más empuje acaban haciendo el trabajo valioso sin que les sea reconocido.

Herederas del comunalismo hippy iniciado por los Merry Pranksters durante la contracultura, las cooperativas de alimentación orgánica de California y Oregón habían sido la apuesta personal de varias empresas e inversores de capital riesgo del Valle, tanto antes como después de la Declaración de Independencia. El comunalismo y la psicodelia habían encendido la chispa del transhumanismo gracias a las ideas filosóficas y los experimentos con sustancias psicotrópicas, dando pie a dos corrientes para "ampliar" la conciencia y crear una "realidad aumentada": algo así como la conciencia de un superhombre nietzscheano. La primera corriente era ajena al propio organismo y tecnológica, originando la informática personal como apéndice para expandir las capacidades del ser humano; la segunda corriente aumentaba la realidad de manera interna, alterando la propia conciencia al incidir sobre los neurotransmisores de la corteza cerebral, conectando zonas hasta ese momento inconexas y permitiendo la sinestesia: oír colores, ver sonidos, tocar sabores, saborear superficies... Stewart Brand, Timothy Leary o Ken Kesey, entre otros, habían caminado entre ambos mundos, pero la prohibición de las sustancias psicotrópicas en 1968 había alterado el desarrollo natural de la realidad aumentada de origen biológico. Finalmente, en la segunda década del siglo XXI habían llegado los implantes neurales para combinar lo mejor de ambos mundos y lograr una conciencia aumentada por medios tecnológicos y biológicos. La simbiosis entre cerebro y máquina con la que ya había soñado Mary Shelley. O quizá los artesanos griegos que habían ideado el mecanismo de Anticitera, una calculadora mecánica con más de dos milenios de antigüedad.

Tras los grandes manifiestos y las abarrotadas conferencias -tanto presenciales como virtuales- sobre comunalismo, que se habían celebrado un siglo después de las reuniones de los Merry Pranksters en San Francisco, había llegado, como ocurría desde tiempos inmemoriales, "el día después", cuando desaparece la energía sobreactuada de los inicios y llega la hora de que los proyectos funcionen. La hora de la verdad: cuando los impulsos gregarios de la amígdala cerebral, malgastados en el fragor de reuniones y conferencias, dan paso a la introspectiva racionalidad del trabajo intelectual, guiado por el pensamiento complejo de la corteza cerebral, tan difícil de emular -por su irregularidad, magia, carácter biológico- en los androides propulsados con clones digitales de sus dueños, expertos en tareas y analfabetos de la vida.

Marfa no había tenido reparo en denunciar la actitud conservadora y burocrática de muchos de sus compañeros, más ocupados en cumplimentar formularios sobre cómo iba el trabajo para asegurarse puntos en su karma personal, que en trabajar, siempre que "trabajar" fuera realizar de la mejor manera la tarea asignada, con la mayor originalidad posible, buscando maneras de innovar (lograr un avance vertical, desde 0 a 1), en contraposición a la repetición (hacer más de lo mismo, o ir desde 1 hasta "n"). Ir de 1 a "n" era lo que la automatización había logrado con cada vez mayor precisión desde los primeros programas informáticos para interfaces gráficas modernas, VisiCalc y AppleScript, un proceso que consistía en hacer más con menos a partir de un modelo sin cambiarlo. La automatización permitía ir mejor y más rápido de 1 a "n", pero se necesitaban a personas -fueran "orgánicas" o "aumentadas" con implantes- para lograr ir desde 0 hasta 1. Ir desde 0 hasta 1, creía Marfa, era el verdadero cambio, ya que 0 implicaba la nada, y 1 era la unidad. Crear una unidad desde la nada implicaba inventar. De momento, los androides eran incapaces de dar el gran salto e inventar algo por su cuenta. De momento y sobre el papel, los androides con clon digital eran poco menos que esclavos de humanos, realizando tareas mecánicas que carecían de esfuerzo creativo y cediendo la última palabra a su tutor (el dueño del clon digital con la conciencia en que éste se basaba) cuando surgían conflictos éticos.

Sin potestad para votar, reproducirse, matar, crear nuevos androides sin permiso, casarse o imitar comportamientos biológicos para los que no habían sido diseñados, en un intento de evitar que la tríada universal -sexo, drogas y alcohol-, los androides eran el pariente más eficiente y antropomorfo de lavadoras y exprimidoras. Marfa y Frederick habían bromeado en ocasiones acerca de la supuesta potencia sexual de los androides; quizá llegaría mucho antes una versión contemporánea de *Justine o los infortunios de la virtud*, escrita por algún connoisseur de las peripecias del marqués de Sade, que un estatuto de ciudadanía para las máquinas -aplazado *sine die*- reconociendo sus derechos y libertades individuales. Los bromistas decían en petit comité que, en la historia de Estados Unidos, primero se había superado el tabú del presidente abolicionista, luego el de presidente católico, luego el de presidente negro, luego el de presidente declaradamente homosexual, luego el de presidente hispano, y finalmente se había roto el mayor tabú de todos: el de un presidente mujer. Los androides lo tendrían peor para obtener una ciudadanía de pleno derecho en los países avanzados que las mujeres para presidir Estados Unidos. O los Estados "(des)Unidos" -recordaban quienes habían asistido, en una generación, a la implosión del país en microestados independientes-. Como una broma de la historia, el territorio de Estados Unidos se reducía al controlado por el ejército Yankee entre el río Ohio y el norte de la línea Mason-Dixon, la división cultural y bélica entre el Norte y el Sur de las que habían sido las Trece Colonias británicas.

Marcus vio reflejada la silueta de Mickie y sus dos secuaces en el pasillo acristalado que conducía a la entrada, más allá de las taquillas. El cuchicheo presagiaba lo peor. Esta ocasión sería diferente, pensó. Así que cerró los puños con fuerza y se dispuso a confrontar a Kowalski, pero la idea se desvaneció una vez más con la facilidad de la bruma matutina sobre las hojas fractales en la afilada copa de los secuoyas.

- Eh, Marcus. Me han dicho que tienes un androide loquero solo para ti -los dos acompañantes, el delgado, alto y enflequillado Barzini, y el pecoso, bajito y enclenque Ollie Scholtus, gangoseaban divertidos, anticipándose a las dificultades de su interlocutor para contestar.

- Nn... nn... no-sé-de-qué mmm...

- ¿Qué, no-sé-de-qué? ¿Por qué corres tanto unas veces y otras te quedas encallado como uno de esos orgánicos salvajes de Mendocino? No me la vuelvas a jugar, chaval. Alguien me ha denunciado al comité escolar y sé que has sido tú. Menos mal que no te funciona el implante; si te funcionara, tendrías todo el día la grabadora en marcha. Te pego un...

Mickie hizo un ademán con el hombro derecho, sin levantar el brazo; los detectores de violencia de la instalación habrían saltado, registrando la amenaza y, posiblemente, provocando su expulsión.

- Nn... no sé de qué me hablas -expresó Marcus con una muy forzada naturalidad.

En realidad, era el propio Mickie quien requería la ayuda de un sub-psiquiatra que sus madres pagaban gustosamente, tratando de enmendar con cuidados paliativos lo que la epigenética y las caprichosas leyes de la evolución les habían denegado con su hijo. ¿Estaba Mickie destinado a convertirse en una vía muerta evolutiva, un Ciudadano Aumentado sin descendencia?

Marcus respiró con profundidad y, mirando a los ojos de un Mickie crecido ante la presencia de sus dos guardaespaldas, logró soltar de carrerilla lo que tenía que decir:

- Mi madre me está esperando. Así que ruego que me dejes pasar.

- Ni de coña, chaval. Primero me tienes que explicar cómo la tiene de grande el androide loquero que te intenta curar la cabeza... -Kowalski miró hacia sus dos secuaces para disfrutar de su reacción.

La sangre de Marcus hervía. Sabía que en semejante estado de excitación no podía concederle al abusón la ventaja de trastabillar en la contestación. Había llegado el momento de dar una lección al gordo pagándole con su propia moneda. Pensó en lo que debía decir mientras oía el eco de las risas junto a él:

- Pues a mí m... me han dicho que el androide que te ayuda en ca...sa tiene más de dos pier...nas.... y que no viene a verte a ti, sino a enseñar a tus madres algo... digamos... grande. El otro día las vi en un holograma encriptado que circula por ahí... arrodilladas....

Kowalski tardó unos segundos en reaccionar, que a Marcus le supieron a una eternidad. Observó a Barzini y a Ollie mirándose cohibidos, luchando con todas sus fuerzas para no reírse delante de su amigo y evitar que la reprimenda que debía ganarse el debilucho tartaja frente a ellos revirtiera sobre ambos.

Pero Marcus estaba preparado. Había luchado con todas sus fuerzas durante años para no revelar su secreto, pero en esta ocasión el gordo había ido demasiado lejos. Mientras le sostenía la mirada con irreverencia, se introdujo en el protocolo del asistente coclear de Mickie y activó un sonido saturado, seguido de una alucinación psicoactiva: la saturación kaleidoscópica del cromatismo percibido por sus retinas. Sinestesia en estado puro. El horror descrito por Timothy Leary y Hunter S. Thompson actuando en la corteza cerebral de un niño de diez años.

Apenas habían pasado cinco segundos entre su decisión y el espectáculo que ahora presenciaban Barzini, Ollie y el resto de niños que cruzaban el pasillo en ese instante, la hora punta después de que hubiera sonado el timbre de las tres de la tarde. Mickie Kowalski se retorcía en el suelo, asustado tanto por el estridente sonido en su oído como por la realidad distorsionada que observaba: los colores más cálidos eran ahora de un granate sangrante, mientras los colores fríos se confundían con la luz, aunque lo que le causaba pavor era la capacidad para ver los sonidos y oír los colores.

- ¡Ayuda, ayuda! ¡No sé qué me está ocurriendo! -su alarido llegó hasta el aparcamiento.

Marcus se alejaba aprovechando el corro de chicos y chicas, enmudecidos por el horroroso y surrealista espectáculo. ¿Qué clase de ataque le había dado al abusón Kowalski? Se lo tiene merecido, musitaron los perdedores. Ha llegado el momento de ocupar su puesto, pensaron los aprendices de abusón.

Desde la puerta, mientras observaba cómo dos maestros trataban de acercarse al niño en aprietos dispersando el corro que se había formado, decidió acabar la ofensiva. Se aseguró de no dejar trazas ni paquetes de datos sueltos usados durante el ataque al protocolo de comunicación inalámbrica del asistente virtual de Kowalski y, celebrando en silencio su primera victoria frente al gordo, corrió a la intemperie para abrazar a su madre, mientras un tic le obligaba compulsivamente a abrir y cerrar los ojos.

Conducían hacia casa después de pasar por Printorganics, el centro de impresión de polímeros orgánicos de Los Altos Hills. A diferencia de otros centros de impresión, el de Los Altos imprimía cualquier tipo de producto -desde alimentos hasta piezas personalizadas para automóviles- con polímeros íntegramente orgánicos y cuya estructura molecular era ampliamente biodegradable. Le gustaba comprar alimentos con antioxidantes a granel, en forma de pequeños bloques del tamaño de un lingote de oro. Prefería que sus lingotes orgánicos carecieran de formas personalizadas, tanto inspiradas en productos de la naturaleza como en lo que alguien quisiera diseñar o descargar de las bibliotecas accesibles desde cualquier terminal: el asistente virtual, las gafas de sol, el reloj... Printorganics tenía tanto tirón en la zona que disponía incluso de dos dependientes humanos, un hombre y una mujer, ambos de mediana edad, sonrisa que mostraba una dentadura perfecta y amabilidad a prueba de altibajos. Las pupilas de ambos, ligeramente dilatadas a las tres y media de la tarde, así como una esclerótica ligeramente amarillenta, denotaban el uso de suero alimenticio con opiáceos dosificados en función de metabolismo y código genético. Recordaba una octavilla traída a casa por su marido, una de esas que empezaban por un "¿Sabías que...?". En ésta, se explicaba que entre un quince y un veinte por ciento de la población adulta del Valle era controlada por la élite no reconocida de distribuidores de suero opiáceo, un monopolio *de facto*, al ser producido y distribuido por una sola empresa. Acto seguido, se explicaban los síntomas y consecuencias de la ingestión de este "alimento estimulante", especialmente popular entre trabajadores de la industria de distribución. Dilatación de pupilas, amarilleo de la esclerótica ocular, excitación prolongada, buen humor, capacidad empática o euforia estructurada (deseo de realizar eventos repetitivos... en otras palabras, afán de trabajar en puestos que nadie en su sano juicio habría anhelado).

El panfleto acababa sentenciando: "Curiosamente, el suero opiáceo genérico producido en terceros países ha sido prohibido por no cumplir con los requisitos de seguridad médica y alimentaria de la Agencia de Protección de Ciudadanos Aumentados".

- ¿Desea que añadamos aromas? Le recomendamos que busque las palabras clave "cocina Cajún" y "manjares havasupai".

- ¿Qué son los manjares havasupai? -preguntó Marfa distraída mientras peinaba el flequillo a su hijo, como intentando espantarle el tic de la cara.

- ¿Me lo pregunta a mí o a su asistente virtual? -la dependienta le sonrió con sus amarillentos y dilatados ojos.

Marfa sonrió de vuelta. Un ser humano, reflexionó. Colocado, sí, pero un ser humano al fin y al cabo.

- Le pregunto a usted, discúlpeme. Estoy tan acostumbrada a interaccionar con androides que pierdo la costumbre de mirar a los ojos en este tipo de encuentros... ya sabe, la multitarea.

La dependienta rió en esta ocasión.

- No se preocupe. Los havasupai son un pueblo de nativos americanos que habitó en el interior del cañón del Colorado hasta mediados de siglo. Desarrollaron una cultura y cocina propias antes de la era de los drones. En la década de los veinte, cuando las misiones de la empresa de Elon Musk... ya sabe, SpaceX... cuando Space X, los chinos y los indios ya habían puesto a sus primeros astronautas sobre Marte, los havasupai todavía recibían su correspondencia física y paquetería en mula, como lo habían hecho desde que el gobierno estadounidense instaurara el servicio. ¿Se imagina? Cuando llegaron los drones, la cocina desapareció y se agravaron los problemas endémicos de la gente. No hace falta que se los mencione...

- Entiendo. Pero me alegro de que, como dice, se haya conservado la huella digital de su cocina.

- Sí. Y, ¿sabe una cosa? Es una de esas cocinas con amplios conocimientos en gramíneas, dientes de león y plantas de hoja no domesticadas durante el neolítico, así que es muy rica en fitonutrientes. Los lingotes havasupai se encuentran entre los que concentran más antioxidantes, ácidos polinsaturados y monoinsaturados que hemos creado jamás.

- Mam... Mamá... -Marcus se impacientaba. Se mostraba inquieto, así que su madre pensó que el pequeño tenía que ir al lavabo. Pese a su edad, a Marcus todavía le costaba controlar esfínteres.

- Pago y nos vamos, pequeño -y dirigiéndose a la dependienta, en esta ocasión mirándola a los ojos:- Le agradezco la explicación. La próxima vez probaremos los lingotes havasupai. Quizá también compremos el aliño evocador, incluyendo aromas y texturas originales... no nos conformaremos con el gusto. Por cierto, ¿me podría indicar dónde está el servicio?

- Frente a usted. Puede abrir la puerta usando el identificador de su asistente.

Ya en el aseo del establecimiento, le sorprendió que su hijo se quedara parado, con la puerta entreabierta.

- Nn... nn... no-quería-venir-al-servicio.

- ¿Entonces?

- Ess-ssa ss... ss... señora me incomoda.

La madre suspiró, cansada. Apenas había pasado cuarenta y cinco minutos con su hijo y el nudo en la garganta avanzaba de nuevo, irrefrenable.

- No te preocupes, vida. Vamos a casa.

Marcus caminó delante de su madre, tembloroso. La tembladera era tan plausible que su madre, percatada, pensó que su hijo le había engañado y que estaba a punto de hacer sus necesidades. El niño, sin embargo, aceleró el paso, rígido como un flamenco, y giró en un ángulo de noventa grados para salir por la puerta principal y hacia el coche.

Su madre, algo retrasada y con el carrito autónomo tras ella como un perro faldero, no quería marcharse sin despedirse de la dependienta. Justo cuando se preparaba para mostrarle su consideración con un simple "adiós", percibió que algo no iba bien. La dependienta, en ese instante a solas en medio de la tienda, padecía fuertes arcadas. Acto seguido cayó en redondo al suelo y se desató lo que parecía un ataque epiléptico. El otro dependiente corrió hacia ella, sorprendido. Por su reacción, era la primera ocasión que sucedía. Un círculo se arremolinó en torno al dependiente, que pidió a personas y androides que se dispersaran para que circulara el aire en torno a la dependienta. Un androide analizó sus constantes vitales y decidió esperar a que llegaran los drones de urgencias; el hospital más cercano estaba a apenas un minuto en aerotaxi con prioridad de circulación. En menos de diez minutos, la dependienta debía estar en el hospital, lista para dar las gracias a los profesionales que la habrían atendido.

En esta ocasión, no sucedió así.

Los drones que llegaron no llevaban identificador y superaban la treintena de unidades. A los cinco minutos, decidió caminar hacia el coche tras comprobar que su hijo le esperaba en el interior.

Unas horas más tarde, al recrear la escena a su marido, recordó con nitidez un detalle que hasta entonces había permanecido sepultado en su conciencia, como si formara parte del volumen de información descartado por la mente a cada instante para evitar la sobrecarga cognitiva:

- ¿Sabes lo más extraño de todo? -explicó Marfa a Frederick-. Su corazón se había parado según el androide que la atendió, un sub-enfermero que explicó que delegaba el caso a la brigada hospitalaria más próxima ya que la reanimación in situ sería "rutinaria" para ellos.

- Sí, casi siempre es así. Los drones de urgencias reaniman casi todo, salvo casos extremos como decapitaciones, calcinaciones, etcétera.

- No la intentaron reanimar, Frederick.

- ¿Qué?

- Se la llevaron muerta. No tenían identificación y la sacaron muerta del establecimiento.

Consciente de que, como había especulado el misterioso conductor que se había parado ante él aquella misma mañana, sus asistentes virtuales podían tener una puerta trasera que permitiría a otros acceder a sus elucubraciones, controló sus impulsos y, guiñando un ojo a su mujer, la invitó a tranquilizarse.

- De momento, sólo son conjeturas. Ya verás cómo la próxima vez que vayas a la impresora orgánica te encuentras con la misma dependienta. Y, si no la vieras, no hay por qué alarmarse. Preguntas a su compañero, el dependiente que comentas. Otro humano, ¿verdad?

- Sí.

- Bien. Ya sabes lo patosos que somos los humanos para ocultar nuestro pesar.

Volvió a guiñar el ojo a su mujer, señalándose a su vez el oído. Su mujer asintió con la cabeza, confirmando que entendía las sospechas.

Frederick agarró la olla de hierro colado Le Creuset. Con el dispensador de aceite en la mano, primero lanzó un chorro de aceite de oliva virgen, seguido de un chorro de aceite de linaza y otro de aceite de ricino. A continuación introdujo paleocebolla cortada y escamas de sal producida a apenas cuarenta minutos corriendo hacia el noreste, entre East Palo Alto y el puente de San Mateo, que unía la orilla este de la península de San Francisco con el otro lado de la bahía, donde empezaba el difuso y áspero mundo más allá del Valle.

Frederick cayó en que no había visto a su hijo entrar en casa. Miró hacia el cubo transparente que conformaba el aparcamiento, visualmente unido al interior de la casa. Allí estaba el pequeño, todavía sentado en el asiento delantero con la mirada perdida e incapaz de cruzar la barrera imaginaria de la puerta del coche -abierta- y la lámina de aerogel flexible, que al atravesarla cargaba el vello corporal de electricidad estática.

- ¿Qué le ocurre? -preguntó Frederick a su mujer-. ¿Otra vez el gordo abusón?

- No, que yo sepa. Se ha comportado de un modo más especial al que nos tiene acostumbrados desde...

Recordó la indicación de su marido: no conversar sobre el extraño suceso del supermercado y los asistentes virtuales activos. Frederick tendría alguna razón de peso para haber sugerido aquel comportamiento.

- Desde que salió de la escuela, ¿verdad?

En esta ocasión, Frederick no necesitó insistir en su temor; era consciente de que buena parte de los problemas anímicos de su mujer en la última década estaban relacionados con una sólida corazonada. La intuición inequívoca partía de la capacidad de algunas personas para establecer hipótesis plausibles con presentimientos que intuyen lo confirmado más tarde con el análisis de la experiencia. Se trataba de despejar incógnitas y no temer a la refutación empírica de lo que se creía una verdad, evitando de paso elaborar peligrosas teorías conspirativas, al fin y al cabo monstruos producidos por el sueño de la razón, como había constatado Goya en la lámina número 43 de sus *Caprichos*.

Una vez caramelizada la paleocebolla, lanzó a la olla los tacos de alimento fresco rico en antioxidantes que su mujer había impreso bajo demanda en Los Altos, con tres dientes de superajo troceado y un puñado de dientes de león. Lo salteó con una cuchara de madera que ya había usado su madre y, antes de ésta, su abuela; la punta redondeada era ahora un gastado trozo de madera oscura que describía una diagonal. La paleocebolla, el superajo, las especias, los dientes de león y los gusanos que añadió al final para completar el contenido proteínico, salían de la minigranja orgánica en el patio trasero, gestionada por dos robots Roomba cuya forma y comportamiento recordaban al legendario C3PO de *La guerra de las galaxias*.

- Acaba con el salteado -pidió Frederick a su mujer-. Tengo aquí los platos. Y sí, quiero vino. Voy a charlar un momento con nuestro pequeño rebelde...

Frederick se acercó al garaje. Se echó el pelo hacia adelante, como sacudiéndose las ideas, una pequeña manía antes de cruzar la pantalla de aerogel de baja densidad, que bloqueaba aire, polvo y ácaros pero cedía ante la mínima presión, para recuperar a continuación su forma original. El flequillo despeinado tapaba sus ojos hasta entrar en contacto con la pantalla; una vez al otro lado de la pantalla, su cabello aparecía de repente peinado para atrás.

Se asomó al habitáculo del auto familiar apoyando sus manos sobre la puerta de ala de gaviota, abierta.

- Tu madre me ha explicado que estás un poco cansado.

El rostro ausente de su hijo, así como el sudor de su frente, le preocuparon más que de costumbre. Activó la aplicación de salud con un comando de voz. Depositó su mano izquierda sobre la frente de su hijo, mientras con la otra mano le tomaba el pulso en la muñeca:

- Iniciar Salud. Temperatura, ritmo cardíaco, estado somático general.

- ...

- Activar temperatura, ritmo cardíaco, estado...

- ...

Que recordara, su implante nunca se había bloqueado con una demanda, pero en ese momento no estaba respondiendo. Los transistores de nanotubos de carbono, pequeños como moléculas simples, tenían una capacidad de proceso equivalente al potencial del cerebro humano y una capacidad de respuesta muy inferior a lo que la conciencia humana interpretaba como lentitud o espera. La anomalía se salía de lo tolerable expuesto en los manuales. Una nueva sorpresa para una extraña jornada. Finalmente, al retirar sus manos de la frente y muñeca de su hijo, el asistente virtual contestó:

- Extremidades conectadas al medidor. Imposible tomar las mediciones demandadas. No hay extremidades en contacto con otro cuerpo.

- "No-hay-extremidades-en-contacto-con-otro-cuerpo" -repitió Frederick con retintín, emulando la voz robótica presente en las viejas películas de ciencia ficción del siglo XX, durante la era predigital; HAL 9000 apareció en su corteza cerebral como el residuo popular de una época pretérita-. No tengo las manos en mi hijo porque me he pasado un buen rato en posición y no me has hecho ni caso.

- Solicito una toma de temperatura en la frente y otra en la muñeca para medir constantes vitales, Frederick.

Frederick, sorprendido por la fría insistencia del asistente, estimó que podía estar en la hipótesis falsa. "¿Cómo no va a responder un algoritmo con frialdad? Eso se le presupone a los algoritmos. También su falta de empatía. ¿Verdad? ¿Verdad?", pensó para sí. Respondió a la solicitud del asistente y, a la vez, añadió una orden adicional con cierta causticidad, "por si acaso" se encontraba ante un algoritmo distinto al que los ciudadanos del Valle habían accedido a implantarse en el oído interno:

- Nota a mí mismo: asegurarme de que el implante no tiene ningún desperfecto usando el método de comprobación remota.

- Nota registrada -respondió el asistente virtual (ahora sí) al instante-. ¿Deseas algo más, Frederick? -esta última coletilla ya no le pareció tan natural al huésped del algoritmo, no acostumbrado a sugerencias adicionales que rozaban la iniciativa propia.

La hipótesis más descabellada, pero plausible, empezaba a dibujarse en su mente: ¿era posible que los algoritmos personalizados para cada ciudadano incluyeran por defecto una "puerta trasera" que no dependiera de la virtualmente inviolable contraseña genética personalizada de cada algoritmo, una vez implantado en una persona concreta? En otras palabras, existía la posibilidad empírica de que no fuera necesario conocer la contraseña derivada de la simbiosis implante-persona, sino que bastara con conocer una clave para entrar en Núcleo y, desde ahí, acceder a cualquier implante del Valle. Una posibilidad remota, pero que avanzaba en la corteza de su cerebro como la sombra agazapada que se proyecta sobre un muro en una película clásica de terror de mediados del siglo XX.

Sobre el papel, un asistente virtual era un mero algoritmo personalizado a partir de un código fuente compartido por todos los ciudadanos del Valle. Su infalibilidad contrarrestaba su principal limitación: carecía de conciencia autónoma, sustituida por una conciencia limitada con marca genética de bloqueo para impedir desarrollos ajenos a los planeados en las proyecciones de su diseño. Asimismo, sus minúsculas redes neuronales artificiales estaban supeditadas en todo momento al usuario huésped. Los asistentes carecían de autonomía total en todas las tareas realizadas y "morían" -dejaban de funcionar- al abandonar el huésped o al certificar la muerte de éste. Carecían de sentimientos propios y se limitaban a rendir al máximo en lo que se había convertido en el equivalente a la fórmula de la Coca-Cola para la sociedad del Valle: un acompañante virtual ejerciendo de voz de la conciencia para tomar decisiones acertadas.

Según la teoría mecanicista desarrollada al crear el código fuente de Núcleo, la base de la realidad transhumana en el Valle y, por tanto, el sustento para convertir a un individuo librepensador (paradigma de la Ilustración) en individuo "aumentado" (paradigma del individuo con capacidades multiplicadas usando tecnología implantada para lograr la "areté" o excelencia griega, o acaso el "superhombre" de Nietzsche), era la ausencia de sentimientos o empatía autónoma en los implantes inteligentes que debían "aumentar" la inteligencia de la ciudadanía. No había voluntad individual o sentido de la propia existencia en los asistentes virtuales, ni éstos podían considerarse una proto-conciencia. Hasta aquí la teoría, pero había una pregunta que nadie había resuelto a dos expertos en código fuente como el matrimonio Terlingua: si la base del sustento de la vida biológica se encontraba en la capacidad de la vida para replicar sus instrucciones configuradas en marcadores impresos en moléculas versátiles (proteínas, la base de la genética, que era la continuación o copia de la vida con el menor número de errores) evolucionaba con mutaciones, ¿podían los algoritmos aprender a replicarse usando la misma estrategia evolutiva de los organismos, favoreciendo a los especímenes más adaptados y, por tanto, adoptando unas mutaciones y dejando otras en vía muerta? Los implantes carecían de conciencia individual. De momento.

Lo que en principio podía parecer "frío" o "contraproducente" se revelaría -pensaron los miles de diseñadores de Núcleo- como la principal ventaja de los asistentes virtuales: sin sentimientos, los rápidos algoritmos, diseñados para una extrema flexibilidad y adaptabilidad, encontrarían la solución más corta a un dilema presentado. Los implantes se basaban en la simbiosis de Núcleo con el código genético de cada individuo y, salvo en contadas excepciones -cuántas, nadie lo sabía, o al menos todo el mundo creía que nadie lo sabía-, el algoritmo resultante propulsaba un asistente virtual que mejoraba "radicalmente" la vida de cada ciudadano. O eso era al menos lo explicado por el consenso colaborativo de la ciudadanía a través de la herramienta Sentido Común P2P.

"Sin implante, un individuo librepensante puede aspirar a lo más alto y, con propósito, talento y trabajo duro, puede llegar adonde se proponga. Y aspirar a lo que Steve Jobs llamó 'dejar huella en el universo'. Con implante, todos aceleraremos nuestro camino a la autorrealización. A nuestro lado, tendremos a un intachable, incansable y extremadamente eficiente asistente actuando como el Yo racional de nuestra conciencia. Las metáforas no serán necesarias, porque nuestro asistente personalizado residirá en el interior de nuestro oído, atento a nuestras necesidades racionales. Un ayudante que nunca nos defraudará, que no conoce el significado de traición, diseñado únicamente para llegar adonde nosotros queramos, para responder a más premisas que nunca y para tomar decisiones lógicas y acertadas. Tomemos a Aristóteles, destilemos su pensamiento y aislemos únicamente la parte que nos interesa para nuestro implante: su idea acerca de la lógica como potencial para ser mejores y autorrealizarnos. Caminaremos hacia la excelencia, tal y como la entendía la Grecia Clásica: polimatía, o proceso inacabable hacia la luz del conocimiento".

La empatía, los sentimientos y las motivaciones no habían formado parte de la ecuación de Núcleo, ni podían ser alcanzadas por el algoritmo que propulsaba cada implante "por diseño". Tras la evocación seguida de una fugaz reflexión, a Frederick se le escapó un comentario:

- Sobre el papel. Eso, sobre el papel.

Al instante, confirmando las sospechas de su huésped, el asistente virtual demandó lo que parecía una aclaración. El algoritmo hacía algo para lo que no había sido diseñado. Avanzaba en una corazonada como un buen sabueso, como uno de esos reporteros de la edad dorada de la prensa escrita:

- ¿Te refieres a que busque un lugar para comprar papel? ¿Algún establecimiento para comprar alguna herramienta de escritura? ¿O acaso prefieres que repase las últimas entradas sobre compra de material de papelería durante los últimos meses? En este último caso, te recuerdo que es posible mancomunar la búsqueda con el asistente de tu mujer si realizas una petición neural, una tarea que requiere Administrador. Finalmente, según el historial conversacional de los últimos años, hay un 63% de probabilidad de que te refieras a la expresión en sentido figurado: "sobre el papel". Si fuera así, todavía necesitaría saber de qué se trata, dada la ambivalencia de "eso": ¿pronombre demostrativo o locución adverbial?

- En realidad, hablaba solo... Tomemos temperatura y pulso.

Frederick reparó en el rostro de su hijo, que le miraba embobado. El niño se acercó el dedo índice a los labios, lentamente, repitiendo el misterioso comportamiento de aquella misma mañana.

En efecto, Marcus tenía algo de fiebre, pero nada grave. El asistente confirmó la presencia de un leve virus gripal con epicentro en varios establecimientos, las escuelas de la zona entre ellos.

Cuando Frederick consiguió arrastrar a su hijo hasta la mesa, la comida estaba servida ante ellos. Marcus intentó apartar los tacos de comida impresa y centrarse en los gusanos y chapulines colorados, unos saltamontes nativos de México y Estados Unidos que solían saltear en una sartén aparte para que fueran más crujientes. Marcus los devoraba como caramelos, con el riesgo de apartar el resto de la comida.

- Ya sabes lo que tienes que hacer si quieres comerte los chapulines, cariño -avisó su madre en el bajo tono habitual, más dulce y tranquilo que de costumbre.

- Ss... sí -Marcus saboreaba todavía un chapulín cuando se dispuso a hablar, no sin antes domeñar el tic ocular, que duró varios segundos

y le obligó a hacer una mueca con boca y nariz-. En la esc... es-cue...
en-la-escuela-estamos-aprendiendo-progra...

programación-en-Bloque.

La programación en Bloque era el lenguaje de programación por objetos creado desde cero en el proceso de fundación del nuevo Estado del Valle de Silicio, usado en Núcleo y en todas y cada una de las líneas de código que corrían en el Valle. Cualquier persona, empresa o institución foráneas con intención de vender o exportar algo al valle de Santa Clara, debía primero convertir el software de su producto a lenguaje Bloque, así como superar un proceso de admisión que comprobaba incompatibilidades y, según los interesados en introducir sus productos y servicios en el micropaís, creaba una desventaja competitiva entre la industria local y la ajena a la península. ¿Dónde situar la frontera entre seguridad legítima y proteccionismo? Poco a poco, se producía el cambio estructural que se había previsto en el Valle: debido a la importancia de la industria tecnológica de la zona, preeminente en todo el mundo, así como al elevado poder adquisitivo de sus ciudadanos y empresas, los lenguajes de programación con objetos alternativos habían perdido cuota de mercado a favor de Bloque.

- ¿Sí? Me alegro que ya estéis por Bloque. Hasta ahora, aprendíais con el método Roseta, ¿verdad? Es normal, si aprendes con Roseta, luego es más fácil entender cualquier programación, porque todas funcionan igual...

- Deja hablar a Marcus -Marfa interrumpió a su marido, intuyendo que su hijo tenía algo que decirles.

- Nn... nn... no-entiendo-por-qué Bloq... Bloque tiene cinco objetos para combinar. T... t... tendría más sentido si fueran cuatro piez... piezas esenciales, como la base nitrogenada de n... nuestra secuencia genética... -Marfa soltó el tenedor y miró a su marido, que le indicó que él respondería-.

La   combinación   de   A-T-C-G...
¿Por-qué-cinco-y-no-cuatro-tipos-de-bloque?

- Buena pregunta... ¿Cuántos días dices que lleváis con Bloque?

- Uno.

- ¿Un día?

- Ssí... pero-para-mí-es-familiar.

- ¿Desde cuándo? Nunca lo habíamos hablado de ello hasta ahora.

El niño, que presidía un extremo de la mesa, miró a sus padres a uno y otro lado con decisión. Levantó los dos índices y se señaló ambas orejas. Acto seguido, cogió un viejo lápiz de carpintero de grafito que había heredado de su abuelo y escribió sobre la mesa sobre un plano imaginario perpendicular a su posición. Escribió en mayúscula, de manera inversa y con la base de las letras del lado de sus padres para facilitarles la lectura:

- DESDE SIEMPRE.

¿Qué niño retrasado de nueve años se tomaría tal molestia y escribiría a la perfección a la inversa y boca abajo, y además a toda velocidad? Siguió escribiendo abajo.

- CREÍA QUE ERA UN JUEGO SÓLO MÍO. AHORA SÉ QUE MIS COMBINACIONES SE LLAMAN BLOQUE.

El niño sonrió con algo de melancolía. Su madre se emocionó con la sonrisa de su hijo. Dos lagrimones acelerados inundaron sus pestañas y rodaron sin control mejilla abajo.

Su padre tenía el rostro enrojecido; se debatía, en silencio, por controlar un ataque de ansiedad. Después de la primera frase, había esperado la segunda. La misma caligrafía, el mismo mensaje, el mismo papel.

Capítulo 4
Tras los pasos de Edmundo Dantés

Frederick contaba y leía historias a su hijo desde que Marcus era un bebé feliz y vivaracho, con una amplia cabeza calva en la que la mirada diáfana de sus atentos ojos redondos azul transparente competía por la atención paternal con la sonrisa desdentada de un mamífero que recién ha descubierto la existencia.

La lectura había calmado al niño antes del implante; después del implante fallido, este momento al final del día cumplía una doble función. Por un lado, era el único somnífero infalible, el cordón umbilical del pequeño con la vida intuida anterior al día que entrara en el quirófano para convertirse en Ciudadano Aumentado de pleno derecho, gracias al asistente virtual y a su conexión con el repositorio del pecho (a diferencia del asistente, el "repo" se instalaba en las primeras horas de vida, cuando había menos riesgo de rechazo). Pero la lectura se había convertido también en la silenciosa expiación de Frederick con la "situación", el extraño mal que impedía a Marcus ser como debería haber sido. Casi diez años más tarde, Frederick seguía leyendo a su hijo en la cama pese a que Marcus leía quizá más rápido que él. Marcus no leía como un niño, sino más bien como un adulto lector: cómodo, seguro de sí mismo, con postura casual, devorando las líneas con rápida seguridad y sin mover los labios. Su inseguridad existencial desaparecía cuando ante él existía algún lenguaje humano que interpretar, fuera un cuento en una lengua desconocida o el algoritmo modificado para coordinar los sensores de temperatura y presión atmosférica con el riego automático y el nivel de nutrientes de la pequeña piscifactoría en la compacta y eficiente granja hidropónica del patio trasero.

Todo tendría que haber ido bien. Peor aún: todo había ido bien para Núcleo y Marcus era un Ciudadano Aumentado. Una vez se confirmó el rechazo de su metabolismo al asistente endógeno y se optó por una interfaz cerebro máquina externa, al menos Marfa y él no tuvieron que esforzarse por engañarse a sí mismos, obligándose a apoyar una opinión oficial que contradecía a su pálpito; ni siquiera

Núcleo había podido imponer la realidad y el asistente de Marcus mostró anomalías desde el primer instante.

Sólo un padre encontraba sentido a rutinas como flagelarse a sí mismo en actos de contrición no confesados. En la sociedad más laica y librepensante de la historia, donde sobre el papel se reinvindicaba la autorrealización individual a través del conocimiento -el retorno de la luz de Prometeo: el afán de independencia, el propósito vital razonado y el libre albedrío del ser humano-, Frederick sentía en su interior el dolor del pecador católico penitente, el pesar del alma sencilla y supersticiosa que en la Edad Media recurría a la penitencia por haber ofendido a Dios. Su Dios era el mismo que el de los estoicos: el Universo, el Todo, la luz del interior que es la luz del exterior, conociendo una de las cuales se avanza en la intuición de la otra. El Dios panteísta de las tribus primitivas, los filósofos clásicos, los Ilustrados, los mejores científicos del siglo XX... Pero su Dios Naturaleza se había revelado determinista, mandón y limitador como el primitivo y traicionero Yahvé abrahámico. Maldito Universo, maldito mecanismo cósmico, empecinado en mantener la nítida y bella luz de mi hijo en una jaula...

Llevaban dos noches leyendo *El conde de Montecristo* y, pese al cansancio acumulado al final de una jornada llena de emociones, Marcus no olvidó la cita de ambos con la aventura del cándido y prometedor joven Edmundo Dantés. Lo habían conocido -y Marcus le había saludado- imaginando al Faraón, el navío mercante que nos mece al inicio de la historia, llegando al puerto de Marsella con las bodegas llenas, un alivio para el armador y la tripulación, que se debatía entre la alegría de arribar a puerto y la tristeza de haber perdido a su capitán. Edmundo Dantés se postula como el nuevo y joven capitán, no por codicioso arribismo sino por respeto y actitud natural ante el armador y la tripulación; el joven es un ser humano que da la razón a Sócrates y a Jean Jacques Rousseau cuando ambos aseguran que el ser humano es bueno por naturaleza; una afirmación quizá algo temeraria, aunque totalmente cierta a propósito del bravo, bueno e inocente Dantés. A Marcus se le había hinchado el ánimo de esperanza en la humanidad, al imaginar a Dantés corriendo por los caminos sinuosos de los arrabales costeros de Marsella hasta llegar a Los Catalanes, el barrio donde vive Mercedes, su guapa y salerosa amada. Se casarán, sí. Se casarán porque se aman y serán la pareja más industriosa y feliz de Marsella. Son humildes, pero quieren aprender, ahorrar, prosperar, procurar el mejor futuro a sus relaciones y descendencia. Quizá, en un futuro no muy lejano, Edmundo compartirá una parte de la compañía naviera con su buen armador...

Pero Marcus entiende en la segunda noche de lectura que el escritor, en este caso los escritores, Alexandre Dumas y su ayudante Auguste Maquet, dejarán caer a Edmundo en manos de la inclemente serendipia. La fuerza de voluntad y el libre albedrío del noble personaje son violentados por dos individuos mezquinos, sin conciencia, faltos de naturaleza y talento para hacerse con lo que más quiere el inocentón Dantés -si adolece de algo, este ser humano bien nacido carece de picardía, y esta laguna es necesaria para la historia-: que resulta ser Mercedes (uno de ellos, Fernando, el primo de la muchacha, un impulsivo y traicionero mozo que sólo vive para demostrarle su amor a su prima carnal, no desiste en su empresa de que sea suya); y la capitanía del Faraón (Danglars, un apocado y traicionero compañero de Dantés, quiere tanto el puesto como Fernando a Mercedes, y envidia y odia tanto a Dantés como el propio Fernando).

Marcus notaba cómo a Fernando, el moreno y pasional catalán, le hierve la sangre al comprobar que Mercedes sólo tiene ojos para Edmundo y que la boda es imparable; y Danglars no soporta que el armador confíe en Dantés para el puesto de capitán del Faraón. Marcus se agarraba las rodillas con los antebrazos, tembloroso ante la impotencia de encontrarse en otra dimensión ajena a la del libro. La novela revivía de nuevo, como tantas otras veces desde que fuera publicada; en esta ocasión, lo hacía a manos de su padre, y a él apenas le estaba permitido conocer los detalles del aciago destino del joven marinero, tal era la sobreprotección a la que el Valle y su propia familia le sometían.

Cuando su padre leyó el pasaje en que Caderousse -el apocado vecino del padre de Dantés-, escribe la carta -dictada por Danglars y consentida por Fernando- que acabará con Dantés prisionero en el castillo de If, Marcus dio un alarido. Temía e intuía el penoso desarrollo de la historia, que haría sufrir a Edmundo Dantés, pero también a Mercedes y al padre de Edmundo.

- Dejamos de leerla, Marcus -le tranquilizó su padre-. Hay más libros en el mundo. Elijamos otro clásico de aventuras sin una trama tan injusta y traumática. Apenas hemos leído unas páginas y ya nos envían a nuestro héroe, un muchacho bueno, a las mazmorras de un castillo... Ah, la Vieja Europa -secó una enorme lágrima en la mejilla de su hijo-; mucho dolor e injusticias a tantas personas y durante tantas generaciones...

Su hijo se incorporó y, decidido, saltó de la cama. Encendió la luz y miró a su padre con el semblante serio, impasible. Hablarían de hombre a hombre.

- Papá, también podemos aprender de las historias tristes. De las que acaban bien y las que acaban mal. Yo creo que esta acabará bien. Edmundo Dantés tiene fuerza interior. Como tú, papá.

Su padre también se había incorporado y lloraba, en pijama y de rodillas, al lado de su hijo, de pie:

- ¿Te das cuenta, Marcus?

- ¿De qué, papá?

- La historia de Edmundo Dantés ha removido algo en ti. Ha salido el Marcus que tu madre y yo hemos presentido todos estos años. Eres un pequeño hombre, pero demuestras la sensatez de un filósofo -procuró controlar su emoción y enseñar a su hijo que incluso la felicidad más inesperada debía saborearse con sosiego, del mismo modo que había que relativizar la desdicha-. Marcus, no has tartamudeado cuando me explicabas tu preocupación por Edmundo Dantés.

"Ya está bien por hoy. Lo único que puedo prometerte ahora es que ayudaremos con todo lo que esté en nuestras manos para que Edmundo Dantés salga del castillo de If. Quién sabe, a lo mejor todo lo que le ocurra a partir de ahora le convierte en un hombre preparado para cosas que no habrían estado a su alcance con una vida plácida. Ya verás cómo la vida, Marcus, siempre te permite decidir. No estoy de acuerdo con los fatalistas absolutos.

- ¿Fatalistas absolutos?

- Son personas que creen que todo está escrito, como si toda la historia del universo fuera un inmenso engranaje preprogramado del que no podemos escabullirnos. Yo creo que hay un engranaje, pero tengo la convicción de que nuestra chispa, nuestra voluntad, puede hackear este engranaje cósmico.

- ¿Engranaje cósmico?

- Es una manera de hablar -sonrió a su hijo-. Ahora, duerme.

Cuando su padre estaba a punto de escurrirse por la pantalla de aerogel que servía de tabique traspasable entre el dormitorio de Marcus y el pasillo que daba a la acristalada fachada de la vivienda orientada hacia el naciente, Marcus le llamó y, señalándose el oído con el dedo índice, sentenció, en esta ocasión también sin tartamudear:

- Papá, yo también creo que aprenderemos mucho de Edmundo Dantés. Ya verás de qué somos capaces...

Sonrió y se giró hacia la pared. La habitación cayó poco a poco en la penumbra, al compás del ritmo circadiano del niño.

La noche fue tranquila. Ninguna sombra agazapada visitó a Marcus, ocupado en erigir de noche los misteriosos castillos de naipes imaginarios que deshacía de día, justo al contrario que Penélope, que tejía de día para engatusar a sus pretendientes y destejía de noche a la espera de Odiseo.

Cuando supo que aquellos bloques que había aprendido a combinar mentalmente desde que tenía uso de razón formaban parte del lenguaje de programación que movía las cosas en el mundo, desde los automatismos más sencillos hasta las tareas más gigantescas, se sorprendió y desengañó a la vez. Tenía la sensación de conocer el truco de Dios. Él combinaba cinco objetos distintos en series interminables, y la vida hacía lo propio combinando cuatro objetos en interminables marañas de hilos delgados con instrucciones para conformar una realidad determinada. Sin saberlo, durante el sueño se entrenaba para hacer y deshacer combinaciones con cada vez mayor pericia. El proceso no se parecía a la lógica, siempre dependiente del esfuerzo racional, sino que se manifestaba con la naturalidad de respirar o caminar: sin prestar atención consciente, creaba el equivalente en programación a los cromosomas, otorgándoles a continuación complejas funciones. Depositó las últimas secuencias de bloques, que se extendían por el vacío del sueño como una fractal líquida hasta que la geometría idéntica repetida a distintas escalas se disipó ante un accidente cognitivo externo, como una ola rompiendo en una playa desierta o una persona traspasando dimensiones en el espacio-tiempo con la desfachatez de una aguja reventando un globo: acababa de oír a sus padres hablando en la cocina.

En una fracción de segundo, los bloques abandonaron su mente y el niño se esforzó por devolver la estructura a su sitio. "Un momento: ¿cuál era su significado?"; se esforzó en vano por recuperar el hilo de aquel marasmo entre geométrico y conceptual, tan crucial apenas un instante atrás y ahora esquivo como una idea con la viscosidad de la materia viva, tangible. No era una mañana más... sí, sentía la misma impotencia de los despertares, ya familiares para él, en que recuperar la conciencia implicaba pinchar sin vuelta atrás la burbuja de la compleja construcción que mantenía ocupado a su inconsciente con la inexorable naturalidad del agua de un regato transformando peñas en cantos rodados.

"Al menos, ahora sé que las combinaciones tienen significado". Paradójicamente, la programación en bloque componía tanto sus sueños como el mundo tangible a su alrededor; si las proteínas eran el mejor modo de construir la maraña biológica de la vida con interminables secuencias de nucleótidos, las piezas de Bloque hacían lo propio con el sistema nervioso artificial que el ser humano erigía sobre el orgánico, conformando nuevas redes de micelios con la belleza de los dibujos de neuronas bipolares humanas a cargo del neurólogo español Santiago Ramón y Cajal, que observaba a diario con curiosidad en un cuadro del aula de la escuela. Lo esquivo en él equivalía a lo palpable en el mundo exterior.

Abrió los ojos. Dos vigas paralelas de cemento transparente cruzaban el techo. Su rugosa textura mate contrastaba con el brillo del cristal fotovoltaico translúcido que conformaba la cubierta, cada vez más iluminada con el ascenso del nuevo día en el exterior. La brisa movía las hojas de la gigantesca rama del roble centenario que proyectaba una sombra sobre el tejado de una punta a otra de la casa. Algunas mañanas jugaba a perseguir la sombra de las ardillas, que correteaban por la rama como los animales parásitos en simbiosis con una enorme criatura mitológica. Su padre le había explicado que, setenta millones de años atrás, los dinosaurios habían convivido con pequeñas criaturas escurridizas, casi siempre especializadas en aprovechar los desechos de los grandes reptiles de sangre caliente. Estos pequeños animales, peludos y nerviosos vertebrados de sangre caliente y movimientos espasmódicos, eran nuestros antepasados, los primeros mamíferos. Las ardillas que correteaban por el tejado translúcido como sombras chinescas no eran más que la evocación de una idea: algo así como una representación contemporánea de los parásitos de los dinosaurios; o acaso las sombras proyectadas en la pared de la caverna platónica. O lo que era lo mismo, las ardillas eran también los diminutos drones y sensores microelectromecánicos que conformaban el polvo inteligente del presente, siempre correteando en torno a las personas como mamíferos autómatas a la espera de la extinción del hombre aumentado, el viejo y lento dinosaurio cuyas células se oxidaban camino de la extinción. Criaturas artificiales ocultas e imperceptibles proyectando sólo sus efectos, como las personas desfilando con objetos en el regazo ante la hoguera que proyecta sus sombras en la pared de la caverna hasta el punto de confundir a los prisioneros de la alegoría de Platón. La idea (las sombras, lo único que se ve desde el interior de la caverna) se convierte en lo tangible para la experiencia de los prisioneros, mientras lo tangible (lo que nuestros sentidos interpretan como experiencia, lo razonado, la certeza aristotélica de que "A es A") se convierte en inalcanzable. Una trampa mística urdida por el maestro de Aristóteles de la que debían huir los más lúcidos del Valle.

Marcus giró la cabeza en busca del amuleto: un pesado dado azul índigo de veinte caras con el tamaño de una nuez; puesto sobre la gran mesa de grafito mate del comedor, el pequeño icosaedro parecía la Tierra transitando en su órbita solar, un astro anómalo y atiborrado de vida en un mar tenebroso. El oasis que, visto desde las naves que realizaban los trayectos hasta la luna y Marte, destelleaba ahora como una bola de cristal con agua y purpurina en su interior debido a la chatarra satelital acumulada en la estratosfera.

Las caras del icosaedro tenían pequeños mecanismos o protuberancias que se correspondían con sensores térmicos, lectores láser, antenas, micrófonos, microcámaras y un interior que albergaba un procesador cuántico alimentado con un giróscopo que convertía la energía cinética en electricidad. Al cumplir los ocho años, su abuelo materno le había regalado una pequeña navaja suiza. "Un consejo para el futuro -le había dicho-: esta es la única herramienta multiusos que nunca se girará en tu contra. Es una herramienta, y no una puerta a que otros la usen de manera teledirigida para convertirte a ti en la herramienta. La tecnología más sencilla puede ser también la más poderosa". Eso sí, su abuelo era un radical, un ciudadano orgánico que rechazaba los implantes y residía en Jefferson, microestado de la Costa Oeste de Norteamérica más allá de California del Norte, en tierra de bosques de secuoyas milenarias. Un hippie chapado a la antigua, un comedor de granola que usaba su propia distribución de Linux y vivía como un ermitaño en un solitario acantilado a unas millas de Mendocino, la pequeña y pintoresca localidad costera, siempre envuelta en la húmeda bruma del Pacífico. Su abuelo, un flaco y desgarbado corredor de fondo que había trabajado como ingeniero en el Valle antes de la independencia, siempre dejaba de hablarle cuando Marcus sacaba su amuleto del bolsillo y accionaba alguno de sus mecanismos.

- Es el primer paso -le decía.

- ¿El pri... pri... mer paso-de-qué? -respondía el pequeño con dificultad.

Observó las veinte caras del icosaedro y decidió enviar un abrazo en un holograma por correo al viejo, que nunca se había vuelto a casar después de que su mujer -la abuela que Marcus no había conocido-, muriera de ébola cuando Marfa tenía apenas la edad de su hijo.

"Hora de levantarse", le susurró el icosaedro, su asistente e interfaz cerebro máquina, a falta de un asistente virtual implantado que funcionara. Su asistente del oído nunca le había desvelado por la mañana, si bien todavía permanecía, durmiente, en el oído interno izquierdo.

La tranquilidad que le habían inspirado las hojas del roble movidas por la brisa y la evocación de su abuelo, con su quijotesco aspecto entre los cipreses y secuoyas envueltos en la niebla oceánica, fue dando paso a la ansiedad propia de un día más en la escuela.

Quizá el idiota de Mickie le tuviera preparada alguna represalia por el hackeo de su asistente. Por lo menos ahora sabía que, a diferencia de lo que le había dicho su abuelo al averiguar sus "capacidades", lo suyo no eran poderes mágicos, sino destreza natural para interrumpir virtualmente cualquier sistema encriptado programado en lenguaje Bloque. Nada de superhéroes; se alegraba de que finalmente se impusiera una explicación racional que le abría a su vez la puerta para, quizá, averiguar él mismo qué ocurría con su doloroso secreto, oculto a todos... menos a su abuelo: las "interferencias" que en ocasiones percibía en el implante del oído.

De camino al comedor, ya vestido, saludó a su padre con la cabeza mientras se acercaba a la cocina abierta a dar un beso a su madre.

El olor a fermento del kéfir caliente impregnaba el espacioso salón comedor. Su madre le dirigió una sonrisa y le extendió un plato con el blanco y viscoso kéfir, invitándole a hacer el habitual recorrido matutino: agarró un vaso de plástico del armario que llenó de kombucha en el dispensador de la nevera, añadiendo a continuación un puñado de arándanos, compota de manzana y un racimo de diminutos plátanos no domesticados, cuya herencia genética paleolítica procedía de las primeras musáceas de Australasia, unas hierbas perennes de siete metros de altura que daban unos frutos duros, pequeños y amargos... pero ricos en antioxidantes. Marcus era el único de la familia capaz de comer plátanos primitivos sin cocinar ni edulcorar. Finalmente, antes de sentarse acercó el vaso de kombucha al dispensador de miel, conectado a los panales de abejas melíferas en la colmena de la fachada exterior.

Su padre se sentó frente a él, ya duchado después de la carrera matutina, y le guiñó un ojo.

- ¿Cómo has dormido, chaval?

- Bien -sonrió, evitando una respuesta mecánica por primera vez en mucho tiempo.

- Creo que acercaré yo a Marcus hoy -dijo Marfa mientras se sentaba en el extremo de la ventana-; así me paso otra vez por

Printorganics y compramos más semillas; apenas queda linaza y hace ya unos días que nos faltan amaranto y sésamo.

Un rayo oblicuo iluminaba los mechones rebeldes de su cabello recogido, todavía sin cepillar.

- ¿Usarás la lanzadera o el autotaxi? -preguntó su marido-. No olvides actualizar el servicio en tu registro privado de actividad, así me quedo más tranquilo. Si no te importa, activo el robot mecánico para que haga una puesta a punto de tu chatarra.

La "chatarra" era un viejo Tesla Model X que Marfa había adquirido de segunda mano al cumplir los dieciséis años y todavía conservaba. Era el primer SUV eléctrico para "soccer mums", cuya producción había empezado en Fremont un lustro antes de que naciera la propia Marfa, antes de que los entusiastas de la mecánica y electrónica amateur promovieran, poco después, la era de la personalización automovilística. Para hacerlo posible, habían usado Tesla DIY, la plataforma tecnológica de código abierto que Tesla había hecho pública para que cualquiera pudiera personalizar sus propios vehículos y, de paso, enriqueciera de franco la propia tecnología, con su aportación altruista motivada por el interés personal. Abundaban los vehículos que ocultaban eficientes motores híbridos con célula eléctrica y motor de aire comprimido bajo una aparatosa carrocería de Toyota LandCruiser J40 de 1960, o bajo réplicas del Ford Bronco de 1966. Entre los jóvenes peliculeros, se había popularizado el uso de los trenes motores de la plataforma Tesla DIY y del viejo Tesla Roadster -este último, el primer vehículo de la marca de Elon Musk-, bajo carrocerías de hilo de fibra negro dando forma al Ford Mustang 390 GT 2+2 Fastback, conducido por Steve Mcqueen en *Bullitt*.

Además de ligeras y seguras, las carrocerías de hilo de carbono eran flexibles y personalizables a partir de diseños vectoriales por ordenador y bocetos artísticos a mano. Así, uno podía usar la fresadora casera o bien acudir a una tienda de impresión y elegir el tipo de fibra y el color del hilo que conformarían el polímero de la carrocería, así como regular el grado de agresividad y fidelidad de la interpretación del diseño vectorial o artístico. En la práctica, el conductor solía marcar los nervios del vehículo en función de sus niveles de testosterona. Desafiando el atávico y primitivo magnetismo de la gratificación instantánea, mujeres y personas maduras priorizaban la función ante la forma para lograr su ideal de equilibrio usando varios condicionantes: ligereza, seguridad, estética, precio. Esta última estrategia daba la razón al arquitecto moderno Louis Sullivan, maestro de Frank Lloyd Wright, que a finales del XIX había acuñado un axioma todavía vigente en el Valle: la forma sigue a la función.

Frederick untó paté de oliva con el tenedor-cuchillo sobre una tostada de pan de seis cereales que Marfa elaboraba con masa madre dos veces por semana.

- Pido un autotaxi ahora mismo y listos -Marfa se levantó de la mesa y acudió a arreglarse, mientras llamaba a un vehículo autónomo a través del asistente.

- Tú y yo tenemos una conversación pendiente este fin de semana, Marcus. ¿Crees que nos podemos encerrar en el garaje a experimentar con la impresora y la fresadora? Ahora que has empezado a programar en código Bloque en la escuela, quizá podemos combinarlo con un poco de práctica usando control numérico.

Frederick no esperó a que su hijo le contestara. Se levantó y le dejó desayunando, mientras se colocaba la fina chaqueta polar Patagonia que había pertenecido a su padre y se escabullía por el umbral de aerogel que dividía el comedor del habitáculo transparente conformado por el garaje, donde había tres vehículos aparcados. El viejo Model X familiar era el que acumulaba más millas. Usado tanto por Marfa como por su marido, el vehículo, con sus características puertas de ala de gaviota, conservaba el motor y la circuitería originales, si bien la vieja carrocería original de aluminio convencional había acumulado tantas abolladuras que años atrás habían decidido imprimir una versión de la carrocería en un material transparente y reforzado, compuesto por aluminio, oxígeno, nitrógeno y una película hidrofóbica para que su superficie repeliera polvo, contaminantes y agua.

El Model X compartía espacio con un pequeño Tesla DIY con carrocería de hilo de fibra de carbono, tres plazas -dos delanteras y una trasera- y un pequeño maletero. Finalmente, entre la fachada acristalada trasera con umbral de hidrogel para acceder al patio trasero sin necesidad de recorrer el interior de la vivienda, y ambos autos, había un girocoche que desafiaba la gravedad manteniendo el equilibrio sobre sus dos únicas ruedas gracias al giróscopo de su interior. Basado en el Segway, el girocoche combinaba elementos del Ford Gyron original, un vehículo conceptual que la marca había presentado en Detroit en 1961; y una motocicleta con anchura y carrocería propias de un automóvil de tres o cuatro ruedas. Tanto Frederick como su hijo bromeaban con que el pequeño Lit Motors Gyron DIY les convertía, cuando se encontraban en su comprimido habitáculo de dos plazas, en seres mitológicos, algo así como centauros de un mundo post-apocalíptico que nunca había llegado del todo, gracias a los avances tecnológicos que habían trampeado con los problemas más acuciantes de los países ricos y de las élites de los países emergentes, escudadas en edificios y ciudades fortificadas que rememoraban en muchos aspectos el Próximo Oriente de la época de las Cruzadas.

Aprovechando que acudía solo al trabajo, Frederick usó el comando de voz para que el piloto automático del Model X abriera paso al girocoche, que se aparcó solo delante de la vivienda.

Dentro de casa, Marfa avisó a su hijo de que el autotaxi les esperaba a la entrada de la carretera privada, junto a los dos robles centenarios de North Lemon. Cuando salieron de casa, el girocoche ya no estaba.

El asistente virtual pidió permiso para interrumpirla. Su marido le había dejado un mensaje de voz.

- Activar.

- "No llegaré hasta última hora. En el laboratorio estamos avanzando y tenemos que hacer pruebas que requieren un algo de interacción. Espero poder llegar a las ocho. Mantenme actualizado si surge alguna cosa. Si no te importa, puedes publicar cualquier novedad en el grupo familiar de tu registro de actividad y así lo consulto al instante... En fin, ya te explicaré esta noche o mañana por la mañana lo que me ronda por la cabeza. Están ocurriendo cosas que quizá estoy exagerando, así que necesito desahogarme en voz alta. No me esperes para cenar. Te quiero".

Se dirigió a su hijo:

- Papá no vendrá hoy a cenar.

- Ya lo sabía -confirmó el pequeño, lacónico y sin tartamudear.

- ¿Te lo ha dicho papá?

- Nn... no. O no... exactam... ente.

- ¿No exactamente?

El niño se limitó a tocarse el oído.

- ¿Te pica la oreja? -su hijo negó con la cabeza e insistió en indicar su oreja-. Creo que entiendo...

En efecto, pensó Marfa, esta familia necesita una seria conversación. Si los tres pensamos, o intuimos, que algo no marcha con nuestros asistentes, deberíamos comparar los síntomas que percibimos. Ya en el pequeño coche autónomo de dos plazas con conducción automatizada Google, Marfa tuvo que ajustar manualmente la climatización. Una idea que crecía como una sombra agazapada la había sofocado. ¿Qué había de cierto en las octavillas impresas lanzadas por drones ajenos al Valle que alertaban sobre la posible existencia de una "puerta trasera" en cada asistente virtual?

El oficialismo decía que todo iba "bien". Había una página mantenida por el Consorcio P2P, del que formaban parte todos los programadores e ingenieros del Valle, que ofrecía información en tiempo real sobre el estado de todos los algoritmos de uso común, entre ellos Núcleo y sus principales bifurcaciones. Asimismo, cualquier ciudadano podía aportar la clave aleatoria asignada a su código genético para comprobar el estado de su algoritmo particular conectado a sus dos implantes: al asistente coclear y al repositorio del pecho. Como siempre, la información disponible sobre el estatus y monitoreo del código fuente de Núcleo, así como las bifurcaciones que afectaban a Marfa y al ciudadano bajo su tutoría legal, su hijo, indicaban el verde de la normalidad.

El pequeño vehículo autónomo, cuyo acristalamiento transparente había sido oscurecido por Marfa nada más entrar en el habitáculo, se desplazaba por la Alameda de Las Pulgas.

- No hay q... que-mirar-ahí -le instó su hijo-. Esa información n... n... no es verídica.

- ¿Qué sabes tú de esta información?

- Es la que... dan para que la gen...te no se queje. No cambia el est...ado ni cuando hay actualizacion...es ni cuand...o hay des...aparecid...os.

Marfa no podía esconder su nervioso desconcierto, que se añadía a su ya de por sí inestable carácter afectado y taciturno. Trató de agrandar con la mano el cuello de su camiseta de cáñamo, una prenda suelta y ligera, lo que indicaba el origen endógeno del sofoco de su portadora. Marcus no pudo evitar dar un respingo cuando su madre ordenó al vehículo que cesara el hilo musical. El "música off" tuvo algo de desesperado y acalló *El Danubio Azul*, de Johann Strauss. Cerró los ojos un instante y trató de recuperar la calma.

- ¿Has dicho... desaparecidos? -preguntó a su hijo con un suplicante hilo de voz.

- Sí.

Marfa cerró la puerta del vehículo con ensañamiento, revelándose contra su frío automatismo. Habían llegado a la escuela. Hacía un día espléndido: los edificios, árboles y matojos del entorno se recortaban con claridad contra un cielo azul. Las flores llamaban a los insectos y colibríes de la zona. No había canto panteísta ni esperanza de quien se siente parte de la naturaleza: tanto Marcus como su madre no podían entregarse a celebrar la biofilia, la antigua conexión entre ser humano y naturaleza, mientras planeara sobre ellos un sentimiento tan antiguo como la propia comunión con el entorno: el miedo irracional que se acrecienta con la intuición. Aquella clara mañana más que nunca, percibieron como una amenaza el baile de insectos y aves en torno a las plantas de la zona.

Insectos y colibríes competían en las últimas décadas con drones creados a su imagen y semejanza, algunos de los cuales tenían un mecanismo de recarga cinética tan sofisticado que únicamente requerían electricidad ajena a la creada por su propio movimiento durante su primera puesta en marcha. Una vez batían las alas por primera vez, los drones insecto y drones colibrí de última generación no tenían que cargarse de nuevo. Las palomas mensajeras ideales.

Nunca antes *El Danubio azul* le había parecido a Marfa una canción tan triste y fuera de lugar. Nunca antes, el apacible valle de Santa Clara se había teñido del denso y descorazonado existencialismo de las viejas ciudades del mar del Norte que había visitado con su familia de niña, cuando su padre luchaba con las fuerzas especiales del ejército estadounidense asignadas en la zona para construir diques que protegieran de devastadoras inundaciones las tierras frisonas a lo largo del noreste de Holanda, el norte de Alemania y el este de Dinamarca.

- Hablaremos esta noche con papá. Ahora, no te preocupes -besó a su hijo en la frente, haciéndole sonreír.

Marcus se alejó con energía renovada, preparado incluso para afrontar, un día más, su inevitable enfrentamiento con Mickie el abusón. "Jodido gordo", pensó. "Ayer mordiste el polvo. Estoy preparado para que vuelvas a hacerlo hoy. Y mañana. Y todos los

EL VALLE DE LAS ADELFAS FOSFORESCENTES por Nicolás Boullosa

días que me queden en esta escuela". Que, intuía, no eran demasiados.

Marfa se había calzado unos calcetines de cáñamo con suela de caucho y empeine gris ceniza, a juego con el color de la camiseta. No se sentía cómoda pese a la holgada liviandad de la ropa y esperaba que el paseo hasta la tienda Printorganics rebajara la presión que notaba contra su pecho.

- Calcular nivel de hormonas ováricas. Contrarrestar si es necesario. Contexto: ejercicio físico moderado.

El asistente confirmó que el sistema endocrino indicaba cierta inestabilidad emocional, celebrando el ejercicio físico que Marfa se disponía a realizar.

- Confirmando la producción de endorfinas. Fin del diagnóstico. ¿Deseas alguna cosa más?

- Está bien por ahora. Veamos cómo va la caminata.

Al volver sobre sus pasos, le sorprendió que el vehículo autónomo que les había llevado hasta allí siguiera estacionado. Todos los autos estaban conectados en red y reducían su tiempo de desocupación a apenas unos minutos de media cada veinticuatro horas, dada su autonomía energética: toda la carrocería era fotovoltaica y tanto freno como acelerador eran regenerativos, convirtiendo energía cinética en electricidad. Más todavía le sorprendió que la puerta se deslizara al pasar junto a él. Miró a un lado y otro; no había nadie a su alrededor.

- Estimada Marf...

Al oír la voz de su asistente en el interior de su oído no pudo reprimir un grito sordo, propio de alguien que se siente contra las cuerdas. "Cálmate, no es nada", se dijo a sí misma en voz alta.

- Calmarse es un atributo propio de humanos. Información de contexto. Calmarse: de calma. Sosegar, adormecer, templar. Utilícese también en modo pronominal, como el ejemplo expuesto. En relación con este significado, he encontrado dos establecimientos en la zona que podrían interesarte: un gimnasio con terapias de agua y un centro de budismo zen. ¿Deseas que prosiga?

- Asistente, no he requerido tu ayuda en ningún momento.

- El vehículo le está esperando para conducirla a Printorganics. Tiempo estimado del recorr...

- ¡No he solicitado ese servicio! -sentenció, visiblemente alterada.

Marfa era consciente de su tono defensivo, como si contestara a una persona de la que no se fiaba, y no a su propio asistente virtual, que contaba al fin y al cabo con un algoritmo personalizado en función de su código genético y había evolucionado tal y como lo había hecho su sistema nervioso. Decidió contraatacar racionalmente:

- Consultar agenda y registro privado de actividad. Comprobar última entrada.

El asistente tardó en contestar, el mismo fenómeno anómalo ocurrido a su marido el día anterior, tal y como le había explicado después de la lectura nocturna a Marcus. En teoría, los asistentes virtuales NO se bloqueaban y era materialmente imposible que titubearan, al no haber sido programados para emular el proceso de toma de decisiones del ser humano y sus complejas estrategias instintivas, muchas de ellas ligadas a estados psicosomáticos que un algoritmo era incapaz de emular, a menudo por fortuna. Al menos, tenía algo claro: si el asistente confirmaba que, en efecto, ni la agenda ni el registro de actividad incluían el viaje en coche autónomo hasta Printorganics, la sugerencia del asistente para que accediera al habitáculo se debía a cualquier cosa menos al modo de proceder de un algoritmo. Por definición, los asistentes eran incapaces de traer a colación servicios o sugerencias que entraran en conflicto con alguna actividad programada y presente en el fichero "logfile.person", o registro del repositorio.

- En efecto, hay un trayecto a pie confirmado desde la escuela hasta Printorganics. A continuación no aparece ningún otro plan confirmado.

El asistente le acababa de confirmar la contradicción en la que había incurrido.

- No entiendo por qué el coche autónomo me espera, pero lo más sorprendente es la libertad que se toma mi asistente para sugerir una actividad que entra en conflicto con otra ya programada...

El silencio se volvió a apoderar del asistente.

Marfa miró por última vez a la escuela y se alejó por la acera camino de Printorganics. Un instante después, oyó cómo la puerta del vehículo autónomo se cerraba; al pasar junto a ella, comprobó que todavía no había nadie en su interior.

Frederick todavía no había llegado a la oficina. Oficialmente, trabajaba de manera remota en ese momento, pero no se había conectado a ninguno de los repositorios de código para realizar modificaciones en local, ni su terminal de comunicaciones había recibido ningún comando para convertir la luna delantera del girocoche en un terminal de operaciones translúcido.

Una interpretación de Frédéric Chopin -quizá la *Sonata para piano número 8 en C menor*, pensaba él; sus padres le habían llamado Frederick en honor al compositor, que le perseguía desde entonces en los recopilatorios aleatorios que personalizaba en Spotify en función de tarea, estado de ánimo, condición psicofísica, hora del día y época del año- sonaba en el habitáculo del girocoche, que se mantenía en perfecto equilibrio pese a sostener a un adulto atlético de seis pies y tres pulgadas en uno de sus flancos: el giróscopo compensaba el peso de Frederick concentrando la gravedad en el lado opuesto, manteniendo en todo momento una proporcionalidad matemática. Nada como un girocoche para relajarse antes de afrontar una jornada que prometía emociones fuertes. Balancearse en el interior del Lit Gyron DIY le recordaba a las noches de verano durmiendo a la intemperie en la hamaca anaranjada que de niño le aguardaba siempre en el mismo rincón cuando su familia acudía al menos una semana al año a su casa en Hanalei Bay, Kauai, antes de que el gran tsunami de 2036 en el Pacífico Norte barriera la próspera zona vacacional del norte de la remota isla hawaiana. El mismo año en que las tres principales aseguradoras estadounidenses se habían declarado en quiebra, abandonando a millones de damnificados en Hawaii y la Costa Oeste.

Al adentrarse en Stanford desde la Alameda de las Pulgas, había notado un deseo casi magnético de abandonar el Bulevar de Junípero Serra y torcer hacia el este por Gerona Road, una carretera arbolada que escondía a escasos pies de su tupida vegetación mediterránea varios de los edificios parcialmente sepultados con la mayor riqueza del Valle en su interior: las granjas de computación cuántica más potentes y eficientes del mundo, alimentadas íntegramente con pequeños generadores nucleares de torio, que a su vez propulsaban supercapacitadores eléctricos. Desde la tranquila carretera, lo único que el esporádico conductor apreciaba era el aspecto sólido y orgánico de gruesos muros erigidos con piedra de la zona apenas levantándose un metro y medio del suelo, coronados por una estrecha hilera acristalada, una cubierta baja a cuatro aguas y una pronunciada cornisa con membranas solares que mimetizaban el color y forma del entorno a medida que iba pasando el día. De haber sido teletransportado desde su época a ese lugar durante una de esas noches con niebla oceánica, el poeta lord Byron habría creído encontrarse en una Arcadia encantada, con plantas fosforescentes y edificios mágicos. Salvador Dalí se habría encontrado en el interior de un sueño de El Bosco.

Entre sauces, robles, secuoyas de tercer y cuatro crecimiento, cipreses europeos, algún cedro y algún álamo temblón moviendo sus lentejuelas de clorofila, llegó en la enésima curva de la estrecha Gerona Road a una encrucijada que conducía por una suave colina hacia el primer destino de la mañana: la Casa Hanna de Frank Lloyd Wright. El edificio de ladrillo rojo que homenajeaba, escondido entre balcones ajardinados y la verticalidad de los árboles, la forma geométrica que -Frederick evocaba ahora- mejor pavimentaba, el hexágono fractal presente en los panales de abejas de la zona; en el pavimento de la corta carretera que conducía hasta la vivienda; y en la propia planta de nido de abeja de la casa, con sus ángulos obtusos desafiando la convención de 1937, año en que había empezado su construcción...

Ordenó parar al vehículo. Desde la curvada rampa al pie de la calle, las terrazas de ladrillo rojo recubiertas de vigoroso junípero prometían adentrarse en un mundo paralelo dominado por caminos, edificios y criaturas de *El mago de Oz*.

Frederick paró la música y preguntó por el historial del edificio. Cuando Frank y Jean Hanna arrendaron una parcela de bosque a la Universidad de Stanford para construir una vivienda para ellos y sus hijos, desconocían que la colina elegida se encontraba sobre la falla de San Andrés. Lloyd Wright, consciente de la inestabilidad de la zona, había garantizado a la familia que el edificio se edificaría a prueba de movimientos tectónicos, pero el terremoto de Loma Prieta de 1989 dañó la casa hasta el punto de requerir una costosa reconstrucción. Como la mayoría de edificios de Lloyd Wright, el coste de la construcción original se había disparado desde los 15.000 dólares de la década de los treinta a los 37.000 finales. Pero el maestro y pedagogo Paul Hanna, que había colaborado en el diseño de la casa, decidió seguir adelante con los planes e incorporar algunos de los equipamientos no esenciales durante los veinte años siguientes. Sin saberlo, Lloyd Wright y los Hanna habían construido una de las últimas casas de la zona concebidas para adaptarse a una familia a medida que crecieran su hija y sus dos hijos. Después llegarían las McMansion, rígidas y baratas estructuras que no sabían envejecer ni acompañar a los benjamines de la casa en su maduración hasta abandonar sus estancias camino de la universidad, a las puertas ya de la edad adulta.

Pavimento, terrazas, muros, habitaciones y mobiliario presumían de su biomimético ángulo de ciento veinte grados, propio del hexágono y base de una fractal matemática cuya estructura, completa o fragmentada, se repetía a distintas escalas, como la configuración de los secuoyas y el ramaje del gigantesco roble americano que se suspendía sobre el área de la vivienda, orientada hacia el naciente de la Península.

La Casa Hanna se erigía emulando un panal longar sobre módulos poligonales que aprovechaban al máximo la superficie, como si varios círculos concéntricos hubieran sido apretados contra sí mismos. Los polígonos se integraban con grácil naturalidad en el desnivel arbolado de la zona, jugando a que la residencia fuera el bancal más antiguo de una vieja montaña horadada por la erosión durante millones de años, imitando las líneas concéntricas de un mapa topográfico que expresa un desnivel en un plano bidimensional.

Un abejorro se posó sobre la luneta del girocoche. Distraído, Frederick miró al insecto, que parecía tener dificultades para remontar el vuelo. Algo le dijo que no estaba ante una abeja melífera goliath, especie de laboratorio creada en la década de los veinte, sino ante otra criatura también de laboratorio, aunque en este caso artificial: un pequeño dron de vigilancia.

Al parecer, el dron tenía algún desperfecto y había sido incapaz de observar la barrera infranqueable del cristal reflectante. Al salir del vehículo para intentar cazarlo, Frederick supo el porqué: sin proponérselo, había activado la película exterior del girocoche en modo de espejo, haciendo el vehículo virtualmente invisible a cualquier dispositivo incapaz de distinguir entre un reflejo y una imagen real. Si se quedaba en el mismo sitio, pensó, podía cazar más de una de aquellas pequeñas maravillas.

El código civil del Valle de Silicio advertía de que estaba terminantemente prohibido apropiarse de cualquier objeto volador no tripulado; la explicación oficial exponía el peligro potencial de cualquiera de esos objetos, usados a menudo como insectos espía o incluso como contrabandistas de sustancias prohibidas e información entre el Valle y el exterior. Controlarlos por completo era prácticamente imposible, ya que el Valle contaba con sus propios mini-drones, por lo que era imposible imponer bloqueos electromagnéticos a gran escala sin dañar los drones de uso legítimo. ¿Cuántos drones de uso legítimo existían? Nadie lo sabía a ciencia cierta. El Valle no disponía oficialmente del equivalente a un registro oficial de vehículos, pero tanto Núcleo como Sentido Común P2P y los otros servicios y algoritmos que mantenían en marcha el microestado usaban una numerosa flota de objetos no tripulados a través de servicios bajo demanda, tanto propios como ofrecidos por terceras empresas. La legión de insectos y colibríes legales era tan numerosa que gaviotas, cormoranes, águilas, cóndores y otras grandes aves se habían extinguido en la zona, al ser incapaces de distinguir entre insectos y drones. Al aparecer muertas o, en ocasiones, desplomarse desde el cielo como un mal fario de tragedia griega, sus estómagos aparecían llenos de chatarra. Según las octavillas que aparecían en distintos puntos del Valle, había decenas de millones microdrones, muchos de los cuales se encargaban de garantizar la efectividad de lo que las octavillas calificaban de "Estado Policial".

Aunque su orientación y vuelo estuvieran dañados, los drones-insecto eran conocidos por su carácter esquivo: habían sido diseñados para, una vez averiados, emplear la última energía disponible reaccionando a peligros detectados por los sensores, como lo habría hecho cualquier insecto real. Algunos tipos de dron eran capaces de autodestruirse, mientras nunca -que él supiera- había caído en manos de nadie un dron-insecto con material registrado en su repositorio: los modelos modernos borraban su memoria sólida sin excepción al caer en desgracia.

Aprovechando la técnica de caza de insectos aprendida en Hanalei Bay con los moscardones de la zona cuando apenas era un niño, se inclinó sobre la luneta delantera del vehículo y depositó lentamente su mano izquierda como si fuera a barrer en cualquier instante la superficie del girocoche con un único ademán, describiendo una semicircunferencia que atraparía el insecto artificial achatarrado.

Lo cazó. Rápidamente, notó el movimiento de varios mecanismos en contacto con la piel dentro de su puño. Arrastró los dedos contra la palma de su mano izquierda para delimitar con exactitud el lugar donde se encontraba el dron. Con un movimiento certero, apresó el pequeño dispositivo volador haciendo pinza con el índice y el pulgar de la mano derecha. Como si hubiera trazado el plan de manera subconsciente mucho tiempo atrás, sacó del bolsillo interior de su chaqueta la vieja cajita nacarada con bisagras y seguro de metal donde guardaba los recambios de su asistente virtual y, vaciándolos en el bolsillo, depositó allí el insecto artificial con suma rapidez.

Miró a su alrededor. A diferencia de la mañana anterior, cuando había descubierto la Casa Hanna en su carrera matutina, no había nadie asomado a los amplios ventanales de la generosa vivienda poligonal de ladrillo rojo, que desplegaba sus hexágonos sobre las terrazas de juníperos.

Era hora de presentarse en el laboratorio.

EL VALLE DE LAS ADELFAS FOSFORESCENTES por Nicolás Boullosa

Capítulo 5
Lo que Tolstói nos enseñó de Napoleón

Frederick trabajaba en DARPA, la antigua agencia gubernamental estadounidense para proyectos tecnológicos avanzados de índole militar. DARPA invertía en proyectos a largo alcance que carecían de réditos comerciales inmediatos pero, en cambio, habían sido decisivos para que el valle de Santa Clara se convirtiera en epicentro de la revolución tecnológica de finales del siglo XX y principios del XXI. La inversión del ejército de Estados Unidos y la de las primeras empresas tecnológicas de la zona, junto al poder de atracción de San Francisco y la competencia académica de las universidades de Berkeley (pública) y Stanford (privada), habían originado la prosperidad de la zona, en la que abundaban individuos con propósito vital definido. Muchos de los empresarios pioneros de la zona conservaban el espíritu explorador de los buhoneros y buscavidas que habían llegado a la zona tras la fiebre del oro californiana de mediados del XIX; muchos de estos innovadores eran una versión del Nuevo Mundo de los antihéroes de la literatura de cordel. Los buscavidas que habían sustituido a españoles y mexicanos en California habían talado árboles, matado osos y extraído oro de las entrañas de la tierra, pero también habían protegido y amado aquella tierra de niebla húmeda y árboles gigantes de cuento de hadas. La mentalidad contracultural y libertaria de los años sesenta del siglo XX, origen de la tradición tecnológica de la zona y semilla fundadora de la República del Valle de Silicio, conservaba el heroísmo de buhonero asaltador de caminos de los bandoleros italianos aliados con Montecristo, que era hablar del conservacionista John Muir, de los primeros escaladores de la imponente pared rocosa de El Capitán en Yosemite, zona natural protegida gracias a la insistencia del propio Muir y sus descendientes.

Sin olvidarse de la estrecha relación de los trabajadores de DARPA y otros laboratorios y oficinas del Gobierno estadounidense con la mentalidad hippie. Los Merry Pranksters habían tenido más que ver con los inicios de la informática personal e Internet que lo que sugerían los hologramas educativos o incluso las entradas de Wikipedia. Y el Homebrew Computer Club, donde se reunían en los años setenta del siglo XX inversores, estudiantes y profesores universitarios, y entusiastas de la incipiente informática de consumo, había iniciado una tradición que consolidaría el devenir tecnológico de los siguientes cien años: la cultura de la autosuficiencia tecnológica, de hacer las cosas uno mismo en vez de depender de grandes corporaciones como DEC o IBM. Timothy Leary, Stewart Brand y todos aquellos que habían podido experimentar con sustancias psicotrópicas antes de que el Gobierno cancelara los programas por temor a que éstas se convirtieran en recreativas y "expandieran" demasiado las mentes, habían animado a los chavales del Valle a idear un Mundo Aumentado: el objetivo era crear herramientas que incrementaran exponencialmente las capacidades del ser humano. También habían instado a los más empecinados en hacer posible lo inconcebible a batallar por una tecnología que hiciera al individuo más libre, informado, autosuficiente e inteligente, en contraposición a la tecnología opresora y con voluntad homogeneizadora contra la que habían advertido George Orwell y Aldus Huxley.

Los hippies del valle de Santa Clara habían pervertido (entre sustancias psicotrópicas, poesía Beat y la próspera nueva industria tecnológica de la zona, militar y privada) las palabras que más habían resonado del discurso de investidura de J.F.K. a inicios de los sesenta: "No preguntes qué es lo que tu país puede hacer por ti. Hazlo tú mismo". Do it yourself. El "hazlo tú mismo" había posibilitado la informática personal, y con ella la industria de Internet de la zona, así como la cultura de desarrollo ágil de software, un proceso iterativo e incremental entre "piratas" dispuestos a trabajar cien horas a la semana para cambiar el mundo con servicios y productos que nadie había creído necesitar hasta tenerlos en frente.

Las cosas habían cambiado mucho desde la época de las redes sociales, a la que siguió el boom de la "Internet de las cosas" y del mundo conectado, gracias al surgimiento de sensores microelectromecánicos y lenguajes de programación orientada a objetos que la gente de a pie empezó a usar con la misma soltura que escribía un correo electrónico o un mensaje de Facebook. Los sensores, que conformaban la red neural artificial conectando entre sí a objetos, robots, sistemas y personas siguiendo un esquema de nodos sinápticos neuronales (una capa de tupidos micelios bajo el humus del "bosque" de la información), habían dado paso a los avances en energía, transporte, computación cuántica y robótica, hasta el punto de obligar a los gobiernos a legislar contra "el uso no legítimo del incalculable potencial de la Singularidad Tecnológica". La "singularidad", momento en que la inteligencia artificial había sobrepasado la capacidad intelectual humana, se había producido en algún momento de la década de los veinte del siglo XXI, gracias a la computación virtual en red de granjas de servidores como Amazon Web Services, AWS. El imparable goteo de escándalos de robo de información, espionaje masivo y falta de privacidad de los servicios "en la nube" había obligado a los usuarios avanzados más concienciados con el problema a seguir los consejos de abogados del software libre y la privacidad de la información tales como el mismísimo "rms". Entre los hackers de los veinte, treinta y cuarenta, "rms" a secas equivalía a sólo una persona, el controvertido programador Richard Matthew Stallman; rms era un viejo roquero, un melenudo a medio camino entre Jerry Garcia y el cofundador de Apple Steven Wozniak que había recordado a individuos y pequeñas empresas que tenían la libertad de situar su Yo digital cuantificado en sus propios sistemas informáticos, usando protocolos de encriptación y comunicación que tanto gobiernos como consorcios, corporaciones y esbirros de distinto pelaje fueran incapaces de violentar sin permiso.

El padre de Frederick había trabajado codo con codo con rms, así como con los empresarios, programadores e inversores de capital riesgo impulsores del microestado "entre usuarios", el país P2P con cultura meritocrática y libertaria: la República P2P del Valle del Silicio, vanguardia de la división que seguiría en el Oeste norteamericano a su Declaración de Independencia: primero, las otras cinco Californias (que, con el Valle, eran conocidas en el resto del mundo como Seis Californias); así como Jefferson y Cascadia en los antiguos Oregón, Washington, Montana, Nevada y porciones de Idaho y Utah.

DARPA había cambiado tanto desde finales del siglo XX como el propio mapa de Norteamérica, atomizado en ciento veinticuatro Estados que se extendían por territorios anteriormente pertenecientes a Estados Unidos, Canadá y la mitad norte de México. DARPA era ahora un consorcio en el que había representados el gobierno federal de lo que quedaba de Estados Unidos -sobre el papel, poco más que Nueva Inglaterra, con Puerto Rico, Guam y la ciudad libertaria en una isla artificial junto a la costa de Honduras como Estados libres asociados- y el gobierno del Valle, conformado por los representantes aleatorios elegidos por sorteo entre los Ciudadanos Aumentados. Los laboratorios y oficinas de la agencia se encontraban en el antiguo edificio del Xerox PARC -Palo Alto Research Center-, centro de investigación de la difunta empresa de impresión y gestión documental donde Steve Jobs había visto por primera vez la metáfora visual que acompañaría a la informática personal durante los siguientes cincuenta años: la Interfaz Gráfica de Usuario que incluiría el Macintosh de 1984.

Frederick se había criado a apenas cinco minutos a pie del PARC de Xerox, así que acudir a trabajar se convertía algunas mañanas de trayecto automovilístico en mitad duermevela y mitad retorno-cognitivo-a-la-infancia. Más tarde, llegaba el momento de sacudirse en la puerta del laboratorio el polvo mental de juegos y recuerdos de la infancia. Si la Casa Hanna era su sueño de adulto de lo que debía ser una vivienda, la espaciosa vivienda donde había vivido hasta la adolescencia era para su conciencia un paraíso sensorial y arquitectónico perdido de manera paulatina e inexorable, como la inocencia. La casa donde se había criado era una construcción moderna de una sola planta que extendía sus luminosas estancias en torno a una generosa propiedad de medio acre en las colinas de Los Altos, dominada en la parte frontal por un gran roble y en la parte trasera por un patio interior hacia el que convergían salas y dormitorios. Diseñada a finales de los setenta del siglo XX por un ingeniero de Lockheed Martin y una maestra para criar a sus seis hijos en el entorno sano, floreciente, optimista y lleno de oportunidades del Valle de entonces, la casa mantenía su carácter cien años después. El diseño original había incluido incluso paneles solares, incentivados por los efectos de la crisis del petróleo de 1973. Las abundantes cristaleras, aperturas, zonas privadas y comunes hacían de la vivienda un tratado de la convivencia en un lugar del mundo con clima y cultura apacibles, durante un breve momento de la historia, estable y lleno de abundancia. "Las casas diseñadas ahora -pensaba Frederick a menudo al pasar junto a la casa de aquella olvidada familia feliz y luego, a su vez, casa de su familia feliz- se edifican como fuertes, porque la gente desconfía de todo y todos. Opacidad. Miedo. Sospecha. Afán de protección. Mentalidad defensiva. Salvar los buques en puerto antes que lanzarse a navegar". ¿De veras habían creado la sociedad más libre y próspera de la historia de la humanidad? ¿O acaso la sociedad más libre y próspera había sido aquella que permitiera mentalidades libres y sanas como las de la familia que había diseñado por intuición con la sabiduría natural de Frank Lloyd Wright, y por una fracción del presupuesto del famoso arquitecto moderno? ¿Eran posibles la vivienda de su infancia y la Casa Hanna en el mundo presente? ¿Qué mundo legaban a la generación de Marcus? ¿Para qué servía la prometida -y próxima-

inmortalidad impostada del ser a través del uso de conciencias clonadas, tanto en la tierra como en la luna, Marte y -pronto- Europa, la luna de Júpiter más parecida a la tierra? Avanzaba un mundo por el que no merecía la pena luchar, como sí lo habían hecho en sus respectivos momentos distópicos los perseguidos de la ciencia del Renacimiento y la Ilustración, hasta que los románticos quisieron volver a la idealizada edad de la inocencia que nunca había existido con la plenitud que ellos cantaron, pues la realidad de sombras y matices enaltecida por los románticos no era anterior a los propios perseguidos de la ciencia, sino acaso una dimensión poética paralela. Ahora, en una era sin grandes héroes ni perseguidos, tenía la sensación de que todos corrían el riesgo de diluir su potencial en un pragmatismo posibilista convencional y almidonado, donde nadie se salía de lo definido como "existencia ideal" por esas aplicaciones sobre "el futuro que te espera", y donde un algoritmo calculaba la trayectoria vital de una persona a partir de una muestra salivar de ADN y la evolución de su karma. Eran aplicaciones como Success or Not, en las que se interpretaba el subjetivo significado de éxito; la falta de rigurosidad científica de Success or Not y aplicaciones competidoras se había convertido en el nuevo tarot, el nuevo mensaje en la galleta de la suerte de restaurante chino, con su debida proporción de colorantes, conservantes y jarabe de maíz. Una combinación tan cancerígena como equiparar algo tan subjetivo como "éxito" o "felicidad" a la puntuación en los exámenes del instituto o la universidad, o asociar felicidad con el nivel de karma de un individuo en un momento concreto de su vida -por ejemplo, a los diecinueve o veinte años, cuando los buenos estudiantes alcanzaban la reputación más elevada de su vida, ajena todavía a los vaivenes maritales y laborales posteriores.

Una suave y casi imperceptible escala melódica de oboe que había personalizado en su asistente virtual a la edad que ahora tenía su hijo y nunca había cambiado, quizá por desidia o quizá para demostrarse a sí mismo que estaba por encima de los mundanos detalles que conformaban el ruido introspectivo, anunció la llegada de un mensaje prioritario a su buzón de ciudadano desde Sentido Común P2P. Sólo podía tratarse de una cosa. No estaba equivocado:

- Leer.

Se confirmaba la rebaja de dos puntos en su karma. Por primera vez en su vida, bajaba de la barrera psicológica de los cincuenta puntos y se acercaba ya a la media de puntuación de los ciudadanos de su rango de edad, que se situaba mayoritariamente entre los cuarenta y cuatro y los cuarenta y siete puntos. Por debajo de los cuarenta puntos, cualquier ciudadano perdía su derecho a abandonar libremente el Valle.

¿Por qué los mensajes con malas noticias solían ir acompañados de una agradable y relajada voz femenina en un susurrante todo de confidencia, a medio camino entre lo voluptuoso y lo erótico?

"Lamentamos informarte que tienes ahora cuarenta y ocho puntos. Creemos que la actitud vital de los últimos seis meses es francamente mejorable, como lo son la productividad laboral y el nivel de empatía con tu entorno inmediato familiar y laboral. Cualquier estrategia encaminada a aumentar tu nivel de empatía social repercutirá más que cualquier otra mejoría social cuantificable en tu puntuación de karma. Agradecemos tu atención. Recuerda que tu capacidad adquisitiva se ajustará a tu nueva reputación a partir de este mismo instante. Te recomendamos consultar las últimas transacciones y compararlas con su coste actual. Tu salario no bajará con la misma proporcionalidad a la reducción de karma hasta el próximo ejercicio fiscal, a partir del 1 de enero de 2072".

- Cerrar.

Le vinieron muchas cosas a la cabeza. Sintió rabia. Rememoró a Henry David Thoreau y su ensayo *La desobediencia civil*. Ocurría que, en teoría, los defensores de las tesis de Thoreau, entre ellos él mismo, habían secundado los mecanismos de sutil control ciudadano que habían derivado en decisiones arbitrarias que no podían no ya modificarse, sino ni siquiera discutirse. ¿A quién quejarse? La cabeza le iba a estallar: "es demasiado pronto y cuerpo acumula muy poca cafeína", meditó con el cinismo irónico y derrotista de Raskólnikov, el oscuro y contradictorio perdedor convertido en asesino de *Crimen y castigo*. Qué mejor manera que poner banda sonora a su "momento existencial Rodión Románovich Raskólnikov". Ordenó a su asistente una dosis de cinismo narcotizante en forma de música, a modo de protesta contra el enemigo que no existía ni le oprimía, ni mucho menos le rodeaba:

- Música on. Radiohead. *Karma police*.

- ¿Deseas la versión original incluida en el álbum *OK Computer*? -preguntó el asistente.

- Sí, por favor.

Saludó al portero y a la secretaria en el luminoso y arbolado vestíbulo del remodelado edificio que había albergado el Centro de Investigación de Palo Alto -PARC- de Xerox, una mole brutalista con amplias terrazas angulares, cuyos edificios de planta cuadrada conformaban una estructura aleatoria en terrazas de tres niveles, como los píxeles agigantados de una vieja pantalla catódica estropeada o el regular desnivel de una montaña diseñada con un ordenador de los años ochenta del siglo XX. El edificio PARC, ahora en manos de investigadores del Valle y Estados Unidos, mostraba a vista de dron los bancales erigidos en Los Altos por la industria tecnológica... para sustituir el cultivo de albaricoques por el de ideas. Sus amplios ventanales ofrecían un paisaje urbanizado poco denso y dominado por zonas verdes y arboladas que apenas había cambiado a simple vista durante el siglo que el edificio llevaba en pie.

- ¿Nada nuevo, Mary?

- ¿Acaso esperas a que te dé una buena noticia a diario? -respondió Mary, la madura secretaria rubia con facciones nórdicas y la pose enérgica y saludable de una cincuentona pese a sus noventa y muchos años-. Fui la primera en anunciarte que el programa había recibido fondos y tenéis el camino libre para lograr resultados...

- No sé si me diste buenas o malas noticias -Frederick, alejado de su prudencia y la relativa falta de complicidad propia de un brillante ingeniero con Asperger, guiñó un ojo a la secretaria, que cruzó coquetamente las piernas y mostró con tanto recato como maestría la confluencia de ambos muslos-. Los fondos sólo significan una cosa: que el equipo no tiene escapatoria. Ahora tenemos que trabajar de verdad...

- Nada como acompañar la inversión con algo de transparencia y vigilancia para que os pongáis todos irascibles. Por cierto, hoy llegas el último -la secretaria le guiñó un ojo.

- No hables demasiado alto -contestó Frederick con un tono entre irónico y defensivo-. Nunca se sabe cómo puede influir sobre la reputación de uno. En esta época de libertad todo depende más que nunca de las apariencias...

A Mary se le congeló la sonrisa en el rostro. Descruzó las piernas y puso las manos sobre los muslos, como intentando que el tejido de la falda aumentara de pronto de tamaño. Indicó al portero que avisara al coordinador del laboratorio de física cuántica: la delegación de Neo-Tokio acababa de entrar por el vestíbulo con el aire de tienda Muji que sólo los científicos nipones irradiaban con naturalidad.

Al entrar en el área de trabajo del laboratorio, observó el diagrama coloreado que mostraba la productividad y el nivel de eficiencia de los cambios y actualizaciones de software de cada trabajador, publicados en el control de versiones local, que confluía con el resto del trabajo como una bifurcación experimental (modo "alfa") de Núcleo. Su chispa intelectual se mantenía cada mañana hasta mirar la representación gráfica del trabajo del laboratorio. Un simple vistazo le confirmaba lo peor a diario: ningún cambio radical, ninguna transformación, ninguna idea original que abandonara la senda predefinida por los emuladores. Los griegos se habían empecinado en ponerle a prueba con la hipótesis de la eterna repetición, o eso le parecía a él durante los peores treinta segundos de cada mañana, que se desvanecían al observar su mesa, diáfana y lista para alojar a alguien que no se ocultaría tras el grupo para trabajar lo justo: él mismo. No lo había hecho nunca, ni pensaba hacerlo mientras se sintiera en plenas facultades... o quizá mientras creyera en su propia existencia en la sociedad y el tiempo que le habían tocado. Hasta el momento, no había deseado abandonar el Valle. La gente VENÍA al Valle, y no al contrario. Pero su puesto de trabajo ya no ofrecía mariposas en el estómago, ni sus compañeros compartían la inquebrantable pasión y fe por él que *El conde de Montecristo* había logrado con sus incondicionales, fueran hijas de sultanes convertidas en esclavas, bandoleros de pasado oscuro o incluso descendientes de sus propios enemigos. Los humanos dejaban de ser útiles cuando se engañaban a sí mismos pensando que su labor enriquecía las tareas automatizadas, y el laboratorio había abandonado el terreno de la irreverencia para asentarse en una mediocridad propulsada por científicos más preocupados por mantener su puesto y pavonearse de él en sus respectivos círculos, que en probar cosas distintas, incurrir en contradicciones, lograr nuevas maneras de resolver viejos problemas.... Todos sus compañeros competían por conseguir modos cada vez más sofisticados de aumentar su reputación dedicando su esfuerzo a obtener el máximo beneficio del sistema de evaluación con el mínimo riesgo y fricción intelectual. Jugar sobre seguro otorgaba más réditos que arriesgarse con iniciativas poco canónicas que se salieran demasiado de la ortodoxia.

Otro día más, sus compañeros, cada uno en su puesto, se dedicaban a impostar su esfuerzo más que a producir algo relevante, si trabajar implicaba avanzar hacia nuevas cotas de conocimiento que no aparecieran ya en los modelos automatizados. Trabajaban en un proyecto de máxima prioridad, pese a que el único objetivo real de sus subalternos consistiera en mantener su puesto de prestigio en la sociedad, a poder ser aumentando el karma paulatinamente y con el mínimo riesgo posible. Las líneas de código Bloque que aquellos parásitos habían producido en los últimos dos años equivalían al valor literario de un manual de mecánica traducido desde el chino con un traductor automático.

- Nadie quiere cambiar el mundo. Todos quieren seguir el sendero, evitando al máximo darse de porrazos con las paredes... -musitó Frederick mientras se acercaba a su escritorio elevado, dominado por un panel de metacrilato donde proyectaba un puñado de servicios del asistente virtual y las tareas profesionales almacenadas en el repositorio personal.

- ¿Hablas conmigo? -musitó Roberta, su compañero más próximo.

- Buenos días, Roberta. Discúlpame, hablaba en voz alta. Estoy algo bloqueado con el commit que preparo. He actualizado algunas cosas pero me siguen fallando las funciones importadas desde la librería de Bloque.

- Ah, las librerías de Bloque... A veces pienso que sería más rápido si, cada vez que reciclamos código o recurrimos a funciones del lenguaje de programación, bajáramos a una librería física, cogiéramos el libro, lo trajéramos aquí y compusiéramos con tipos sueltos de imprenta lo que escribimos en el editor. Iríamos más rápido recurriendo a los trucos de Gutenberg.

- Recuerda, amiga mía: la refactorización se inventó para limpiar el código y hemos llegado a una situación en que su reaprovechamiento es casi sinónimo de decirle al jefe que vas al váter cuando lo que quieres es escaparte a la cafetería a beberte un par de Odwallas rebajados con ginebra...

- Yo lo tengo claro -respondió Frederick con un cinismo que le sorprendió a él mismo-: sólo me fío de las funciones desarrolladas por la Divina Providencia, porque las restantes fallan más que la interpretación que hacemos de las ciencias sociales...

- ¿A qué te refieres? Te noto... beligerante.

- ¿No se basan los logros de nuestra sociedad "aumentada" a una interpretación "científica" -añadió cierto retintín a ambos calificativos- de las ciencias sociales? Si al final siempre volvemos a Maquiavelo...

- Uf, demasiado intelectual para estas horas de la mañana -respondió Roberta con una sonrisa, sin desviar la mirada de su pantalla-. Hoy hablas como un androide. Comprobaré si sales a almorzar o sacas a escondidas un enchufe para recargarte por si acaso...

El semblante de Frederick perdió comicidad. Su voz sonó melancólica:

- Todo lo contrario, Roberta. Ninguna entidad compuesta por algoritmos hablaría en contra de... los propios algoritmos. Hacía mucho tiempo que no soltaba una parida tan "humana".

Frederick abrió el último compartimento de una pequeña cajonera transparente y cogió un recipiente de latón redondeado. Desenroscó la tapa con cuidado, dando por concluida la charla matutina con su compañera, que entendió la sutil petición de su ídolo secreto: el único que de vez en cuando escribía código a pelo, sin recurrir a funciones ni refactorización, como un poeta de haikus... o un programador de Unix, que venía a ser lo mismo. Caramelos traslúcidos multicolor de taurina no azucarados aguardaban en el interior de la cajita de latón. Se metió uno de limón en la boca y acto seguido elevó la mesa del escritorio con la manivela manual, situada junto a la pata frontal izquierda. Toda una declaración de principios contra un entorno automatizado que se amoldaba a cualquier comando de asistente que no entrara en conflicto con otras personalizaciones de los compañeros. Por ejemplo, nadie podía regular la mesa ni la pantalla elegida por los compañeros al principio de la mañana; tampoco la luz ni el aire acondicionado, sometidos a la refutación diaria de la hipótesis de la tragedia de los comunes: una situación con muchos individuos compitiendo por un recurso común finito y buscando su legítimo beneficio personal no conducía a una autorregulación consensuada -por ejemplo, una temperatura y regulación lumínica agradables para todos-, ni a un agotamiento de estos recursos, sino a la insatisfacción de todos. Casi siempre, funcionaba la norma no escrita de mantener climatización y luces apagadas... hasta que llegaba un nuevo miembro al laboratorio e intentaba en sus primeros días -dolorosamente para los curtidos espectadores- la cuadratura del círculo de lograr las mejores condiciones para él en su entorno de trabajo sin suscitar recelos entre sus correligionarios. Tras días de lucha silenciosa por mantener a raya las volubles fronteras de fotones y partículas de gases que componían el aire, el novato acababa tirando la toalla y se sometía al fin a la ley no escrita de adaptarse al entorno como cualquier mamífero superior, y no a la inversa. Aquella sala de DARPA no distaba tanto de los cobijos de la Edad de Piedra con pinturas rupestres. La labor realizada tampoco había avanzado tanto desde aquellas primeras imprimaciones de manos y primeras representaciones de humanos y animales en arte esquemático.

El sabor a limón invadió su boca al mismo tiempo que observaba la evolución de commits de todo el equipo, con sus modificaciones subrayadas en un traslúcido blanco sobre la pantalla de metacrilato ante él. El asistente proyectó en el lateral izquierdo de la pantalla mensajes de su mujer, información sobre acciones de compañías del Valle, parte meteorológico y estimación dietética de la alimentación de los últimos días, así como una proyección de los próximos acontecimientos sugeridos en función de su agenda personal, suponiendo que no hubiera cambios radicales. Nunca los había.

Empezaba la batalla por sumergirse en la actividad del día. Como coordinador del Proyecto Doble X de DARPA, Frederick era el único individuo de la sala con la imagen global del diseño y la evolución del trabajo. No cabía ninguna duda: estaba al mando de un equipo de rufianes, donde cada uno competía por obtener puntuaciones de productividad que repercutieran sobre su karma con la máxima rapidez y consistencia posibles, a expensas de la evolución real del proyecto.

Proyecto Doble X era una investigación prioritaria que usaba código Bloque y grandes recursos de computación cuántica para recomponer humanos a partir de una secuencia de ADN en buen estado. Los avances en epigenética durante las últimas décadas habían logrado descifrar la relación entre el estilo de vida de los padres biológicos durante el momento de la concepción y la predisposición de la herencia genética transmitida a un vástago a producir más o menos proteínas relacionadas con rasgos de salud y comportamiento en el futuro niño y adulto: los genes eran los mismos en un joven deportista procreando con su pareja y en el mismo joven convertido en un borrachuzo maltratador, pero no así el comportamiento de estos mismos genes en su hijo; ocurría lo mismo con la madre. Se había demostrado que dos padres activos, inteligentes, racionales y con una vida relativamente equilibrada transmitían la dinámica de sus genes a su descendiente. Esos mismos padres, sometidos a situaciones de estrés como alcoholismo, drogadicciones, enfermedades mentales, trastornos de alimentación o grandes acontecimientos traumáticos, trasmitían una herencia similar pero con resultados distintos, debido a un comportamiento de esos mismos genes más errático y tóxico a la hora de producir proteínas. Las virtudes y los excesos se transmitían, en definitiva, y la labor de la cirugía epigenética prenatal consistía en potenciar los comportamientos genéticos deseados y paliar los no deseados.

Tres décadas después de la expansión de la epigenética prenatal en el Valle, él mismo podía atestiguar a diario que la sociedad no había mejorado radicalmente -por ejemplo, resaltando lo mejor y anulando lo peor del potencial genético de cada individuo-. En efecto, gracias a la cirugía epigenética los grandes trastornos habían disminuido hasta lo testimonial, pero el abuso de este tipo de intervenciones había generado un fenómeno inexistente con anterioridad: la atonía normosómica, o incapacidad de muchos ciudadanos para tolerar situaciones de privación del sueño, fatiga extrema, estrés postraumático y sociopatía. Él era uno de los firmantes de la hipótesis expuesta en un artículo publicado en PLoS, la Librería Pública de Ciencia, donde junto a varios colegas expertos en distintas disciplinas, exponía que "la regulación radical del comportamiento de los genes del futuro neonato no logra lo que la cirugía epigenética se propuso cuando la práctica fue adoptada por el Comité de Ética Médica del Valle (o sea, regular el potencial genético de un futuro ser humano para que se manifiesten los aspectos más saludables de su herencia genética), sino que se incluyen patrones genéticos no existentes en el feto y se anulan por completo factores genéticos que dominan la ontogenia de un organismo". Esta alteración del desarrollo natural de futuros individuos, concluía el artículo, cruzaba la frontera ética de la reproducción mejorada y se adentraba en el territorio de la manipulación genética a la carta. El sueño del doctor nazi Josef Mengele había consistido en demostrar, sirviéndose de gemelos y personas con anormalidades físicas, el auténtico peso del factor hereditario sobre nuestra existencia, relativizando las influencias ambientales y demostrando -así lo creyó él- la superioridad de la raza aria. En su opinión, el micropaís autogestionado entre Ciudadanos Aumentados que se autoproclamaba paladín de las libertades individuales y del futuro brillante de la humanidad tanto en una tierra regenerada como en la Luna, Marte y más allá (empezando por el satélite más habitable de Júpiter, Europa), no podía permitirse el lujo de enarbolar el determinismo genético como método para lograr la felicidad, obviando valores de la Ilustración tales como la fuerza de voluntad racional y el propósito vital definido. Los cirujanos epigenéticos del Valle jugaban a Platón, apostando la felicidad del ser humano a que cada individuo se acercara al máximo a su potencial, a su "idea", antes siquiera de salir del vientre materno, olvidando la lección de Aristóteles: A seguía siendo A. Cualquier individuo no existía de un modo abstracto y simplificado, como exponente de la Sección Áurea ni de los triángulos platónicos, sino que vivía en un mundo extremadamente complejo en el espacio-tiempo. El ser humano había caído demasiadas veces en la falacia de simplificar la realidad al centrarse en ideales y no en la desordenada existencia, que siempre manchaba por su carácter errático y aleatorio, con una cruel serendipia a medio camino entre Dostoyevski y el Viejo Testamento. La cirugía epigenética prometía seres humanos como triángulos platónicos: objetos y acontecimientos puros, definidos sin aristas ni imperfecciones, fáciles de discernir, así como ideas simplificadas sin estructuras equivalentes en la realidad como las grandes afirmaciones categóricas sobre las que se sostenía el ñoño platonismo, que era decir cristianismo, de la sociedad que estaba conduciendo al mundo a su colapso social y medioambiental: "amistad", "amor", "paz", "felicidad". ¡Amistad, paz, amor, felicidad! ¡Qué fácil que es ser chamán, subir al altar y proclamar la redondez del universo de cuentos de hadas! Las víctimas de esta visión determinista eran los objetos y entidades que habían cometido la equivocación de ser caóticas, desordenadas, fáciles de tratar, observar, comprender, percibir, apreciar. Oiga, señor anormal, proclamo que es usted normosómico, de manera que compórtese como tal y no estropee nuestra grandiosa idea de adaptar nuestra percepción del mundo a lo que queremos que sea. ¡No estropeen los tullidos e inadaptados la belleza platónica del Universo!

Su carta abierta a los dos gobiernos que apoyaban los trabajos genéticos del laboratorio Gregor Mendel de DARPA que él dirigía desde la luminosa sala del edificio brutalista Xerox PARC no había sentado bien a las "altas esferas", si se podía hablar de tales en un país con un gobierno conformado por todos los ciudadanos. Dos meses después de su publicación, su única certeza era que el trabajo que coordinaba en el laboratorio no avanzaba si él mismo no peleaba por cada pequeño avance en el código y los experimentos. A ello se unía la penalización de dos puntos de karma, que se resistía todavía a asociar indisolublemente a la persecución premeditada de Sistema Común P2P hacia él. "Bah, no te comportes como un esquizofrénico: no eres tan importante, ni el universo está en contra tuya". Era impensable que el Valle de Silicio hubiera actuado con represalias como respuesta a su carta abierta. Un escrito que, por cierto, incluía sólo obviedades que, de manera alarmante para él, nadie denunciaba. En el Valle... bien, en el Valle había que proteger el karma pero, ¿qué ocurría en Nueva Inglaterra? ¿Por qué allí nadie alzaba la voz, si nadie debía temer por la marcha de su reputación en tiempo real y ni salarios ni poder de compra dependían de un algoritmo?

Había publicado el escrito como documentación adicional en el mismo registro de commits de la cuenta privada del laboratorio en la aplicación de control de versiones GitHub, marcando su acceso como "público y sin restricciones", de manera que cualquier persona podía consultar su contenido desde cualquier lugar del mundo y sin limitaciones, como en los viejos tiempos de Internet.

Se congratulaba de haber monitorizado desde el principio la respuesta de la gente a su carta abierta usando -sin dejar rastro- el monitor de reputación de Google. El número de envíos, párrafos subrayados, comentarios realizados y mensajes en las redes no dejaba lugar a dudas sobre los puntos destacados del polémico escrito: el más comentado y compartido por una diferencia aplastante era un fragmento del texto que se refería a los riesgos de simplificar la existencia con una militancia ideal, de cartón piedra: un mundo de ideales que obvia la realidad -había escrito-, corría el riesgo de convertir lo cotidiano en una versión de cartón piedra del paraíso descrito por las religiones abrahámicas: un lugar de pureza, de realidades limpias y redondas, un lugar al que uno mismo acudía demostrando el potencial para el que había sido concebido, dado su determinismo. Un mundo equivalente a la visión que Napoleón tenía de la guerra: "Todos nos hacemos el Napoleón -había escrito- cuando trazamos nuestros planes sobre la abstracta y aséptica comodidad de un mapa, y creemos que la realidad debe ajustarse a los planes establecidos. Cuando ello no ocurre, la culpa es de la realidad, que no se ajustó al mapa". Llamaba a recordar la principal aportación realizada, a su juicio, por Aristóteles: A es A. "Debemos redescubrir la interpretación de la realidad a partir de lo observado, y no desde el misticismo de lo idealizado", explicaba en la carta abierta. Y volviendo a Napoleón, recordaba que el principal error del estratega en la campaña rusa había sido precisamente creer que la realidad se amoldaría a los planes maestros meditados sobre la abstracción bidimensional de un mapa, obviando la complejidad del mundo y la propia existencia. Al recrear la campaña napoleónica en Rusia, Lev Tolstói se había adelantado a la teoría de juegos, reivindicando la imposibilidad de reducir la realidad -y mucho menos lo que ocurrirá en el futuro- a modelos matemáticos puros. "Al fin y al cabo -concluía su carta abierta-, en una campaña bélica, por ejemplo, también juegan la moral, los pies húmedos, la crudeza del invierno, el cansancio, el haber recibido y enviado cartas de los seres queridos y tantas otras cosas que pueden cambiar el curso de ese momento escurridizo que todavía no hemos definido con total precisión: el presente. Cuanto más el futuro".

Google Trends, Facebook, Twitter, Klout y el resto de sistemas de control informal de la reputación digital otorgaban pistas claras sobre el bombazo que había supuesto su reflexión, hasta el punto de comprobar cómo los propios protocolos de GitHub, el sitio de control de versiones de software (bits) y cosas (átomos) por Internet, habían sido modificados para evitar que su carta, bajo el título *Lo que Tolstói nos enseñó de Napoleón*, alcanzara una viralidad imparable tanto en el Valle como fuera de él, con consecuencias inciertas para todos. Lo comprobaba ahora mismo, al proyectar en la pantalla de metacrilato el torrente con los últimos commits del proyecto etiquetado como "alto secreto" a cargo del laboratorio Gregor

Mendel, bajo el título Resecuenciación del Genoma Humano o Proyecto Doble X, más conocido con el cómico criptónimo Proyecto Humanure, o Humanure a secas.

El último autor de código en contribuir al repositorio era, como casi siempre, la incansable Roberta Eriksson. El número de reproducciones locales o "branches" del código en Git había pasado de veintidós a veintitrés. Extraño, pensó. "Quizá alguno de los chicos haya preferido mantener alguna de las versiones del código desconectada para probar algún cambio antes de publicarlo como commit y quería a la vez seguir la evolución del repositorio". Veinticuatro versiones distintas. En el extremo superior derecho del repositorio Humanure, se desplegaba la opción para incluir las "incidencias y sugerencias" entre el torrente de commits -actualizaciones concretas- que ocupaba el centro de la pantalla. Pulsó con el dedo sobre la opción y apareció el título de su carta abierta: *Lo que Tolstói nos enseñó de Napoleón*, así como las tres primeras líneas de texto y la metainformación del escrito (día y hora de la última modificación; número de visitas; nivel de utilidad en el laboratorio; nivel de utilidad en el Valle; y opción "privacidad"). Hasta los últimos días, esa opción había ido acompañada de una bola del mundo sin color asignado por la hoja de estilos CSS del servicio GitHub, lo que implicaba que aparecía como blanca o del color personalizado que fuera en función de las especificidades del proyector holográfico de cada persona. La bola del mundo equivalía a "documento público", accesible a todo el mundo. Seguía allí, pero ahora tenía, en cambio, un color asociado en la plantilla, si accedía al código fuente de la representación en pantalla: rojo. Asimismo, a la derecha del logo planetario, ahora más parecido, por su color, a Marte, había algo nuevo: un pequeño candado cerrado. Tanto el color rojo en "público" como el candado no eran alternativas disponibles en el menú desplegable de las opciones de privacidad. Ese era el motivo por el cual había dedicado largos ratos en los últimos días a escanear meticulosamente el código fuente de GitHub, así como el del entorno de GitHub para el repositorio Humanure del usuario GregorMendelLAB, para asegurarse de que no había trazas extrañas. Por la mañana había avisado a su mujer de que llegaría tarde porque tenía la corazonada de que los acontecimientos que sacudían su existencia y la de su familia estaban de algún modo relacionados con lo que le había llevado a escribir y publicar la memo, así como con los acontecimientos que la propia memo había espoleado, incluyendo el color en aquella sutil representación del globo terráqueo, así como el icono del candado cerrado a la derecha de éste.

Sabía que había entrado en una situación de profunda productividad y concentración al comprobar que los compañeros a su alrededor se levantaban casi al unísono. Era la hora del almuerzo y tenía la sensación de que las dos horas habían volado; por supuesto, no tenía hambre ni sed, ni tampoco necesitaba otro caramelo de taurina, puesto que todavía saboreaba el que había tomado al inicio de la jornada. Tampoco sentía fatiga física alguna, como ocurría con las auténticas situaciones de flujo, tal y como las explicaba la neurociencia: las experiencias de flujo se referían a los estados de profunda concentración, en los que el nivel de introspección era tan intenso que, cuando ocurrían, Frederick sentía un desapego entre mente y cuerpo. En esas situaciones, ni le pesaban las piernas, ni tenía sed, ni necesitaba ir al baño, ni mucho menos quería despejarse charlando con alguien. Oyó con cierta vaguedad un comentario jovial dirigido a él, pero su respuesta se limitó a un manotazo en el aire, dejando claro que mataría si alguien se atrevía a sacarlo del lugar donde se encontraba. Siguió una pista de código hasta lograr su primer momento de comunión con su actividad profesional desde hacía años... ¿quizá porque se trataba de un hallazgo que no tenía nada que ver con su ocupación principal? Porque lo que había encontrado era una puerta trasera desde alguna IP del Valle enmascarada en servidores DNS que actuaban como pantalla, que apuntaba sin lugar a dudas al usuario GregorMendelLAB y, una vez en su interior, al contenido número 5.677, actualización 5, del usuario contribuyente en GregorMendelLAB y Superuser (administrador), bajo el nombre FredTerlingua. Él mismo.

- Voilà -dijo con tranquilidad, pese a que le hervía la sangre y lo único que quería era expresar una felicidad a escala cósmica, fuera en forma de grito u orgasmo neurológico, si alguien había usado alguna vez esa metáfora para describir la secreción masiva de endorfinas en el cerebro tras un esfuerzo intelectual intenso.

- ¿Qué? -contestó Roberta desde su mesa, que también había elevado tras un rato sentada, pese a que Frederick ni siquiera se había girado una sola vez a observar, como anhelaba ella, sus curvas enfundadas en unos nuevos tejanos ajustados.

- Eh? Nada... Hablaba conmigo mismo. Discúlpame, ando en algo... aterrizo en un rato.

- No te preocupes, entiendo. Hablamos luego.

Frederick comprobó algo que ya sabía. El contenido 5.677, actualización 5 era la última versión de su carta abierta. Alguien en el Valle con capacidad para hackear el entorno más seguro del ya de por sí entorno de primer nivel GitHub había entrado en el repositorio del laboratorio y, usando los privilegios de administrador de su propio usuario, FredTerlingua, había creado de la nada una nueva tipología de privacidad en GitHub.

- Me da que... ¿Roberta, puedo molestarte?

- Será un placer para mí y lo sabes... -contestó Roberta, pícara y divertida.

Frederick se acercó a la mesa de su compañera y empezó a indicarle:

- Ves al repo del laboratorio.

- Aquí estoy.

- Entra.

- Ya. ¿Ahora?

- En "vista", pasa de "sólo commits" a "ver todo" -las órdenes de Frederick encontraban una ejecución instantánea en Roberta, que se desvivía por responder a las órdenes con una celeridad que rozaba la telequinesia, pues sus dedos se movían sobre la pantalla cabalgando sobre las órdenes de su superior.

Aparecieron textos, sugerencias y números de incidencias del sistema de seguimiento de errores integrado en GitHub.

- Baja.

- Ahá.

- Más... ¡Ahí! ¡Para! Abril de 2071... Ahí tendría que aparecer mi carta abierta...

- Estás obsesionado con tu memo, Fred -rió Roberta divertida, dejando claro que era una broma, nada de lo que debiera preocuparse un campeón del síndrome de Asperger como su brillante e introspectivo compañero-. ¿Sabes a quién me recuerdas? ¿Has visto alguna vez *Jerry Maguire*? Ya sabes, esa película de finales del siglo XX con el representante deportivo fracasado que se pone a hacer el payaso.

- ¿Con Tom Cruise de representante y Cuba Gooding Junior de jugador de rugby, ambos en su mejor papel? Claro que la he visto. De lo más decente de aquella época. ¿Y? -preguntó Frederick, intrigado.

- Bien, padeces la paranoia de Jerry Maguire después de presentar su memo... Pero sin que te hayan despedido...

Roberta rió con el estómago, segura del ingenio e inocuidad del comentario. De repente, cambió su semblante y agarró a Frederick de la muñeca. Frederick respondió apartándose un poco, sorprendido.

- ¿Qué ocurre? -preguntó Frederick.

- ¿Has borrado la carta abierta?

- No.

- ¿Por qué ni siquiera está visible para los usuarios del laboratorio, a los que se permite ver todo el contenido relacionado con el repositorio principal y editar, al menos, los contenidos creados por cualquiera de nosotros y marcados con el atributo de "editables"?

- No lo sé. Ven. Te enseño algo en mi pantalla.

Roberta comprobó cómo Frederick podía ver, en el mismo torrente de datos del repositorio Humanure, propiedad del usuario GregorMendelLAB, la entrada creada por FredTerlingua: *Lo que Tolstói nos enseñó de Napoleón.*

- ¿Así que tú puedes verlo? ¿Por qué lo has puesto como privado?

Frederick se limitó a ampliar el detalle en la pantalla con el pulgar y el índice, mientras acto seguido señalaba los dos iconos que acompañaban la metainformación de aquella entrada en particular. El globo terráqueo equivalente a privacidad "pública" y el candado cerrado a su derecha.

- Fíjare en el color... -añadió Frederick.

El rostro de Roberta habría palidecido, de no ser por su ya de por sí palidez natural. Frederick notó, no obstante, su repentina inquietud.

- Ahora sí que podemos hacer un descanso, ¿no? -sugirió Roberta-. No hace falta que vayamos con los otros. Si quieres, nos quedamos junto a la máquina expendedora y me explicas qué ocurre.

Roberta se alarmó un poco más al observar que su compañero se llevaba el dedo índice a la oreja, como si le señalara algo.

- ¿Qué? ¿Te pica la oreja? Llevas una mañana un tanto... ah, creo que entiendo... -describió con sus labios la palabra "asistente". Frederick confirmó que su corazonada era correcta.

El asistente virtual se había iniciado sin que mediara petición alguna de su huésped, algo ya de por sí anormal. Lo que siguió aumentó la alarma de Frederick y le hizo evocar a su hijo y su mujer. El asistente le había sugerido que se tomara "un descanso" en lugar de consultar "información prohibida".

"Información prohibida".

El concepto resonó en su interior con la crudeza de lo literario. Hasta ese instante, habría considerado "información" y "prohibida" como un oxímoron. Algo simplemente imposible.

Era la confirmación de que el Valle de Silicio, el reducto de libertad e individualidad en Occidente, se había convertido en lo más parecido a un régimen totalitario que él podía imaginar.

Esperaba que se tratara de una broma macabra. No era ni April Fools Day ni su cumpleaños. Tampoco habían acabado el trabajo que les ocupaba. No había nada que celebrar ni por qué bromear con tanta libertad y contundencia.

Frederick bajó la mirada y volvió a la pantalla, esperando a que llegara la hora de comer. Al fin y al cabo, quizá no llegaría a su casa tan tarde como había planeado.

EL VALLE DE LAS ADELFAS FOSFORESCENTES por Nicolás Boullosa

Capítulo 6
Mujeres "ubercougar" de Los Altos Hills

Había llegado la hora. El timbre tocaba a recreo en la escuela infantil de Artes y Ciencias de la arbolada y apacible Manuela Avenue, en Palo Alto. El colegio dedicaba la semana al compositor Richard Wagner, así que, después de la bocina, la música envolvente con efectos tridimensionales de *El holandés errante* sonó hasta en el último rincón. La tormentosa obertura, con la inequívoca rimbombancia del autor, no aventuraba nada bueno en el patio del centro, que se asomaba al frondoso parque de Alta Mesa con sus secuoyas, cipreses, robles americanos... y su eléctrico cordón de adelfas fosforescentes.

El maestro de oratoria y lógica asistió una vez más a la estampida del grupo preadolescente, que se aventuraba en grupúsculos hacia la puerta del espacioso y funcional claustro interior.

Marcus salió decidido al patio enclaustrado, sin más objetivo que encontrar algún lugar donde pasar el rato sin perder de vista ni los tutores ni las cámaras de seguridad omnidireccionales de la escuela. Con su estrategia pasiva, a lo sumo retrasaría las represalias de Mickie, quien tarde o temprano atacaría, de eso no había ninguna duda. La cuestión era cuándo. Por un momento, dudó sobre qué grupo de empollones le convenía para pasar el rato: si la pandilla de los Perdedores, niños de papá condescendientes, con aparatos y ropa planchada que parecía sacada de una película de animación, conformada sobre todo por niñas feas y repelentes a las que atacaba el virus de la preadolescencia, como se observaba en sus curvas pubescentes; o los Siniestros, blancuchos e inadaptados maestros del hackeo y los videojuegos, entusiastas de las prendas de color negro, miedicas sabelotodo que demostraban tanta habilidad cognitiva ante una pantalla como falta de desarrollo físico y psicosocial: vergonzosos y poco aptos para el deporte, se conformaban con evitar grandes humillaciones públicas a cargo de los niños populares, más atléticos y extrovertidos. Él mismo era un jugón, aunque odiaba charlar a todas horas de novedades para jugones, entornos personalizados, partidas con la élite mundial y avances en realidad virtual inmersiva. Los últimos implantes superficiales, colocados como una peluca, no requerían el uso de los viejos y aparatosos cascos de realidad virtual, una mera copia de las primitivas gafas con pantalla en la misma crisma fabricadas por Facebook. Los implantes interaccionaban directamente con la corteza cerebral, actuando sobre la conciencia como si de un sueño fantástico inducido se tratara: el cerebro interpretaba directamente el entorno artificial desplegado ante la mente sin necesidad de evocarlo a través de la visión, por lo que uno podía jugar con los ojos cerrados y en un estado de duermevela dominado por la sinestesia, o interpretación interdisciplinar de lo que llegaba a los sentidos hasta el punto de ver sonidos, oír colores, oler texturas, tocar olores... En las últimas semanas, corría entre los hermanos mayores de algunos de los chicos de la escuela el bulo de que había juegos para implante superficial protagonizados por actrices porno. Era posible, se decía, impostar a estrellas porno de cualquiera de los dos sexos y elegir el entorno, la situación, el tipo de acto, número de participantes, duración e incluso opciones de diálogo e interacción intelectual. El juego consistía en acertar el modo de conseguir los favores sexuales de una persona o grupo en función de la situación. Ronnie iba diciendo por ahí que su hermano, alumno del cercano instituto Gunn, era adicto al supuesto juego porno, que permitía pagos dentro de la aplicación. Los padres sospecharon que el hermano mayor de Ronnie se había enganchado a la taurina o a las drogas sintéticas, tras recibir en calidad de tutores del menor una alerta -marcada por Sentido Común P2P con la etiqueta de "oficial"- acerca de la fuga de criptomoneda desde el monedero digital del chaval. Cuando Marcus se había enterado de la historia, había recordado un texto leído en el torrente de opinión publicada que más respetaba. La firmaba un tal MrHackescent, aparentemente -eso decía su perfil- un orgánico de la Tierra de Nadie, un territorio que se desplegaba como un corredor postapocalíptico a lo largo de la antigua zona industrial de la Bahía de San Francisco:

desde Fremont, en el extremo sur de la rada; hasta Oakland, al norte, justo frente a San Francisco. MrHackescent había escrito en una ocasión sobre la desventaja de crecer como un hijo único sin mentores ni grandes amigos con quien compartir lo mejor y lo peor de los primeros años de la existencia. Sin hermanos mayores, uno no aprendía picardías, ni lidiaba con el ingenio afinado de quien acumula meses o años de ventaja existencial competitiva. MrHackescent hablaba de su primera experiencia pseudosexual: cuando tenía apenas cinco o seis años y miraba con su hermano, apenas cuatro años mayor que él, hologramas porno de un dominio restringido XXX. Mirando aquellos hologramas, sintió su primera erección y preguntó a su hermano de qué se trataba. "Observa el holograma: ¿a ti qué te parece que es?". A MrHackescent le habían entrado ganas de vomitar. El bloguero acababa su entrada con un "Afortunadamente, las cosas han cambiado desde aquella primera toma de conciencia y hay al menos una cosa que no se repite desde entonces: las ganas de vomitar".

Marcus era considerado un "outsider": ni empollón apocado con ortodoncia del grupo de los Perdedores, ni miembro de pleno derecho -por decisión propia, eso sí- de los Siniestros. Les ganaba a cualquier juego, incluso cuando se trataba de entornos desconocidos con una curva de aprendizaje apreciable. Mickie Kowalski y sus dos secuaces, el larguirucho Barzini y la pequeña sabandija Ollie Scholtus, decían por ahí que la maestría demostrada por Marcus se debía a una única cosa: el tartaja tenía un implante distinto al del resto, y su asistente virtual funcionaba de un modo distinto. "Y si no creéis lo que os digo -insistía a menudo Kowalski-, explicadme por qué necesita ese dado raro que lleva siempre en el bolsillo, o por qué no da órdenes de voz al asistente... nadie le ha oído encender o apagar el implante con comandos de voz. Hasta la telequinesia tiene protocolos de inicio que dependen de la voz, como todos sabemos" -y entonces se estiraba los párpados con ambos dedos índices, imitando despectivamente los rasgos asiáticos. Mickie solía recurrir a los insultos y sutilezas racistas para recalcar el carácter retorcido -según su limitado intelecto y defensiva personalidad, que alimentaban su afán maltratador- de la agudeza intelectual de los Siniestros. Y entonces, invariablemente, algún aburrido e indolente Siniestro repetía a Mickie, sin mirarle a la cara y a sabiendas de que no sería maltratado si no se separaba del grupo:

- No es un dado. Es un poliedro de veinte caras.

Cada cara de aquel amuleto se componía por un triángulo equilátero y congruente, idéntico a los diecinueve restantes. El sueño de Platón. Un ideal hecho objeto geométrico. Ni siquiera los Siniestros sabían lo que sí había deducido Marcus: los vértices de un icosaedro forman grupos idénticos de tres rectángulos áureos ortogonales entre sí (perpendiculares en un plano tridimensional). A los ocho años, Marcus había construido una cajita de metacrilato para guardar el poliedro. Había observado que, en el interior del cubo transparente, las aristas del icosaedro estaban en proporción áurea con las aristas del cubo. A los nueve años, al indagar en viejos libros enciclopédicos de finales del siglo XX heredados por su padre y conservados en polvorientas cajas, había descubierto detalladas imágenes de innumerables virus que jugaban a la proporción áurea: tenían forma de icosaedro. Ello tenía una explicación biológica: los diminutos organismos estaban conformados por interminables series de proteínas que se repetían en distintas combinaciones, y al fin y al cabo el icosaedro era la forma más sencilla -la que requería menor tiempo y energía- de ensamblar estructuras con subunidades proteicas idénticas. Una proteína era, al fin y al cabo, la manera más efectiva de copiar instrucciones biológicas, y los vértices de esta figura geométrica forman grupos de tres rectángulos áureos ortogonales entre sí, una estrategia de la naturaleza para facilitar al máximo la copia más exacta posible de una secuencia de vida, originando otra.

Casi todos los Siniestros, cuyo número parecía variar en función de si sus miembros usaban un día determinado ropa negra y traían las uñas pintadas de negro, formaban parte de la minoría mayoritaria en el Valle: eran descendientes de asiático-americanos, sobre todo de origen chino, japonés, vietnamita y coreano; los filipinos y descendientes de comunidades polinesias, como los enormes chicos tonganos, eran minoría en el Valle, si bien eran miembros decisivos de las comunidades orgánicas de la Tierra de Nadie y South San Francisco. En el Valle, algo más de un tercio de la población era asiática, un tercio era caucásica y el tercio restante tenía un origen más complejo de definir: hispanos de distintas razas y composiciones epigenéticas tan exóticas como efectivas: afroamericanos blancos y con rasgos caucásicos, escandinavos con labios negroides y un sinfín de combinaciones que ofrecían pistas acerca de las irregularidades que se cometían a diario al interpretar el código ético que regulaba la cirugía epigenética.

- Eh, Marcus -Skylar Chu rompió el hielo, consciente de que el freak más callado de la escuela deambulaba por el centro del patio, atento a no adentrarse en ningún punto alejado de las cámaras y las dos tutoras del recreo, que charlaban con un grupo de niñas junto a la puerta de las aulas-. Me han dicho que tuviste algo que ver con el ataque que le dio al seboso abusón. Ollie Scholtus va diciendo por ahí que te van a dar tu merecido. También dice que ayer por la tarde se presentó un androide del hospital con formación para pruebas complejas. Ya sabes, un sub-doctor, un piel fría con pestañeo de psicópata...

- ¿Se sa...be el-diagnóstico-del and...roide matasanos? -respondió Marcus, tratando de controlar su tartamudeo, tarea que resultaba menos ardua en un contexto entre iguales.

- Ollie decía que sus padres, digo, sus madres habían temido incluso que se tratara de epilepsia o un ataque severo de ansiedad. Al parecer, el gordo padece trastorno por déficit de atención con hiperactividad. Maldito ADHD... eso explica muchas cosas.

Skylar siempre había mostrado simpatía por Marcus. Tampoco tenía hermanos y había jugado tanto a los clásicos de lucha virtual inspirada en la versión original de *Street Fighter* que su sueño era retroceder en el tiempo y pasar su adolescencia en los años noventa del siglo XX, malviviendo en alguna ciudad metropolitana destartalada y gris... y acudiendo libremente a pasar las horas muertas después del instituto ante una máquina recreativa de la era Arcade, aprendiendo trucos de los sociópatas más talentosos. Skylar admiraba la innata capacidad de aprendizaje en entornos virtuales de Marcus, fuera el juego que fuera, que contrastaba con su absoluta carencia de aptitudes psicosociales equilibradas en la vida real. Pero, de vuelta al mundo de los bits, Marcus podía con todo: desde jugar al ajedrez contra los descendientes de Deep Blue a mostrar sus dotes con el rol, afición para la que usaba su propio amuleto de sólidos platónicos siempre que los contrincantes se lo permitían. En ocasiones, tras estudiarlo, concluían que el peso del dado no estaba repartido de manera equitativa ni las diminutas protuberancias de sus lados garantizaban un lanzamiento aleatorio. Cuando no era posible usar su interfaz cerebro máquina, siempre predispuesta a asistir en actividades probabilísticas, usaba sin problemas el dado que fuera, físico o virtual. La saga *World of Warcraft -WoW-* se había expandido -con otros juegos similares- al mundo físico, hasta el punto de convertir la tierra, la luna y Marte, los tres astros con población humana permanente, en un gigantesco escenario donde podían aparecer elementos relacionados con el juego: desde botellas con mensajes en su interior a esferas con inscripciones en griego clásico, letras élficas proyectadas en la cara de la luna visible desde la tierra, mensajes en la superficie de Marte visibles desde cualquier telescopio de última generación...

- Oye, conmigo no te hagas el remolón -Skylar sonrió, mirándole de soslayo-. Sé perfectamente lo que le ocurrió al gordo. Yo creo que no miente.

- ¿Qué qui...eres decir? - Marcus no mostró nerviosismo; no esperaba menos del incisivo Chu, un pequeño genio de la programación en Bloque, gracias a las clases que su padre, uno de los mayores expertos del lenguaje, le impartía en casa de manera informal.

- Tú hackeaste su asistente.

- N... no es la prim...era vez que me acusas de cosas peliculeras, Sk... Sk...

- No me gastes el nombre con esa manera de rapear tan extraña que tienes.

- Menudo brom...ista de segunda, Skylar...

- Tienes razón. Creo que me he enganchado a esos humoristas de YouTube, lo confieso.

- Se nota... Me da igual lo que vay...an diciendo por ahí... Ya no me da miedo Mickie. Simplemente no quiero que m... me-moleste-más.

Skylar tenía una teoría sobre Marcus. Le atribuía no sólo capacidades de hacker a la altura de los mejores piratas orgánicos, sino que sostenía ante sus amigos que Marcus jugaba con dos pseudónimos. Por un lado, le veían en *WoW* y otros juegos inmersivos bajo el pseudónimo Sleepingbot, sobre todo cuando se trataba de hacerles morder el polvo: cuando jugaba contra alumnos de la escuela, Marcus no mostraba compasión alguna. Pero Chu relacionaba a Marcus con otro pseudónimo, Soplaris, un cacharrero del Valle que se había labrado el respeto del oficialismo hacker en un tiempo récord. Según se comentaba en la comunidad virtual 4Chan, Soplaris había publicado el esquema algorítmico de Núcleo, todavía considerado el repositorio multiusuario más seguro del mundo debido a la aleatoriedad de las claves que se concedía a quienes accedían a la base de la realidad automatizada del microestado. Al parecer, Soplaris había adjuntado un único mensaje junto al código publicado: "Ayúdennos. El Valle no es tan libre como la gente cree". Con el esquema algorítmico, al menos existía la posibilidad matemática de que alguien se hiciera pasar por Núcleo y entablara una comunicación automática con el asistente de algún individuo, conociendo así la parte de la clave desconocida que imposibilitaba adentrarse en el sistema: la parte individualizada del algoritmo, adaptada en función del código genético de cada individuo. El "phishing" era ahora posible en el Valle, lo que había hecho saltar todas las alarmas y, de manera indirecta, la situación de pánico entre los máximos desarrolladores de Sentido Común P2P había repercutido sobre el sistema de reputación: miles de personas habían perdido al menos un punto en las últimas semanas, después de la publicación de la vulnerabilidad potencial de Núcleo en 4Chan. Oficialmente, nadie concedía importancia a lo que la prensa libre del Valle catalogaba unánimemente como rumor. Y más inquietante todavía, nadie mencionaba al tal Soplaris en las informaciones. A "insiders" como el propio Skylar Chu no se les escapaba que, de ser verídica, la revelación de secretos de Núcleo se había realizado desde dentro... Y los únicos ciudadanos del Valle con capacidad para escabullirse de la vigilancia electrónica eran los pocos ciudadanos sin implante interno operativo: los superaptos, o SA. Sólo quienes no tenían el asistente virtual conectado y activo carecían de un cordón umbilical demasiado estrecho entre la gente y Núcleo, lo que producía el efecto contrario al que buscaba: nadie estaba dispuesto a salvaguar las libertades individuales que expresaba el Código Ético de Sentido Común P2P con toda la pureza y respeto que fueran posibles, puesto que todo el mundo daba por hecho que lo haría el Sistema. El Código Ético era lo más parecido a una Constitución con que contaba un microestado oficialmente libertario y sin aparato estatal como el Valle de Silicio, pero nadie estaba dispuesto a reivindicarlo con responsabilidad individual, ya que había un asistente que decidiría por la conciencia cuando fuera menester.

- A lo mejor lo que no quieres es que nadie te siga el rastro... -espetó Skylar, guiñándole el ojo.

- No sé a qué te ref...ieres.

- A lo mejor no lo sabes. O a lo mejor sí -el pequeño Skylar pegó una patada a una piedra y se encogió de hombros-. Puedes quedarte conmigo durante el recreo. Ven, vamos a sacar de quicio al gordo y a sus secuaces. Pongámonos a jugar al ajedrez delante de los morros de las maestras. Yo saco el holograma.

Printorganics ocupaba un antiguo edificio comercial de ladrillo rojo en la confluencia de Main Street con la calle Tercera del pequeño y aburrido centro de Los Altos Hills, dominado por calles arboladas con aceras impolutas, mantenidas por diligentes drones que saludaban a cada viandante con un irritante y preprogramado "¿Cómo está usted hoy?", cuya contestación hacía años que nadie impostaba, ni siquiera los campeones de la condescendencia en la zona: abuelitos asiáticos que, pese a pertenecer en ocasiones a la cuarta, quinta, sexta y séptima generación de chino-californianos, conservaban un fuerte acento cantonés -o mandarín- "acaliforniado".

El día era plácido, como casi siempre. Frente a Marfa, una pared vertical se elevaba por encima del resto de la planta del edificio de ladrillo con ventanales blancos que había pertenecido a una de las numerosas oficinas bancarias de la zona, Bank of the West. Sobre la pared, un letrero con tipografía DIY fresada sobre un cuidado metal oxidado daba la bienvenida a Printorganics, "la impresión alimentaria que rejuvenece". Otras antiguas oficinas de la zona habían dado paso a todo tipo de servicios de productos desmaterializados, softwarizados, de crecimiento orgánico... El antiguo edificio ocupado durante décadas por Chase, justo enfrente de Printorganics, era ahora una boutique de biomateriales aplicados a productos de consumo.

Cualquiera podía entrar con un diseño predeterminado, o confeccionarlo allí mismo con instrucciones vectoriales, y erigir una versión preliminar de un juego de sillas, un jarrón o un cobertizo para el jardín a base de biomateriales como piezas de micelios -marañas de hongos-, bacterias y polímeros vegetales con recubrimiento sintético. Main Street no había cambiado tanto; sesenta años antes, la calle comercial se mostraba igual ante los habitantes de la zona: impersonal, acomodada, envejecida, aséptica y provinciana, donde los negocios con voluntad sofisticada evocaban, con su decoración y productos, un modelo original que sólo carece de la torpeza de la impostura en lugares prósperos demasiado alejados -en el tiempo, en el espacio, en tiempo y espacio- del modelo original. El no-sé-qué francés por aquí, lo-de-aquí occitano, lo-de-más-allá toscano, el rincón bávaro, tapas españolas deconstruidas para aspirantes a la cocina europea, burritos californianos trufados de suculentos insectos, dientes de león, granos y semillas del paleolítico para los "jóvenes" de setenta para abajo. La mayoría anciana y los pocos jóvenes que habían permanecido en la prohibitiva zona compartían el descuidado aspecto de quien nace viviendo de las rentas y espera que sus hijos sigan con la tradición establecida por los padres y abuelos, llegados con la oleada tecnológica de finales del siglo XX y principios del XXI. Los Altos, como Menlo Park, Atherton o el Palo Alto más cercano a Stanford, habían perdido la tradicional movilidad y carácter emprendedor que impulsara la innovación en el Valle hacía ya demasiado tiempo. El nuevo espíritu se parecía tan poco al viejo que convertir la zona en el epicentro de un micropaís libertario era paradójico, dado el conservadurismo e inmovilismo tipo Costa Este, o más bien europeo, que reinaba en calles repletas de viejos y androides. La impostura espiritual, social e ideológica era sólo comparable a la burda copia estética que aquellas tienduchas realizaban de las tiendas parisinas, milanesas, vienesas.

Aquella mañana, un androide de Printorganics se había ofrecido -"es gratis esta semana", le había espetado con ojos secos color avellana- aparcar el coche bajo demanda que había recogido en el cruce de Foothill con Arastradero, después de sentirse perseguida por insectos voladores. Lo de catalogarlos como insectos era un decir, dado su gran tamaño y la predictibilidad de su vuelo, demasiado regular y poco errático. Podía ser que se tratara de esos insectos que los científicos decían que habían evolucionado, adaptando su vuelo al de los drones diseñados con su morfología, quizá con la intención evolutiva de atraer a las esquivas hembras artificiales, que seguían sin hacer caso a los machos biológicos de las especies imitadas. Una triste historia de adaptación natural, que recordaba a la de las mariposas que habían cambiado sus alas de color para adaptarse al cambiante paisaje grisáceo y recubierto de hollín en que se habían convertido los entornos urbanos de la Gran Bretaña de la Primera Revolución Industrial. Los insectos imitando el vuelo de insectos drones eran, pensó Marfa, las mariposas metamorfoseadas del presente.

Así que, al apearse y confirmar que no había que pagar durante dos horas, Marfa se animó a pasear por la zona, subiendo por Main Street hasta la calle Primera, para volver a bajar por la calle comercial aledaña, State Street, hasta la confluencia con la primera. Vehículos Tesla sin personalizar en autopiloto paseaban a mujeres de mediana edad que iban y venían de su última sesión de CrossFit; Marfa se cuestionaba si las caras hinchadas y desfiguradas que veía en el asiento del conductor, a menudo mostrando su figura a través de carrocerías de metal o polímeros traslúcidos, eran consecuencia de un cóctel hormonal desajustado para la edad de aquellos vejestorios tonificados. Las "ubercougar" o "extracougar" de la zona, mujeres maduras con aspiraciones sexuales más allá de la setentena, no se conformaban con descongelar óvulos y seguir procreando casi cada lustro, coincidiendo con los períodos de vacío existencial o abandono conyugal, sino que se medicaban para retrasar la menopausia hasta la crionización o el lecho de muerte clínica. Así, los pañales de ancianas de ciento cincuenta años que tomaban ácido fólico concentrado para no partirse la cadera haciendo CrossFit, servían tanto para regular el atrofiado control de esfínteres como para retener los efluvios de una regla que no se correspondía con una ovulación natural, sino con los efectos de su imitación somática usando hormonas. Marfa lo tenía claro y así se lo había repetido a su marido por activa y por pasiva: por muy desquiciada que acabara, no caería en el error de confundir el legítimo y sano retraso de la oxidación celular para vivir mejor y durante el mayor tiempo posible, con la quimera de ocultar la transitoriedad de la existencia. Dejar de ovular por causas naturales no debía ser una tragedia; la menopausia no debía tratarse como una dolencia, sino como lo que era, un proceso natural. Las mamás con edad de abuelas que observaban el devenir de la escurridiza existencia a su alrededor relacionaban su impotencia para congelar un instante de control sobre el entorno durante sus años álgidos, con los síntomas de irrefrenable envejecimiento de su aspecto y procesos metabólicos. El grito silencioso de la vieja hembra mamífera, dolida al descomponerse la camada, se repetía en el comportamiento de las "cougar" más veteranas, una versión deportista y con sabor a batido de frutas silvestres y bananas paleolíticas de las primeras actrices del Hollywood inmortal, como la Norma Desmond imaginada por Billy Wilder en *Sunset Boulevard.* ¿Cuándo aquella pequeña Main Street del norte de California había abandonado su pasado de Frontera para convertirse en una versión aséptica de Sunset Boulevard? Los viejos de la zona querían la inmortalidad y se habían topado con su caricatura: cócteles de antioxidantes, cirugía epigenética, vigorexia, obsesión por la ingeniería nutricional, crionización y, como colofón, ya a las puertas de la muerte, donaciones e inversiones estratégicas a startups de longevidad -previamente condicionadas a resultados experimentados en el propio muerto, según la máxima adaptada del ejército estadounidense: "No oldie left behind"-. Ningún viejo abandonado; o, más concretamente, ningún viejo inversor abandonado a su suerte *ad aeternum* en su suero de crionización. A diferencia de otras empresas que trabajaban para extender la experiencia humana, las firmas del sector de la longevidad se centraban en prolongar la vida del individuo y garantizar así la continuidad de su conciencia. Los clones digitales eran cosa de hackers, profesionales liberales que querían un esclavo trabajando para ellos -a menudo sin las virtudes y con los tics del propio profesional-, y personas traumatizadas que impostaban a un familiar fallecido con un androide a su imagen y semejanza. Cuando no se contaba con un clon digital que compilara conocimientos, recuerdos y mapa biográfico del fallecido, los familiares queridos que no superaban el trauma de la pérdida del ser querido recurrían al colmo del desasosiego ante la existencia, optando por un androide que era clon físico sin clon digital, y el encargo se ejecutaba a partir de vagas descripciones de amigos y familiares que querían participar en armar la personalidad del androide, así como los trazos amables de la actividad digital del fallecido. Si la principal crítica de los grupos neoluditas acerca de la convivencia con androides portadores de clones digitales era el artificioso edulcoramiento de las personalidades recreadas, que carecían de las contradicciones, achaques y cambios de humor del ser original a partir del cual habían sido moldeados, los androides con plantillas de personalidad reconstruidas como sustitutivo de un clon digital completo ofrecían un desasosiego todavía mayor. Todo el mundo coincidía en que estos seres artificiales contentaban, si acaso, a los familiares que habían encargado el modelo, a menudo padres que habían perdido un hijo. Se les veía paseando y charlando con el androide, que vestían como un recién nacido y paseaban como a un perro.

A seres especialmente sensibles como Marfa, observar el engaño autoinfligido de personas que no reconocían los avatares de la vida, les producía un dolor descarnado: la compasión y empatía que habrían sentido por quienes hubieran superado la ausencia de un ser querido, se convertía en incomprensión ante una realidad cuya ética filosófica era más que discutible. Tratar de cambiar el pasado impostando el presente era incómodo de observar, algo así como asistir a la recreación ficticia de la oportunidad que la existencia no ha querido dar a un derrotado. Equivalía al desfile de los clones digitales que algunos esposos, desde obsesivos compulsivos a maltratadores, encargaban de los seres que les habían abandonado, una actividad, la de impostar a una persona sin su consentimiento, penada con rebaja de hasta 10 puntos de karma y acceso bloqueado a servicios de diseño, alquiler y compra-venta de androides. En casos extremos -un pederasta clonando a un niño, un sádico clonando a una figura social reconocida, un abusador sexual clonando a uno de sus abusados-, los infractores se enfrentaban al destierro de por vida del territorio del Valle y sus intereses en la tierra y cualquier otro lugar en el universo, el equivalente a la prisión de antaño. Como una recreación a la inversa de la supersticiosa maldición azteca de sacrificar a personas consideradas semidioses y caídas en desgracia, arrancándoles el corazón, ningún Ciudadano Aumentado podía arrancarse el repositorio implantado en la caja torácica (en la concavidad derecha proporcionalmente opuesta al emplazamiento del corazón), sin peligro inminente para su vida. La única señal electromagnética del repositorio, que nadie podía esconder, ni siquiera con trajes contra radiaciones, encendía todas las alarmas de vigilancia del Valle cuando un desterrado se acercaba a la Tierra de Nadie, la zona perimetral de veinte millas de grosor que servía como cordón sanitario entre el Valle de Silicio y las colindantes Californias. La República P2P del Valle de Silicio lindaba, más allá de su anillo de seguridad o "descompresión", con la ciudad autónoma de San Francisco, a medio reconstruir después de su último gran terremoto, y con la Tierra de Nadie, una zona perimetral sin leyes oficiales compuesta por South San Francisco -entre la ciudad y el valle de Santa Clara-, y la zona industrial hacker al este de la península, desde Oakland, al norte, a Fremont, al sur-; al mediodía, siguiendo la costa, el Valle lindaba con California del Oeste, cuya capital estaba en Los Ángeles; al este y sureste, lo hacía con California Central, cuya capital era Fresno, su idioma oficial el chilango -versión oficiosa del castellano mexicano promovido por los medios del microestado-; finalmente, el Valle de Silicio lindaba, al noreste, con California del Norte, la "California alemana", su vecino más estable y próspero, con capital en Sacramento y un único reducto poblado por "ilegales": hackers, orgánicos, descendientes de inmigrantes nunca naturalizados y neoluditas, que poblaban las faldas del monte Tamalpaís organizados en torno a viviendas efímeras y sistemas de energía y comunicación en malla. Gracias a la organización descentralizada, en torno a nodos conectados por radiofrecuencia al resto de nodos ilegales, cuando algún solitario hacker o algún grupo acampando en los bosques de secuoyas entre Tamalpaís y el océano se quedaba sin conexión ni energía, el resto de grupos mantenían la redundancia con los nodos activos.

Las Seis Californias eran microestados de facto bajo supervisión de la Autoridad Estadounidense, territorio mancomunado con protección de la Mancomunidad de Estados Unidos (Nueva Inglaterra), que comprendía microestados de parte de los antiguos Canadá, Estados Unidos, México y Cuba, con ciento veinticuatro miembros reconocidos de pleno derecho. En ellos no se encontraban los territorios nativos americanos ni los territorios no incorporados, tales como las comunidades de Tamalpaís y los pueblos itinerantes "low-high tech", emuladores de *Mad Max*. Tampoco formaban parte de la mancomunidad dependiente de Nueva Inglaterra las colonias libertarias en Alta Mar ni las del interior de los Grandes Lagos. A unas cien millas al Oeste de San Francisco flotaba varado un viejo y gigantesco barco de contenedores Matz Maersk Triple E, la nave logística más grande y avanzada durante su construcción en 2015, con

194 pies de anchura, 1.312 pies de longitud y capacidad para llevar 18.000 contenedores logísticos de 20 pies de longitud cada uno. Había sido encargada por un conglomerado industrial danés al armador surcoreano Daewoo y, tras tres décadas de intenso uso, había esperado pacientemente en Los Ángeles para ser desarmado, hasta que un grupo de socios del Valle lo había comprado con intención de repararlo y convertirlo en la primera ciudad flotante operativa del mundo. Las obras de reparación y modificación habían finalizado en 2065, cuando el Matz Maersk Triple E había entrado en la bahía de San Francisco y atracado en el puerto de Oakland, ondeando una gigantesca bandera pirata y, bajo ésta, una bandera roja; en el centro de esta segunda bandera, más pequeña, el viento movía un esquemático trisquel, el símbolo compuesto por tres brazos en forma de hélice confluyendo en su centro geométrico. Allí, en el puerto de Oakland, ocho mil contenedores de empresas y ciudadanos particulares de las Seis Californias, incluyendo a muchos Ciudadanos Aumentados que así lo habían decidido, se convirtieron en colonos del barco, integrando su propio contenedor-vivienda en la estructura; se desconocía la población estable exacta del barco-ciudad, pero todo el mundo daba por hecho que eran más de 20.000. Los andamios metálicos que habían creado las estructuras de varias plantas, los pasadizos y el enorme parque interior del barco libertario habían sido desarrollados por Containerscraper, una pequeña compañía con sede en la Tierra de Nadie.

Y, según el chiste de la historia que todo el mundo sabía, los impuestos de construcción e inicio de actividad del Matz Maersk Triple E no fueron reclamados a Nadie. Porque la Tierra de Nadie era un caso especial. La ONU decía que el cordón de seguridad entre el Valle de Silicio y los territorios colindantes era "legal y legítimo" dados los antecedentes de ataque y saqueo al Valle desde distintos flancos, justificación objetiva que había permitido al Valle negociar un acuerdo con sus vecinos en la Corte Internacional de Justicia, a través del cual se establecía la soberanía compartida de la Tierra de Nadie. La última doctrina jurídica decretaba la convivencia de los reglamentos del Valle y del territorio colindante más próximo en función de cada tramo, lo que en la práctica se traducía en un estatus de alegalidad que había inspirado su denominación popular. La Tierra de Nadie, en efecto, no tenía más dueño que quien se armara de razones en cada situación. En dos décadas, lo que los grupos de protesta de las Californias restantes llamaban "Territorios Ocupados" (recordando el historial de división política en la denominación de territorios disputados, tales como Las Malvinas-Falklands o, en las últimas décadas, Barcelona Española-Catalunya Central, según el bando que se refiriese a un mismo lugar), se habían convertido en un territorio ilícito e inseguro. El Valle, que había ocupado la Tierra de Nadie en el verano de 2056 a través de una operación con drones y androides en la que no había habido bajas humanas, se había rodeado de la zona peligrosa y sin ley de la que se había querido alejar para siempre, poco después de conseguir de que Nueva Inglaterra reconociera su independencia y garantizara su protección militar internacional y transplanetaria. Los Ciudadanos Aumentados del Valle con una mentalidad más filantrópica, entre los cuales había libertarios que todavía creían en el progreso inclusivo de la humanidad gracias a la tecnología, habían iniciado una campaña publicitaria para invertir recursos en el intercambio comercial e industrial y el desarrollo de los microestados colindantes. Sólo con las Seis Californias rindiendo cerca de su potencial se evitarían conflictos -pensaba este círculo de emprendedores- históricamente incubados en la desigualdad extrema. Su opción había sido oficialmente ignorada "por falta de apoyo democrático" en Sentido Común P2P. La tirana mayoría se declaró partidaria de mantener el "anillo de descompresión" en torno al Valle pese a que la evidencia de los datos empíricos recogidos durante años y los precedentes históricos desaconsejaban, en una deliberación racional, que la Tierra de Nadie permaneciera como la zona de seguridad en un limbo jurídico en que se había convertido.

Con los años, la Tierra de Nadie había creado una economía informal tan importante que la renta total derivada de las actividades no gravadas en sus distintos núcleos superaba en tamaño y dinamismo a la economía de cualquiera de los microestados colindantes, a excepción del propio Valle: la piedra preciosa engastada en su núcleo. La zona más densa, dinámica e insegura era CaliKowloon, una ciudad imposible por su elevado grado de apelotonamiento informal, compuesta por microviviendas que ocupaban el interior de viejas naves industriales como la de American Steel Works en Oakland; abundaban también las estructuras modulares, tanto verticales como horizontales, de cobertizos y contenedores logísticos transformados en viviendas. También había chamizos de distintos materiales, desde contrachapado a metal corrugado, pasando por policarbonato transparente corrugado y polímeros maleables como el aerogel.

Entre estas estructuras, destacaban en número los rascacielos de contenedores de Containerscraper, una empresa fundada en Oakland que había desarrollado andamios modulares con grúa y ascensor para mover contenedores entre distintas plantas del armazón, en función de la demanda y estrategia. La empresa, fundada por una californiana y un español exiliado tras la etapa de conflictos identitarios en el país europeo, había empezado en 2015 como el primer proveedor de "viviendas como servicio", o estructuras que seguían el mismo modelo de negocio que la computación en la nube o las redes de energía y comunicaciones en malla: se pagaba por el uso del espacio en función de los servicios demandados, número de contenedores y días; el precio variaba en función de la disponibilidad y la demanda en un momento determinado. Containerscraper complementaba el uso bajo demanda con la opción de alojar un contenedor logístico ajeno a la propia empresa, que cualquiera acercaba a uno de los "containerscrapers" con plazas: armazones de metal con ascensor y grúa que dispusieran de espacios disponibles. El usuario podía elegir entre el espacio disponible para encajar su contenedor, así como la estructura externa, características de la planta, orientación y servicios a los que se conectaba: electricidad, telecomunicaciones, agua y sanitarios, así como módulos externos adicionales, desde maceteros colgantes para producir comida a colmenas para la miel, criaderos de insectos comestibles, paneles solares, balcón de cien pies cuadrados al nivel del contenedor, etcétera. CaliKowloon cobijaba a un crisol de ciudadanos procedentes de las Seis Californias, entre orgánicos, renegados, neoluditas, hackers, individuos abandonados en su infancia por imperfecciones en la cirugía epigenética aplicada, y numerosos miembros del hampa. Prostitución humana, prostitución con androides y mixta, videojuegos inmersivos prohibidos, drogas psicotrópicas y aumentadoras de realidad, clínicas no reguladas que se especializaban en implantes de todo tipo, creadoras de pechos femeninos y penes con tamaños imposibles, sabores y colores a la carta... La mayoría de Ciudadanos Aumentados miraba hacia otro lado, pero muchos de sus androides, sobre todo los más apócrifos, habían sido diseñados y producidos en los pequeños talleres de CaliKowloon, en la Tierra de Nadie, e introducidos ilegalmente en el Valle, donde eran conectados y registrados usando tiendas legales que actuaban de intermediarias. Familiares muertos sin clon digital, androides que copiaban con maestría a celebridades de todos los tiempos -incluyendo a algunas vivas-, y androides cuya estética no preocupaba tanto a quienes los habían encargado entre las sombras de la Tierra de Nadie como su potencia sexual. Androides con atributos sexuales descomunales, androides campeones del sadomaso y el sexo violento, así como seres andróginos que iban un poco más allá de los/las shemales humanas/os, al incorporar pene, vagina con clítoris hiperdesarrollado y esfínter antidesgarro. Los talleres de androides de CaliKowloon hacían realidad sueños sexuales delirantes a la altura de los que habían atesorado los libertinos más extremos de la Ilustración. Oficialmente, el Valle de Silicio carecía de versiones postmodernas del marqués de Sade. La realidad era muy distinta y, por lo que intuía y lo que su marido le había explicado después de haber oído e investigado, Marfa se alegraba de que los androides carecieran de conciencia empática y sentimientos complejos, tales como el dolor o la humillación. Sin dolor ni humillación, era más sencillo controlar fenómenos como la obsesión compulsiva, que en los androides no era más que un bucle, un error de código que había escalado sin control y que, por tanto, podía arreglarse con código. Una nueva versión de software sobre el software anterior. No ocurría así en máquinas biológicas con mecanismo replicante de instrucciones basado en proteínas, como cualquier organismo.

Cuando atacaba la melancolía, a Marfa le gustaba imaginarse con el vacío existencial de los algoritmos, capaces de renacer mejorados después de cada pequeña actualización para combatir ésta o aquélla incompatibilidad, éste o aquél error. La conciencia humana dependía de la acumulación de experiencia, y las capas de dolor eran tan importantes como los momentos de dicha espiritual. Los seres introspectivos con voluntad de afrontarse a sí mismos y vivir una existencia revisada veían a su alrededor una sociedad materialmente próspera que no sabía en qué consistía la felicidad espiritual. Abundaba la obsesión -racional, pero obsesión al fin y al cabo- por los resultados a corto plazo, por la mejoría superficial, la simetría artificial, los entornos asépticos. A ella le interesaba más otro tipo de bienestar, como había reflexionado con su marido en ocasiones. Una dicha que surgiera de la autonomía y no de la dependencia de aparatos tecnológicos que se habían convertido en apéndices integrados en su organismo. Que exigiera un crecimiento personal basado en la superación cuyos términos decidiera uno mismo en libertad, y no en un sistema de puntuación relacionado con alguna carrera meritocrática que el sistema colocara ante sus narices. Un contexto de personas que denotaran tranquilidad y propósito vital, para que ella pudiera adentrarse en sí misma, buscando un futuro en el que estarían presentes su marido y su hijo. Su pequeño. Porque su pequeño se iba a curar. Aunque el sistema dijera que ni siquiera estaba enfermo. Su normosómico, su superapto, su SA se curaría, sí. Porque se había propuesto luchar por un entorno más sano, aunque ello implicara sugerir a su marido que debían... debían...

¿Era necesario vivir en el Valle?

¿Podía un Ciudadano Aumentado dejar de ser ciudadano de pleno derecho del Valle por propia elección, sin ser desterrado? Merecía la pena averiguarlo.

Al entrar en Printorganics, le sorprendió que la compañía hubiera cambiado no ya la disponibilidad de los productos, sino su idiosincrasia comercial; de evitar las ofertas agresivas, optando por la calidad de la experiencia en la tienda y la solvencia de los productos a medida, el establecimiento había pasado a las ofertas agresivas en apenas unas horas. No se explicaba cómo habían podido realizar el cambio con tanta rapidez.

Hasta el momento, los alimentos impresos por la tienda, ricos en antioxidantes, contaban con el favor del público por un nivel de personalización que rozaba lo quimérico, así como su inteligente orientación tanto a usuarios impulsivos, apelados con los ubicuos anuncios -desde hologramas a pequeños mensajes de contexto, formas, sabores, aromas y "experiencias"-; como a los más pragmáticos, que podían comprar a granel y en función de la información nutritiva. Uno podía incluso descartar por completo los atributos que enriquecían la experiencia y tratar los lingotes impresos únicamente como nutrientes para el cuerpo. Combustible, no experiencia culinaria; en casa siempre se podía añadir algo de sal, pimienta, paprika, a veces algo de salvia o clavo, quizá orégano, perejil y poco más. El resto de los productos disponibles no le interesaba en absoluto; los compradores racionales, como le gustaba considerarse, debían acudir a las tiendas de impresión solventes con la idea definida de qué comprarían, para así evitar caer en la compra impulsiva.

Sorprendida, hizo un comentario en voz alta pese a su habitual discreción. Mantenía sus sospechas acerca del funcionamiento de su asistente virtual, hasta hace apenas dos días sólo un pálpito sobre el cual evitaba especular y ahora, después de compartir sospechas con su marido y su hijo, una corazonada perfectamente plausible que buscaba una ratificación objetiva. Se decidió a comentar en voz alta su sorpresa ante la nueva política comercial de Printorganics. Si su asistente era algo más que un implante a su servicio y sin puertas traseras a otros sistemas consultados por humanos, seguramente anotaría su apreciación:

- Qué extraño. Rebajas a lo grande, como si estuviéramos en Wal-Mart o si compráramos por Amazon. Y lo han transformado todo en un día. Mm. ¿Cómo lo habrán hecho?

El asistente no había sido interpelado y se comportó como tal. No contestó. Marfa decidió interpelarlo:

- On asistente. Consultar despensa y cotejar con historial de compra.

- Buenas noticias. La nevera y despensa acumulan los productos esenciales para la próxima semana y media. A modo de recomendación y por orden de necesidad cronológica, las ofertas actualizadas de Printorganics son una oportunidad para comprar kéfir, lingotes con contenido proteínico y complementos de ácido fólico...

- Gracias...

¿Y si el asistente es sólo un asistente?, se preguntó Marfa. Apostarlo todo a una corazonada era un error y un riesgo. Así que se limitó a estar atenta, por si el asistente facilitaba alguna pista más a propósito de su comportamiento de las últimas horas, errático y sospechosamente humano.

- Procedamos con las sugerencias. Encargando las cantidades oportunas para dos semanas. Nos ponemos en línea si el cálculo de tiempo de espera es inferior a... déjame ver -buscó el letrero digital con el tiempo de espera previsto en los principales mostradores-... 10 minutos. Nos quedamos si podemos encargarlo y tenerlo todo servido en 10 minutos.

- Cotejando la orden de compra -respondió el asistente con la esperada escrupulosa rapidez y celeridad-. ¿Deseas escuchar música mientras esperas?

- Mejor no. El hilo musical en el oído se mezclaría con el hilo musical ambiental, algo que aborrezco.

- De acuerdo.

Marfa observó que, al fondo de la tienda, el dependiente humano hablaba con la dependienta, también humana, que el día anterior había padecido el extraño ataque y había desencadenado un todavía más extraño protocolo de actuación, irregular según la normativa para humanos y androides (vigente en el Valle bajo situaciones de emergencia).

- El tiempo estimado para realizar las compras programadas es de ocho minutos, dos menos de lo sugerido como límite.

- Procedemos, pues.

Deambuló por la tienda, distraída. Sin ser consciente de ello, Marfa se había relajado al comprobar que la dependienta que había protagonizado el altercado del día anterior se había reincorporado al trabajo. "Y pensar que parecía muerta", meditó sin buscar más explicaciones a las demás incongruencias observadas el día anterior en el mismo lugar.

Cuando llegó el momento de pagar, la primera dependienta que cantó "siguiente" fue, de nuevo, la humana. Marfa se acercó a ella sonriente y trató de ser amable:

- Qué casualidad, otra vez me toca contigo.

- Sí, es casual.

Marfa quiso luchar contra algo que acababa de percibir. Era algo más que un pálpito. La realidad se manifestaba. La dependienta del día anterior, de todas todas humana, tenía ahora un casi imperceptible tic electromagnético, acompañado por un rostro carente de la sutil sombra de la actividad biológica propia de la transpiración de la epidermis y la secreción de las mucosas humanas. El brillo de los ojos había sido sustituido por una secreción periódica de agua destilada, mientras efectos como el parpadeo asíncrono y la humedad en la piel, sólo disponibles en los últimos, más caros y sofisticados androides, no lograban imitar lo inimitable: la existencia plena de un ser humano. Nadie en su sano juicio compraría un androide de última generación para usarlo como dependiente. A no ser que ese alguien tuviera la intención de hacer pasar al robot por un humano que había atendido en el mismo establecimiento apenas un día atrás... y que probablemente había desaparecido sin dejar rastro.

De vuelta a la escuela para recoger a Marcus y volver a casa a continuación, Marfa reflexionó sobre la situación. En efecto, el Valle violaba las libertades individuales y existían indicios de que, quizá, hubiera emergido, silencioso y sutil, un Estado policial. ¿Kafkiano?

Capítulo 7
Encuentro entre los Argonath de Menlo Park

Salió de la oficina cuando caía la tarde. Notó cierta humedad en el ambiente al abandonar el edificio de PARC y encararse hacia el aparcamiento. Los aspersores habían actuado en consecuencia, regando y depositando la cantidad adecuada de fertilizante orgánico sobre la cuidada vegetación del entorno del edificio. El olor a junípero y a húmedo humus -una esponja de micelios y restos orgánicos tunelada por lombrices compostadoras- se impuso al aroma perfumado a jabón de Marsella del interior del edificio.

Lombrices. En ocasiones, se multiplicaban hasta el punto de cubrir la tierra, rebosando en parterres, aceras y cunetas. Rememoró la sospecha que crecía en su hijo, su mujer y él mismo acerca de los asistentes virtuales. O les había atacado un virus de manía persecutoria -pensó, exhausto por la jornada laboral-, o algo de explicación racional ocurría; porque algo tenía claro: no se dejarían llevar por la superstición. En los últimos días, Marcus insistía en pedir discreción a sus padres cuando tenía algo importante que decirles y tanto su situación cotidiana como la de su mujer no podían describirse como equilibradas o propias de la autorrealización que el Valle sobreentendía en sus ciudadanos.

- Comprobar posibilidades de lluvia. Si son inferiores al 20%, activar techo retráctil en el girocoche.

Mediante los protocolos compartidos entre su repo y el resto de las posesiones, a las que se enlazaba con el usuario al que pertenecían una vez eran adquiridas -hasta su reventa, reciclaje, etcétera-, el asistente virtual activó el techo retráctil del girocoche, que se convirtió en un vehículo descapotable, manteniendo su posición erguida sin ayuda de ningún caballete pese a su anchura considerable y contar con sólo dos ruedas.

El espacio ocupado por la puerta se desvaneció tras la chapa, dejando entrever el espacioso habitáculo, que recordaba el lujo deportivo y espartano de un antiguo Ferrari, incluyendo salpicadero analógico y asientos de buen cuero. Eso sí, el cuero de la tapicería del

Gyron DIY se había cultivado en un laboratorio; no era necesario alimentar y sacrificar a una vieja vaca para obtener piel bovina de calidad óptima.

- ¡Eh, cowboy!

Justo antes de entrar en el Gyron oyó la voz de Roberta, que le llamaba con su rauca voz femenina desde la puerta lateral del laboratorio Gregor Mendel, un cubo de cemento con una línea de fachada acristalada que se adelantaba en escorzo al resto de unidades de las que se componía el histórico edificio PARC de Xerox.

- No me reñirás porque no me haya despedido de ti, ¿verdad? -respondió Frederick, divertido.

Roberta se acercó caminando, con las manos en los bolsillos de su desenfadada blusa de cáñamo, que parecía de repente más ajustada. Cayó en la cuenta de que su compañera era una mujer en toda regla.

- No... simplemente quería comentarte...

Roberta percibía la desazón que había invadido a su compañero, pero la relacionaba, quizá de manera poco objetiva debido a su atracción hacia él, con los problemas conyugales. Sintió cierta repulsión al asomarse al sentimiento que le producía la posibilidad de que Frederick estuviera atravesando una crisis matrimonial. Decidió mantener la ambigüedad, no enseñarle a su compañero un tipo de aprecio que pudiera envenenar su escrupulosa relación de amistad y respeto mutuo:

- Oye, sé que eres oficialmente mi jefe. También sé que no te comportas como uno de esos jerarcas inseguros que tratan de marcar... rango -le miró de arriba a abajo, con ojos traviesos; Roberta estaba dispuesta a jugar.

- Últimamente he estado... preocupado por los resultados. Se nos echa el tiempo encima y, si bien hay algunos avances significativos, me he dado cuenta de que los commits del repositorio son ahora mayoritariamente arreglos de avances que ya habíamos hecho. No hay nadie que siga picando piedra, rompiendo el hielo, desafiando la gravedad. Nos estamos acomodando, y es mi labor despertar la ambición en el equipo.

La respuesta de Frederick había sido tranquila, fría, implacable; su tono era cordial, como siempre, pero la Roberta femenina no había logrado abrir ni siquiera una pequeña brecha sentimental en el Frederick más débil que había visto. Enseguida se arrepintió de haber antepuesto sus sentimientos a su raciocinio, sus objetivos a largo plazo, que coincidían con los de Frederick. Roberta envainó y le contestó con seriedad; sólo le faltó cuadrarse para mostrar su compromiso y determinación con el Proyecto Doble X:

- Me he tomado la tarde libre en casa, Frederick, así que con tu permiso permaneceré en el laboratorio estudiando las trazas de los últimos avances y retrocesos. Mañana a primera hora tendrás en tu pantalla un informe preciso sobre lo que creo que podríamos hacer para dar un golpe de timón y culminar con éxito el proyecto.

Frederick conservaba, pese a los inquietantes vaivenes y emociones de los últimos dos días, la empatía necesaria para comprender que Roberta contestaba con determinación castrense para apartar de su fuero interior su deseo de conectar con él, quizá más allá de la mera conversación entre compañeros para llenar las pausas de descanso. Procuró que su respuesta respetara la actitud de Roberta; trató de evitar que la mujer ante él, que de repente veía frágil y atractiva, se emocionara. Así que pensó que la mejor manera de salir del atolladero era soltar una ocurrencia.

- Te conozco y eres capaz de anotar el trabajo restante en un gigantesco commit final y firmarlo en nombre de todo el equipo, restando importancia a tu extraordinaria labor, como de costumbre -le guiñó un ojo y se alegró de haberle hecho sonreír.

- Descuida, mantendré mi cuota de protagonismo.

- Así me gusta. Yo también me pondré manos a la obra desde casa. Quizá mañana podamos apuntar la dirección de la última embestida.

Después, el destino de acabar o no Proyecto Doble X nos lo deberemos ganar, ¿verdad?

Antes de introducirse en el habitáculo, simuló un pequeño repizco con el pulgar y el índice en la delicada barbilla de su compañera, que ella respondió con una coqueta mirada de soslayo y media sonrisa pícara. Había recuperado el ánimo y la feminidad.

Mientras el vehículo se alejaba por Hillview Avenue, Frederick, todavía embelesado por su último encuentro con Roberta, trató de compendiar, en ese preciso instante cósmico, todas y cada una de las iteraciones que le faltaban para hacer realidad el Proyecto Doble X. El algoritmo que preparaban lograría recomponer no sólo la secuencia genética de cualquier individuo, sino la impronta que la experiencia de sus antepasados, desde los más lejanos a los progenitores (así como el propio estilo de vida del individuo portador de una determinada manifestación genética), habían registrado en una simple secuencia de nucleótidos. El algoritmo reinterpretaría la secuencia genética de un individuo, vivo o fallecido, y reproduciría su potencial en otra entidad humana con la misma conciencia potencial, aunque en otro espacio-tiempo. En un símil musical, Proyecto Doble X interpretaría las notas, cadencia y hasta último matiz de una canción registrada, y la reproduciría idéntica en otro momento y lugar. Con Proyecto Doble X, el ser humano se convertía en demiurgo: un creador de vida real. Se hacía inmortal y, de paso, posibilitaba la reencarnación, no ya en sentido metafórico, sino en sentido real: reproducir la secuencia genética en su estado epigenético exacto obtenido en el momento de la muestra, en un individuo idéntico, con una conciencia idéntica.

Las implicaciones tecnológicas, económicas, sociales y filosóficas del avance eran incalculables. Quizá un clon humano con idéntica conciencia potencial carecía de los recuerdos de la fuente humana clonada. O quizá ese sería el siguiente avance: automatizar los clones digitales entre clones genéticos a través de los repositorios cuánticos que cada Ciudadano Aumentado ya incorporaba en su pecho. La conciencia registrada -recuerdos, experiencias, contexto- se transmitiría al repositorio cuántico del nuevo individuo idéntico en términos genéticos y epigenéticos, para que éste jugara con la ventaja de un conocimiento acumulativo desde el primer día de su existencia, pese a que fuera un bebé, desconocedor de que su subconsciente contaba ya con los recuerdos de su predecesor, fuera un anciano a punto de morir o un individuo muerto en un accidente. Sus anteriores Yo... ¿Estaba el ser humano jugando a hacer realidad la reencarnación?

Embelesado en sus pensamientos, decidió transformar el vértigo de la reflexión en un impulso cinético: tomó los mandos manuales y aceleró el girocoche.

Marfa había encargado a uno de los androides empaquetadores de Printorganics que introdujera la compra en el maletero del coche bajo demanda. Tuvo que esforzarse a horrores para indicar a su asistente que el coche la recogiera un poco más abajo, en el cruce con la amplia San Antonio Road, paraíso suburbano donde los ancianos asiáticos y mujeres maduras empachadas de hormonas juveniles eran sustituidos por vehículos convencionales en autopiloto, a menudo sin ocupantes humanos; muchos de ellos se desplazaban con el sonido agudo y casi imperceptible de los motores eléctricos de conducción directa, sin que se vieran siquiera androides en su interior. Miles de robots iban y venían de sus tareas asignadas, de oficinas a viviendas y de éstas a centrales de reserva y mantenimiento, sin parar más que para el intercambio de baterías cuando se trataba de mecanismos antiguos, o para comprobar el desgaste de la fricción en los robots cinéticos autorrecargables de última generación. Logística, limpieza doméstica y de oficinas y todo tipo de servicios que requiriesen intervención física justificaban ese movimiento silencioso e incesante a lo largo de San Antonio Road, que conectaba a algunas de las empresas más poderosas del mundo con los centros comerciales y residenciales de la zona de Palo Alto y la estación de Hyperloop, el único servicio público de transporte de alta velocidad que conectaba las principales zonas urbanas de la Costa Oeste de Norteamérica.

La incesante circulación ante ella recordaba el movimiento sincopado de los ejércitos de glóbulos rojos y blancos en las arterias humanas, un espectáculo biológico cuya belleza -pensó- jamás podría reproducirse digitalmente, con impulsos eléctricos sobre aleaciones metálicas. Uno de los centenares de silenciosos vehículos no tripulados por humanos se paró ante ella. Era el suyo, con la compra en el espacioso habitáculo trasero. Se sentó en el asiento del conductor, aunque ni siquiera se dignó a contestar al mecánico mensaje de bienvenida del vehículo, que le ofrecía la alternativa de tomar los mandos. Una lágrima resbaló sobre su pálida mejilla derecha. Miró la hora y se limitó a indicar la próxima parada: la escuela de su hijo. El vehículo giró a la izquierda por la avenida West Edith, donde se concentraban los desangelados edificios de apartamentos habitados por ancianos retirados, madres solteras, universitarios e inmigrantes de la industria tecnológica que preferían la tranquilidad de Los Altos al bullicio del inabarcable manto de casas unifamiliares de San José. El vehículo avanzaba sigiloso; demasiado silencioso, pensó Marfa.

- Abrir Spotify. Música relajante.

El asistente conectó las preferencias e historial de Marfa al vehículo alquilado, usando el habitual protocolo encriptado. Cada persona del Valle actuaba como un "criptoindividuo". Una criptopersona. La mitad de la clave insustituible de cada Ciudadano Aumentado estaba compuesta por su única huella genética. Una versión edulcorada de *Traumerei*, la melodía con tempo lento moderato de Robert Schumann, se paseó por sus sienes palpitantes, como si las teclas percutidas en la interpretación artificial y artificiosa que escuchaba, sin duda a cargo de un androide, estuvieran amartillando sus sienes.

La luz de la tarde le cegó los ojos por un instante, con cañones de fotones disparando a su rostro con discreción entre el diorama de árboles y edificios de condominios que transcurría ante ella. No; su vida nunca había sido un *andante cantabile*, ni siquiera un *andante moderato* o un *affetuoso*. La sonata que contenía la evocación de su vida, como un haiku sobre el florecimiento de los cerezos contiene un determinado tipo de primavera, era una sonata grave, desacompasada, humana. Quizá romántica, pero sin el hedor a bota del vino barato de Montparnasse de finales del siglo XX. La luz de su existencia no era la gasa de matices de los fotones de París, sino el sano Mediterráneo alemán que se habían inventado los estadounidenses en la bahía de San Francisco. Luz saturada, árboles majestuosos, espacio, optimismo, potencial conseguido, gente que decía gracias y significaba "gracias"; no como en los microestados franceses, ibéricos e italianos, donde "gracias" podía significar "cállate", "vete a la mierda", "olvídame", "que te follen" y tantas otras cosas. Aborrecía la pragmática perfección artificial que el Valle había alcanzado. Muchos, como ella, demandaban una caca de perro en la acera; u observar a algún perdedor de mediana edad tosiendo y derrotado por la vida, oliendo a tabaco y al hedor condensado del antro donde ha empinado el codo durante toda la noche; o acaso alguna cruda discusión conyugal de vez en cuando... Como los cuadros, los fotogramas de la existencia necesitaban puntos de fuga, lugares donde los sentidos pudieran reposar, o refugiarse. Sonaba Erik Satie. *Gnossiennes.* ¿Acaso no quería un poco de abulia decadente, fría y húmeda como el anonimato en una gran urbe europea? El vehículo giró con suavidad a la derecha, incorporándose con precisión matemática a una concurrida vía rápida, Foothill.

De repente, una señal roja se encendió en la pantalla transparente integrada en la luneta delantera; el vehículo no perdió tiempo en tomar los mandos y reaccionar a continuación, al encontrarse en autopiloto. Un frenazo -el primero que había experimentado en el interior de un vehículo desde que era niña-, permitió al auto esquivar un girocoche que pasaba a toda velocidad, sin prestar atención a la posible incorporación de algún vehículo desde West Edith Avenue. Sin duda, un humano, pensó. El girocoche estacionó algo más adelante; el conductor, sin duda humano, quería pedir disculpas. Marfa comprobó que el individuo que se acercaba corriendo a contrasentido por el carril bici era su marido.

Frederick no podía creerlo. Para celebrar que no había pasado nada, saludó a su mujer e hizo algo que ambos habían olvidado en los últimos años, desde las últimas epidemias de Ébola H: le dio un beso apasionado, algo más que un saludo, para luego consultar algo con el asistente:

- Calcular las probabilidades matemáticas de que el encuentro fortuito entre ambos se produjera hoy y compararlas con la posibilidad de padecer las principales enfermedades incurables, o la de sufrir los accidentes mortales estadísticamente más comunes.

Ambos sonrieron y se citaron en casa, un rato después. Marfa pasaría, como ya tenían acordado, a buscar a Marcus.

- ¿Sabes? -le dijo Frederick.

- ¿Qué?

- Seguiré hasta casa conduciendo yo mismo. Si vuelvo en autopiloto, llegaré a casa de mal humor.

Marfa sonrió con cierto aire de melancolía:

- Tenemos una conversación pendiente.

- Sí. Os espero a Marcus y a ti en un rato. Quizá podamos pasear por el riachuelo antes de que anochezca por completo. Llevaremos libreta y lápiz para esbozar el hermoso atardecer -guiñó el ojo a su mujer.

A continuación, el vehículo de Marfa se incorporó a un carril lateral para ir a recoger a su hijo.

El girocoche tomó la única curva pronunciada de la avenida de Santa Cruz, ya en Menlo Park, a una velocidad superior a la permitida, lo que cerró el semáforo junto al cementerio. Mientras dos drones de tráfico inspeccionaban su vehículo, se limitó a contestar las preguntas de rigor: en efecto, el exceso de velocidad se había producido con control humano de conducción. No, no era un fallo mecánico. Sí, se dirigía a casa (no hacía falta decir adónde, pues Núcleo lo sabía, y los drones de tráfico podían realizar peticiones informativas encriptadas si lo consideraban oportuno). Frederick observaba las viejas tumbas de piedra granítica junto a la carretera, así como los escasos panteones familiares. El cementerio de Santa Cruz era pequeño y los allí enterrados, todos bajo la fe católica, eran descendientes de los granjeros que se habían asentado en la zona y vivido allí hasta mediados del siglo XX, cuando los terrenos aledaños a Oak Creek estaban repletos de árboles frutales. Abundaban entre los muertos del humilde camposanto los apellidos italianos e irlandeses, algún apellido alemán, alguno polaco, acaso alguno portugués o español (quién sabía si de un inmigrante español a la zona, o si de un "californio", o de un descendiente de los colonos de Nueva España o México en la zona).

- Circule. Segundo aviso -le espetó el dron que se había situado junto a la ventanilla izquierda.

- Sí, sí, perdonad -Frederick aceleró para tomar la siguiente calle a la izquierda: North Lemon.

Era consciente de haber perdido quizá otro punto de karma. El tercero en los últimos tiempos. Dos puntos por una carta abierta con fondo filosófico, uno por conducción temeraria:

- A lo mejor el auténtico fondo filosófico está en mi conducción de hoy. Yo conduzco. Yo decido. Yo me equivoco -reflexionó en voz alta.

El asistente se activó tras su reflexión. Citó un artículo de *Outside Magazine* leído por Siri en el trayecto en coche hacia el trabajo: leer entre treinta minutos y una hora por la noche, antes de dormir, reajustaba el ritmo circadiano y facilitaba tanto el descanso como la tonificación cerebral.

- ¿Alguna lectura recomendada, después de mi... reflexión? -ironizó Frederick.

- En efecto. Shakespeare.

Frederick no supo si el asistente era consciente de haberle dejado fuera de juego. Sí, era Shakespeare. Si se trataba de una mera recomendación algorítmica, la máquina funcionaba. Si el asistente era el apéndice de una supervisión no algorítmica, "un motivo de peso más para estar preocupados", pensó.

La tarde de finales de septiembre era fresca. A la altura de su casa, cuando se disponía a girar a la altura de los dos robles que marcaban el vado hacia su casa, la alerta espacial se activó por la brusca aproximación de un vehículo negro, con las formas retro de un musculado coupé americano de los años sesenta del siglo XX, quizá la carrocería de un Dodge Charger sobre un tren motriz Tesla. El vehículo se situó en paralelo y se abrió la ventanilla tintada. El desconocido de la mañana del día anterior le saludó, sonriendo.

- Magnífico girocoche. Nada como la suspensión por acelerómetro y giróscopo, como los primeros Segway. Está basado en los Gyron, ¿verdad?

- Sí -la brusquedad en la primera respuesta de Frederick era la constatación de su sorpresa, o al menos así lo interpretó el extraño, que no abandonó el tono amable, consciente de que debía ganarse la confianza de su interlocutor.

- Oiga... esta zona tiene unas calles tan parecidas que es difícil no despistarse cuando uno va en conducción manual. Volví a perderme -dijo el forastero.

- Entiendo. ¿Puedo ayudarle en algo? No sé si podría indicarle sin usar un... papel. A veces un plano bidimensional ayuda más que cualquier piloto automático. De lo contrario, uno cae en la tentación de no aprender nunca por dónde va. Luego llegan las sorpresas cuando uno sale a correr sin reloj y no sabe ni orientarse si no consulta con el asistente...

- Totalmente de acuerdo con usted -respondió el extraño, complacido-. Tengo papel y bolígrafo aquí mismo. ¿Le importa que aparque un instante delante suyo? Le invito a que nos sentemos en el interior de mi vehículo.

Frederick asintió con la cabeza. Salió de su vehículo por la puerta de la derecha y se dirigió al Tesla DIY con carrocería de Dodge Charger. Interpretó la invitación del desconocido como una estrategia consciente. Se introdujo en el habitáculo, tapizado de cuero granate. El salpicadero, analógico, no dejaba lugar a dudas: era una réplica eléctrica sobre Tesla de un Dodge Charger 440 Magnum. Mientras tanto, afuera, su vehículo cerró la puerta y se dirigió al garaje por su cuenta.

- El coche de los malos de la persecución de *Bullitt*... -con su apreciación, Frederick dejaba claro que le interesaban los automóviles de la Época Dorada, como se conocía a los vehículos estadounidenses producidos con anterioridad a la Crisis del Petróleo de 1973, que destacaban por su musculatura y elevado consumo. Gracias a la impresión 3D y a los trenes de tracción eléctrica personalizable, cualquiera podía conducir un vehículo que reprodujera un clásico por fuera o incluso en el habitáculo, mientras el motor incorporaba la última tecnología.

- Lo acertó. Así es, he aquí un vehículo diseñado para demostrar mala leche.

El extraño estiró el brazo y abrió la guantera con un golpe certero. Apareció un diminuto mueble-bar con botellines de whisky escocés de la mejor calidad y agua mineral, así como copas de fino cristal en el fondo.

- ¿Le apetece una copa? Usted ya llegó a casa y yo volveré en autopiloto. No hay excusa.

- Póngame un whisky ahumado de esos de las Hébridas. Me han dicho que son los únicos que mantienen el sabor. Hace demasiado calor en Escocia para buen whisky; ahora se dedican al vino -rió-. Nada como las marcas islandesas y groenlandesas... Pero, ¿no sería mejor que le invitara yo a casa? No tengo demasiado tiempo, pero quizá estoy siendo poco amable...

- Recuerde, no nos conocemos de nada. No sabe quién soy. Sólo sabe que sé algunas cosas de usted y de su familia, como habrá deducido después de la conversación que mantuvimos ayer, señor Terlingua...

Frederick sonrió forzadamente mientras asentía con la cabeza.

- No está usted equivocado con su apreciación sobre el whisky -prosiguió el extraño-. He oído lo mismo. Por eso actúo como usted y lo tomo ahumado -situó con rapidez dos vasos sobre sendos posavasos de papel, abrió un botellín de agua, añadiendo dos dedos a su vaso y pidiendo permiso con la mirada para hacer lo propio con el vaso de Frederick, para acabar repartiendo a partes iguales un botellín de Lagavulin 16.

- Y bien, ¿en qué puedo ayudarle? ¿Necesita usted algún... consejo sobre la zona?

- Compruebo que le gusta el cine del siglo XX... Sabe usted relacionar carrocerías de vehículos con viejas películas; pensé que ese tipo de intelectualidad había desaparecido en el Valle y apenas resistía en las comunidades utópicas secretas de las áreas rurales de Nueva York, las catacumbas de París o los pueblos polvorientos de Sonora.

- Nada de intelectualidad, descuide -Frederick se sacó de encima el cumplido, sin disimular su incomodo-. Me gustan el cine, la literatura, la novela gráfica o incluso los videojuegos de estrategia inmersiva en general. Pero estos detalles quizá le aburran; de pequeño me enseñaron que a nadie le gusta saber demasiado de la vida de otra persona, a menos que le una a ella cierta admiración por su trabajo y logros personales. O un vínculo familiar o afectivo, claro, que no es el caso...

El extraño sonrió.

- Pero es así... -su mirada rozó la ternura-. Me une con usted mucho más de lo que sospecharía.

Ambos sorbieron el cálido y aromático Whisky, primero el extraño y a continuación Frederick. La voz del extraño sonaba ahora más pausada, como si los matices del whisky hubieran sido trasladados a la vibración de las cuerdas vocales:

- Pero mi intención no es asustarle -de repente, abrió los ojos y se llevó la mano a la frente, divertido como un niño, quizá consciente de la situación de tensión-. Pero si todavía no me he presentado como es debido... Descuide, el habitáculo es revisado cada día y nadie puede oírnos... excepto nosotros mismos -pronunció esta última frase con sus ojos clavados en la oreja de Frederick, como leyéndole el pensamiento.

- Entiendo. Qué bien que podamos hablar con tranquilidad. También le puedo hacer un pequeño mapa de la zona con las principales vías y servicios; así vamos avanzando -Frederick le extendió papel y lápiz para que escribiera su nombre y lo que estimara oportuno.

- ¿Le gusta la ciencia ficción? -preguntó el extraño mientras escribía.

- Sí.

- A mí también. Especialmente esas historias sobre futuros distópicos donde los supervivientes de la humanidad envían a alguien al pasado, rompiendo el esquema mecanicista espacio-tiempo en el que se basan muchas de las asunciones de nuestra sociedad.

- Es extraño... a mí me gustan esas historias... de hecho -la mirada del extraño le sugirió que no debía confesar todo abiertamente, no al menos ante su asistente virtual-, siempre me ha extrañado que no hayamos dado todavía con la manera de viajar a través del tiempo.

Queríamos regresar al pasado o viajar al futuro, y todo lo que conseguimos fue vehículos más rápidos y espectaculares para el presente... No tengo nada en contra del presente, entiéndame, pero es que llevamos siglos dándole vueltas a la idea.

- ¿Practica usted deporte? -el extraño le extendió el papel-. Quizá pueda recomendarme alguna ruta de entrenamiento para ultramaratones.

En el papel se leía:

"¿Recuerda este mensaje?
- DESDE SIEMPRE.
- CREÍA QUE ERA UN JUEGO SÓLO MÍO. AHORA SÉ QUE MIS COMBINACIONES SE LLAMAN BLOQUE".

Un escalofrío recorrió la espina dorsal de Frederick, que guardó la compostura, controlando incluso sus emociones faciales.

- Sí -contestó Frederick, relacionando la afirmación con la pregunta expuesta en el papel-, conozco bien esta parte del Valle. También corro a diario, pero me limito a hacer un recorrido idéntico prácticamente a diario por los alrededores más solitarios de Stanford.

Remitió de nuevo el papel a su interlocutor. Había añadido bajo el mensaje:

"Sí, lo recuerdo. Pero, ¿quién es usted?"

- Yo vivo en Cupertino y suelo entrenarme yendo por las pistas forestales hacia el oeste, en dirección al océano. Ya sabe, más allá de la cresta de las montañas de Santa Cruz empieza el descenso arbolado hacia el Pacífico. Casi siempre me limito a respirar un poco de aire fresco en el parque de Portola Redwoods y luego vuelvo sobre mis pasos. Unas veinte o veinticinco millas en total cuando entreno, que desgraciadamente no lo hago siempre -el extraño guiñó el ojo y sonrió a Frederick, mientras le devolvía la hoja de papel con su último mensaje.

"Me llamo Renzo Iseman, y no he nacido todavía. Me envía su hijo desde el futuro. No se preocupe por mi asistente virtual. No llevo uno. Tranquilo, lo está haciendo bien :)"

El emoticono hizo sonreír a Frederick, que liberó un poco de tensión y, pese a lo fantástico de la afirmación, confió en lo que explicaba el individuo a su lado, pese a su más que aparente inverosimilitud. Sus ojos no le mentían y se encontraba ante un humano que le había invitado a no hablar más de la cuenta ante su propio asistente. La prudencia le obligó a no descartar que se pudiera tratar de un perturbado mental que, de algún modo que no comprendía, se hubiera apropiado de detalles de su familia. Un dron insecto, fuera volador o reptante, podía haberse colado en su casa pese a las medidas de seguridad, estudiando quizá el intervalo en que los sensores en todas las aperturas de la vivienda estaban activos.

Frederick optó en esta ocasión por el doble sentido, para acelerar la conversación tanto como fuera posible. Le impacientaba saber más sobre aquel extraño que sorbía whisky, respiraba e incluso transpiraba algo más de la cuenta.

Tentando a su amígdala cerebral, que registraba la percepción del riesgo tal y como lo habían hecho todos sus antepasados humanos desde antes del inicio mismo de la especie, rompió una lanza a favor de su nuevo conocido, acercándose el whisky a los labios y dejando que su paladar y garganta adquirieran los matices ahumados de las brumosas Hébridas.

El sensor espacial del Dodge Charger se activó en la luneta frontal; una porción de ocho pulgadas del cristal se convirtió en pantalla. Tal y como Frederick esperaba, el vehículo de alquiler con su mujer y su hijo apareció en la imagen y desapareció acto seguido, más allá del vado custodiado por sendos robles, que su hijo había comparado una vez con los Argonath, los dos colosos de piedra que custodiaban los márgenes del río Anduin, en la Tierra Media de *El Señor de los Anillos*. Él mismo había necesitado que el asistente contextualizara la cita de su hijo, ya que, a diferencia de Marcus, nunca se había sentido atraído por el "legendarium", la rica mitología de la Tierra Media ideada por J. R. R. Tolkien.

- Me encantaría quedarme con usted, pero me tendrá que disculpar. Cenamos pronto y el final del día se echa rápido encima de uno.

- Por supuesto -contestó el extraño, que no trató de hacerle cambiar de opinión; o se verían en más ocasiones, o cumpliría con su cometido durante la charla que se disponían a finalizar-. A mí también me espera alguien para cenar. Aprovecharé para volver conduciendo yo mismo por la carretera de la costa...

- ¿Se refiere a la autopista 1? Hay un trecho... -Frederick devolvió el papel a Renzo, con una demanda que quería satisfacer antes de entrar en casa.

"Demuéstreme que le envía mi hijo".

- Ah, no me refiero a la autopista 1, sino a Skyline Boulevard -Renzo Iseman rió relajado y con el estómago; su risa, carente de histerismo, denotaba buen fondo, cuando no credibilidad-. Es una delicia si uno la toma hacia el sur. A la altura de Miramontes uno puede observar los mejores atardeceres del Valle y los ataques más implacables del ejército de niebla cabalgando desde el océano. Pero eso usted ya lo sabe.

Renzo respondía a Frederick por escrito mientras charlaba. Le extendió el papel cuando acababa la frase:

"Marcus, el Marcus de esta época, le confirmará nuestro encuentro cuando entre en casa. Confíe en él. Y no olvide llevarse consigo una copia íntegra de Proyecto Doble X (o Humanure, si lo prefiere)".

Al margen, en la única zona del papel todavía libre, Renzo había garabateado en una letra todavía más pequeña:

"¡Sobre todo, no olvide llevarse consigo los avances en el Proyecto Doble X!"

- La carretera de San Mateo le queda un poco lejos desde aquí y no es demasiado placentera. Ya sabe, el tráfico de androides es tan intenso que los sensores de la vía obligan al vehículo a pasar a autopiloto para regular el tráfico y evitar atascos. Yo iría hacia el bulevar Skyline por la carretera de Woodside a través de Portola Valley... Menos androides y, en días normales, sin obligación de ir en autopiloto.

Frederick extendió el papel a su contertulio por última vez:

"Dígame algo sobre mi futuro. Sobre mi familia. Hay tanto que quiero saber... ¿Estamos bien? ¿Nos irá bien?"

- Le haré caso e iré por la Alameda hasta girar por Woodside en dirección oeste.

Renzo dio la mano a su contertulio y esperó a que se bajase del coche, sin ofrecerle más pistas sobre lo que el porvenir les depararía a él y a su familia, para acto seguido meterse el papel, garabateado con tinta y pasta de celulosa comestibles, en la boca. Frederick salió del coche. Antes de desaparecer por el vado privado, oyó la voz de Renzo, llamándole. Se acercó a unos pasos del vehículo.

- ¿Sabe? -Renzo degustaba el papel como si se tratara del postre más exquisito; Frederick se preguntó cuándo había sido la última vez que el desconocido había comido algo consistente-. Mis hijos me preguntan a veces por qué viajo tan a menudo. El más pequeño tiene sólo cuatro años y, cada vez que salgo por la puerta, me obliga a prometerle que volveré antes de la hora de dormir. A veces, no se lo puedo prometer, porque sería mentirle y, cuando ocurre, me siento incómodo... ya sabe... triste. Me gustaría decirle que sí -el vehículo empezó a dar marcha atrás-. A cambio, le repito siempre una frase que me enseñó mi padre. Le gustaba leer. Me decía: "A quienes me preguntan la razón de mis viajes, les contesto que sé bien de qué huyo pero ignoro lo que busco".

- ¿Y qué dice su hijo? Parece una frase algo ambigua... Recuerdo haber leído la misma frase a mi hijo, esperando que le inspiraran los ensayos de Montaigne, pero quizá me anime a releérselo más adelante. Creo que no surtieron efecto.

- Mi hijo me mira y se queda pensativo, sonriendo. Creo que se siente especial cuando comparto la cita con él. "¿Y qué sabio la dijo, papá?", pregunta siempre. Entonces yo le digo "Michel..." y él acaba con un exultante "¡de Montaigne!", como si pusiera a prueba su existencia -rió con su sana carcajada estomacal.

Empezó a cerrar la ventanilla, pero la abrió de nuevo:

- Eh, Frederick. Recuerde que la epigenética y las condiciones ambientales determinan el potencial y la dirección de nuestro devenir. Pero estos factores no marcan el destino.

- Lo tomaré como un consejo.

- Sí.

El vehículo se alejó. Frederick caminó hacia la casa, cuya epidermis mantenía su translucidez. Dos bultos, uno más alto que el otro, se movían en el interior, en la zona de la cocina. Empezaba a anochecer. Pensó en la posibilidad de que el extraño que le había vuelto a visitar fuera en realidad el mejor amigo de la infancia de Marcus. O quizá fuera el mejor amigo del hijo de Marcus. O acaso el mejor amigo del nieto de Marcus...

Al entrar en casa, su mujer acudió a su encuentro, turbada. Abrazó con fuerza a su marido.

- ¿Qué ocurre?

- Nada. Te esperábamos. Queremos hablar contigo.

Su hijo estaba sentado a la mesa. El pequeño sostenía lápices de colores, un rotulador tridimensional, un papel de pulpa comestible y una pantalla para el rotulador de tres dimensiones. Volvió a saludar a su padre levantando la mano, sin apenas mirarle. Frederick observó cómo la compra permanecía sin guardar desperdigada sobre el largo y espacioso mostrador de grafito de la cocina y Marfa no había empezado con los preparativos para la cena.

- Me apetece cocinar... ¿qué tal un risotto con gusanos de maguey? -propuso Frederick.

- Por mí... -dijo Marfa, más alterada que de costumbre-. ¿Te apetece, Arcus? -se dirigió a su hijo con el apelativo cariñoso.

- S... sí, me gus...ta el risotto.

Antes de devolver la atención al dibujo que había iniciado, preguntó a sus padres si querían escuchar algo de música. ¿Podían ponerla alta?, preguntó el pequeño. Si su hijo les hubiera pedido una pistola paralizadora para atacar el vecindario se habrían sorprendido menos. Marcus nunca pedía permiso para poner música, lo que iniciaba sutiles luchas por el control del volumen de los altavoces ambientales entre los asistentes de los padres y el amuleto del niño: la interfaz cerebro máquina de veinte lados que llevaba siempre en el bolsillo.

Frederick se preguntó cuánto sabía su hijo de implantes cocleares, algoritmos en código Bloque para asistentes y protocolos de comunicación encriptados, al comprobar la insistencia y determinación musical de Marcus, más propia de un chico algo mayor y con más autoestima que su pequeño. Marcus parecía haberse esforzado toda su vida para convencerles de que los matones de tres al cuarto de su clase tenían en el fondo razón cuando se mofaban de su tartamudez, debilidad y carácter huraño y meditabundo al más puro estilo Asperger, con propensión a la obsesión y dificultades para entablar cualquier actividad que implicara un esfuerzo de extroversión. Que su padre supiera, apenas un puñado de chavales le respetaban: eran los enterados con padres ocupados, ausentes o ambas cosas a la vez, que pasaban el día con el cerebro enfangado en juegos inmersivos; en este caso, la cortés deferencia se basaba más bien en el interés. Marcus había heredado la habilidad innata para desenvolverse sin problemas en entornos virtuales, ya se tratara de videojuegos de acción en primera persona, estrategia, rol, aventuras, deportes, carreras... Quizá, pensó, la posible "anomalía" que le afectaba desde el día en que falló la instalación del implante coclear había agudizado otras capacidades en el pequeño, del mismo modo que ciegos y sordomudos desarrollaban habilidades y maneras de interpretar la realidad que compensaban sus limitaciones sensoriales.

Su padre le acarició el pelo.

- No esperarás a que yo elija la música por ti, ¿verdad? No te quejes si la inicio en modo aleatorio y sale Bach o algo por el estilo... O peor aún, una de esas composiciones conceptuales del nieto de Danny Bensi y Saunder Jurriaans...

- Su hijo levantó el rostro y miró a su padre.

- Eli...jo yo...; pon...dré también el hologram...a -respondió el niño, que observó cómo su padre miraba hacia el dibujo tridimensional que realizaba sobre el folio de metacrilato.

Empezó una envolvente y desacompasada música techno, que combinaba un compás acelerado con instrumentos de percusión metálica y cuerda y viento tradicionales, mezclados según las técnicas algorítmicas que maximizaban el estímulo cerebral buscado; en este caso, la temática era la concentración.

- ¿Qué dibujas?

- Nada importan...te. Os espero para dibuj...ar con vos...ot...ros.

El padre observó la representación del sistema solar que su hijo trazaba en tres dimensiones, con la tierra, pintada de púrpura; y con su luna, girando alrededor del sol. Sobre la tierra, aparecía un diminuto satélite en forma de cuña, el diseño esquemático con el que los hackers representaban el espionaje electrónico; mientras la luna tenía un pequeño bulto en forma de iglú en su superficie, representando la colonia humana en el satélite, así como un satélite en forma de cuña idéntico al que Marcus había dibujado en la órbita de la tierra. Girando también alrededor del sol pero al otro extremo de la página, Marcus había dibujado un astro algo más pequeño que la canica añil que representaba la tierra; pese a su pequeño tamaño, su color rojizo delataba a Marte. Frederick sintió cierto orgullo al observar que su hijo había dibujado dos minúsculos puntos irregulares girando en la órbita de Marte: "sus dos satélites naturales", pensó, los asteroides capturados por el planeta telúrico, Fobos y Deimos, cuyas reservas de silicio, titanio, oro y diamantes eran explotadas por SpaceX, la compañía del anciano Elon Musk; y por la Compañía Minera Europea, que pese a su nombre contaba con inversiones y gestión cantonesas. Sobre Marte, dos protuberancias de distinto color señalaban las dos colonias humanas en el planeta, ambas prósperas democracias representativas gracias a la riqueza minera sobre la que se asentaban, lo que garantizaba el escrupuloso funcionamiento de la democracia directa en el Planeta Rojo. En la tierra, la democracia directa había logrado vencer en un único lugar y con consistencia las políticas que favorecían el corto plazo y el populismo por encima de los intereses a largo plazo: Suiza. La riqueza cultural y complejidad del país transalpino eran contrarrestadas con su prosperidad e igualdad social, lo que equilibraba tensiones potencialmente irreconciliables tales como libertades individuales y derechos colectivos, justicia social y libre mercado. Por eso, reflexionó Frederick, su hijo no había dibujado una cuña en la órbita del planeta tintado por óxido de hierro: no había satélites de espionaje universal sobre Marte, a diferencia de la tierra y la luna. Le sorprendió que el sol fuera, de momento, una esfera transparente, a través de la cual, mirando en picado como él hacía, se observaba el oscuro y metálico grafito de la superficie de la mesa.

- ¿Por qué no coloreas el sol? -preguntó Frederick.

- No-quiero-que m...e deslumbre.

A medio camino entre la tierra y Marte, dibujó una estela que describía una parábola hasta el Planeta Azul. Y, abriéndose paso en la estela, un pequeño punto. Frederick señaló el punto:

- ¿Y eso?

- Un-transbordador-pirata viaj...ando en...tre la-tierra-y-Marte.

- ¿Pirata? -respondió su padre, extrañado, mientras observaba cómo su mujer tomaba asiento en la cabecera de la mesa con una taza de té de cobalto sostenida por las palmas de ambas manos, dando por hecho que el risotto de Frederick tardaría, siendo optimista, media hora real, que en tiempo de su marido era traducible por "diez minutos"-. No hay viajes pirata entre la tierra y la luna, cuanto más entre la tierra y Marte...

El niño respondió a su padre con un lacónico "tienes razón, no hay viajes pirata", para acto seguido estirar el brazo y, en el folio blanco comestible, escribir algo a su progenitor:

"SÍ HAY VIAJES PIRATA A MARTE. 2 ANUALES. NAVE SOYUZ DIY".

La música crecía y decrecía como un mantra, envolviendo la estancia en un misticismo que contrastaba con la voluntad de sus ocupantes. Marcus añadió en el papel:

"CONFIRMADO DESDE DIFERENTES PUNTOS DEL MUNDO. DESPEGA DESDE EL MAR".

Frederick, que de niño había sido un entusiasta de la colonización del Planeta Rojo, leyendo todo lo que cayera en sus manos sobre transbordadores, módulos de fabricación 3D enviados por piezas, fresadoras de control numérico y prácticas de "Nuevo Urbanismo" tan lejos de la tierra, sabía que, con la tecnología actual conocida, era imposible despegar desde el mar y conservar suficiente combustible como para, además, superar la fricción atmosférica y salir a la estratosfera, donde se encenderían los motores de fisión nuclear para llegar a Marte y descender hasta su superficie. Además, ¿de dónde saldrían los módulos de combustible líquido que debían ayudar a semejante viaje no reconocido a abandonar la delgada atmósfera de Marte? La potencia calórica concentrada para levantar un armatoste Soyuz, por mucho que lo hubieran modificado, incluso en un lugar con menos fricción gravitatoria que la tierra como Marte, era superior a la constante e interminable energía manada de los generadores de fisión nuclear, suponiendo que hubieran usado modelos portátiles de torio. La humanidad apenas empezaba a colonizar Planeta Rojo y sólo el soporte oficial de las potencias espaciales posibilitaba viajar hasta allí. Frederick se apoyó sobre la mesa y, pidiendo el lápiz a su hijo, apuntó más abajo:

"¿DESDE EL MAR? NO ES POSIBLE CON LA TECNOLOGÍA ACTUAL".

Marcus sonrió y, esta vez, la mirada hacia su padre se tornó melancólica, casi protectora. El experto en código Bloque, biogenética y encriptación ante él no tenía ni idea de lo que en realidad ocurría en el mundo, pensó Marcus. El bloguero de la Tierra de Nadie MrHackescent ya lo había advertido en una de sus entradas más difundidas entre los hackers del Valle con suficiente pericia como para visitar páginas y tener experiencias neurales -sexo virtual, videojuegos inmersivos prohibidos, experiencias psicotrópicas-, que pasaran desapercibidas a los implantes "que todo lo ven y oyen". MrHackescent afirmaba que la falta de acceso a información independiente y contrastable del mundo interior y exterior degeneraba en opiniones públicas fácilmente manipulables que basaban su visión del mundo exterior en una combinación de rumores, información real de primera mano obtenida por el cada vez menor porcentaje de ciudadanos que salía de su lugar en un mundo cada vez más atomizado e inseguro... e información procedente de medios oficiales. En el Valle, sólo los hackers capaces de bloquear su asistente sabían que había dos viajes anuales "libres" al Planeta Rojo, uno en primavera y el otro en otoño, realizados en una Soyuz hackeada por piezas en talleres ilegales de la Tierra de Nadie y ensamblada de nuevo no se sabía dónde. MrHackescent citaba en sus informaciones a astrónomos aficionados que habían calculado la trayectoria parabólica de la nave abandonando la atmósfera terrestre desde distintas localizaciones. Contrastando las mediciones de un mismo lanzamiento desde los distintos puntos, la medición conducía siempre al mismo "error": misteriosamente, las coordenadas del despegue se situaban siempre en el Pacífico Norte, en algún lugar al Oeste de la ciudad de San Francisco. Si el viaje se realizaba, como en efecto habían confirmado varios de sus usuarios desde Marte, en una Soyuz adaptada, la partida sólo era posible desde tierra firme o, a lo sumo, desde una plataforma sólida con suficiente estabilidad como para evitar posibles explosiones durante los decisivos instantes iniciales, cuando se producía la ignición del tanque desechable de combustible usado para superar la fricción de la atmósfera terrestre.

Un velo de tristeza tan inexorable como la niebla que invadía la costa de la Península del Pacífico invadió a Marfa. Lo presentía. Había llegado el momento de tomar decisiones. Hoy la Marfa que había peleado por su existencia volvía a salir de la crisálida, después de muchos años de un deambular narcotizante sin más destino que tratar de no sucumbir al día a día y, sobre todo, evitar que la misma niebla les calara, como a ella, hasta los huesos. Anunció que iba al productor de comida del patio trasero a recoger algo de brócoli fresco para el risotto, dando por sentado que a su marido y su hijo les quedaban unos minutos de conversación antes de que Frederick se pusiera en los fogones.

Justo cuando Marfa abandonaba la estancia, la música lanzó un holograma visual que ganó en nitidez a medida que los microproyectores concentraron sus fotones entre la mesa y la pared lateral acristalada. Sobre sus cabezas, la sombra de la enorme rama del roble que recorría el tejado translúcido en diagonal ya no era visible. Empezó la performance: por un instante, padre e hijo dejaron de interaccionar y se centraron en el espectáculo virtual ante ellos. El holograma mostró a un hombre con cabeza de cuervo, durmiendo junto a una mujer-oca. El hombre-cuervo se despertaba, se desperezaba y, a continuación, en consonancia con la música, cambiaba de estancia; ahora se trataba de una cocina, a tenor de la comida almacenada. El homínido preparaba el desayuno y, al ponerlo en la mesa, cambiaba de aspecto...

Frederick dio un respingo. Su hijo le cogió la mano, comprendiendo que, fuera lo que fuese, el proceso cognitivo que se desarrollaba en la conciencia de sus progenitores les conduciría a abandonar la existencia abúlica que les mantenía retenidos en aquel rincón del espacio-tiempo.

¡Es el conductor! El hombre-cuervo tenía ahora el aspecto de Renzo Iseman.

Acto seguido, al compás de la música electrónica, que aminoraba su tempo a la vez que añadía instrumentos y profundidad en los matices, la performance se hacía coral: aparecían varios niños y una mujer, vestidos. Quizá la familia de Renzo, preparándose para un día de trabajo y escuela. Después se abría una puerta, mostrando un paisaje rojizo, marciano, con el mismo cromatismo que el óxido de hierro otorgaba a la superficie de Marte. El padre se encaminaba hacia la

195

puerta y, en un cambio musical repentino, como si la performance se convirtiera de repente en una ópera de Puccini, el más pequeño de los hijos corría hacia su padre.

Entró Marfa con un bol de brócoli recién cortado, que condujo hasta el mostrador de la cocina sin despegar ojo de la performance. Se oía la voz temblorosa del pequeño: "No te vayas... ¿Adónde vas esta vez? ¿Cuándo volverás, papá?".

El padre, que era el Renzo Iseman que había conocido, le decía: "A quienes me preguntan la razón de mis viajes, les contesto que sé bien de qué huyo pero ignoro lo que busco". Sabía lo que el niño decía a continuación. "¿Y qué sabio la dijo, papá?". También el último intercambio padre-hijo:

"Michel...

"¡...de Montaigne!".

La canción acabó en un big bang que se aproximaba al clímax instrumental culminando *I Am the Walrus* de los Beatles. La última nota hizo desaparecer el holograma. La estancia permaneció en un silencio que compartía la pesadez y pureza de inicio del mundo representadas por Wagner con apenas una nota sostenida durante los cuatro minutos del *Preludio* de *Der Ring des Nibelungen* (inicio que contiene el resumen de la épica ópera, y quizá de la música)... hasta que una nueva canción se deslizó por el espacio como un riachuelo sobre un manto seco de cantos rodados. Sonó una especie de engendro entre rock progresivo y el ruido producido por movimientos que causan fricción en la naturaleza, ampliados y reducidos, acelerados y ralentizados. Era claramente música creada por algoritmos. Ello explicaba la extraña sensación de predictibilidad, pese a su celebrada aleatoriedad. Los algoritmos no eran Charlie Parker.

Frederick se giró hacia Marfa, que permanecía de pie, como en estado de shock. Su intuición la había llevado a empatizar con su marido sin que hubiera mediado un mensaje neural entre ambos, como había ocurrido al principio de su relación, cuando se entendían con sólo mirarse sin más mediación tecnológica que la antigua intuición química de dos amantes. Eran conscientes de no poder permitirse el uso de sus protocolos encriptados. La corazonada de que hubiera algo o alguien vigilándoles era una certeza después de los acontecimientos de los últimos días.

Frederick agarró el folio y escribió a Marcus:

"¿CONOCÍAS ESTA CANCIÓN? ¿QUIÉN ES EN REALIDAD EL HOMBRE DE LA PERFORMANCE?"

Marcus contestó con rapidez. Una lágrima recorrió su mejilla derecha. Escribió su respuesta:

"Hoy recibí un mensaje de MrHackescent. Dijo que me preguntarías sobre 'RENZO ISEMAN'".

Frederick concedió credibilidad a su hijo. Y a Renzo Iseman, amigo y persona de confianza de su hijo en el futuro.

- Voy a preparar el risotto. ¿Por qué no haces un masaje en los hombros a tu madre, uno de esos que tanto le gustan? La noto en tensión.

Frederick garabateó en el papel un "SEGUIMOS EN UN INSTANTE CON TU MADRE", antes de pasar a la cocina. Era ya noche cerrada. Además de risotto con brócoli recién cortado, cenarían papel en su tinta con mensajes distópicos.

EL VALLE DE LAS ADELFAS FOSFORESCENTES por Nicolás Boullosa

Capítulo 8
Quinto Concierto de Richard Halley

Frederick acercó un vaso de kéfir con un poco de sal y pimienta a su mujer y a su hijo mientras acababa de cocinar el risotto. Su hijo se había movido de silla y ahora se sentaba en la cabecera de la mesa, junto a su madre. Apenas hablaban. Marfa parecía preguntarle con los ojos, mientras el pequeño se apresuraba a escribir en el papel. Una primera lectura vertical la ayudó a situarse.

Marfa miró a su hijo y a su marido. Se había sentido culpable ante ellos durante una década; el agotamiento producido por la sensación parecía acumulado en las bolsas de sus ojos y la cartilaginosa tensión que se transparentaba en las cervicales, casi siempre visibles dada su predilección por los cuellos amplios que no molestaran. Si le hubieran preguntado, no habría sabido responder racionalmente de dónde manaba su sentimiento de culpa, ya que no se podía reprochar ninguna actitud ni comportamiento que hubieran contradicho su amor y devoción hacia ellos.

Marcus intuyó que no debía explicar a su madre por qué sabía tanto acerca de la extraña situación en que se encontraban: Marfa se las había ingeniado para vislumbrar lo fundamental: su hijo estaba bien... y algo andaba muy mal en la República P2P del Valle de Silicio.

Marfa padecía una metamorfosis que percibía de manera incluso somática, con una euforia adrenalínica: el proteccionismo hacia su hijo se batía en retirada en el campo de batalla de su conciencia, mientras avanzaba un nuevo sentimiento todavía por describir, pero que situó en la familia de la admiración, con posibilidades de transformarse a la larga en respeto. Admiraba la facilidad de su hijo para competir en el duro mundo virtual de los videojuegos, incluso en situaciones que en alguna ocasión fueran turbias. Marfa no quería pedir explicaciones, sino rendir tributo a su niñito normosómico, de repente un avispado preadolescente más próximo a agenciarse la luz prometeica del conocimiento en estado puro que a convertirse en una cucaracha al despertar una mañana. Kafka abandonaba la casa translúcida de los Terlingua en North Lemon, Menlo Park.

De repente, ironías de la existencia, la información en manos de su hijo era crucial para el propio futuro de Marcus y el de toda la familia, así que le pidió que prosiguiera con la historia que había empezado a contar a su padre. El niño decía haber hablado con un hacker del exterior, al que había expuesto su problema con el asistente virtual y su condición de superapto. Poco después, explicó, había conocido a uno de los alias electrónicos del hacker, MrHackescent, en un minoritario nivel experto de uno de los videojuegos prohibidos más en boga, llamado *Desconexión*. Si un jugador del Valle o de otros microestados con Ciudadanos Aumentados morían en el interior de un videojuego prohibido, la conciencia del jugador no podía volver a su estado normal usando el protocolo de descarga convencional incluido en el asistente; ello producía un fallo en el repositorio personal y creaba un fenómeno que los hackers habían bautizado como "cáncer electrónico". Marcus escribía con dificultad, así que su padre le invitó a que tomara un trago de kéfir, todavía caliente, y retomara fuerzas con el risotto que depositó ante él; ya tendrían tiempo de continuar después de la cena.

Acordaron parar la música y hablar de temas triviales mientras durara la cena, celebrando quizá uno de los últimos momentos de normalidad, tal y como la habían entendido hasta ese momento, en la plácida vivienda con planta de varios niveles que aumentaba la opacidad de sus paredes traslúcidas a medida que oscurecía. La habían erigido ellos mismos justo cuando confirmaron el embarazo de Marcus, a partir de módulos prefabricados de polímeros de plástico biodegradable, moldeados a imagen y semejanza de diseños realizados por el arquitecto japonés Sou Fujimoto a principios del siglo XXI. Frederick aprovechó la pausa para ponerse al día con lo que su mujer y su hijo habían escrito. Una vez acabó de leer el folio, lo troceó y usó para acompañar el risotto como si de pan se tratara.

No quería descuidarse y dejar una hoja escrita a la vista de diminutos drones impostando a insectos voladores o reptantes, tan pequeños que en ocasiones cruzaban el área de exclusión creada por los sensores invisibles de todas las aperturas de la casa.

El cáncer electrónico era una enfermedad prohibida, una dolencia que no podía existir; quizá por eso se había convertido en una obsesión de la realidad negada por Sentido Común P2P y el resto del Gobierno sin mandatarios del Valle de Silicio. La dolencia se manifestaba primero con la incapacidad para comunicarse, seguida por un error de código que se convertía en bucle y se expandía con rapidez en la comunicación interna entre el asistente virtual y el repositorio personal, lo que corrompía el disco sólido de este último, al fin y al cabo una gigantesca base de datos de la realidad captada por los sentidos del Ciudadano Aumentado en cuestión. A continuación, el cáncer electrónico afectaba a los propios protocolos de comunicación entre el asistente y Sentido Común P2P, lo que bloqueaba el intercambio de paquetes de datos encriptados entre Núcleo y el usuario, que desaparecía del sistema como Ciudadano Aumentado: la contraseña biométrica de cada persona era intransferible y la parte algorítmica que dependía de cada individuo se transformaba continuamente para evitar el acceso potencial de piratas a Núcleo. La combinación, aleatoria y siempre cambiante como la propia dialéctica de la existencia, reconocía los marcadores genéticos del algoritmo de cada Ciudadano Aumentado. El cáncer electrónico impedía el encaje entre combinación aleatoria y autenticador genético. No había cura. Una vez el cáncer electrónico hacía acto de presencia, el Ciudadano Aumentado desaparecía para Núcleo, al no poder validar el repositorio del individuo en cuestión. Y, sin conexión con Núcleo, cualquier Ciudadano Aumentado era menos que un SA; si bien su sistema inmunitario rechazaba los implantes, al menos los superaptos acababan usando interfaces cerebro máquina como alternativa, lo que garantizaba la conexión con Núcleo y la existencia como Ciudadano Aumentado a todos los efectos. Usted es un SA y lo sabemos, así que circule y pórtese bien; esa era la reflexión impuesta por el *statu quo* que tanta incomprensión había suscitado en Marfa. El vacío entre la conciencia individual y la intocable maquinaria del perfecto sistema mecanicista, un algoritmo inalcanzable y frío como el acero cepillado. Si la analítica mecanicista fallaba, los individuos, esos seres con aristas y voluntad de afrontar el caos tal y como se presentara, no tenían ninguna puerta donde picar. Un mundo sin espacio para personajes shakesperieanos, tan impredecibles como la propia naturaleza humana. Las opciones: resignación, lucha desigual y quijotesca por un espacio algorítmico, refugio impostado en un mundo hecho a medida más allá del alcance de la sociedad P2P... ¿Vocación artística y copiar a Kafka pero en malo, deserción mental, suicidio, adicciones? Había una alternativa para los desconectados: la bohemia, con todo el atractivo e imperfecciones de modalidades artísticas como el "visual spoken word", los hologramas de estilo libre, esos escenarios virtuales conectados al asistente neural de alguien que se comportaban como dictaba la imaginación del individuo. Al menos, los desconectados desaparecían del sistema. Se convertían en editores de octavillas y panfletos, que luego repartían en las noches oscuras, ocultos entre androides lícitos e ilícitos. Como decían los rumores, también había desconectados dedicados a la prostitución, al contrabando de videojuegos prohibidos y drogas naturales y sintéticas. Quizá otros abandonaran el Valle para siempre. La leyenda decía que los mejores hackers eran en realidad desconectados.

La cena se desarrolló casi en silencio. Sin música ni hologramas, el espacio concentraba el aturdimiento de un campo brumoso perdido en el tiempo tras el fragor de una batalla a capa y espada. Ni pasado coherente ni tangible, ni futuro hacia el que caminar; sólo olores antiguos, primigenios. Efluvios humanos, quejidos que nadie oye, tierra húmeda, aceites esenciales de plantas y árboles. Un ave que se atreve a posarse en la escena, sin entender que es un momento que no debe tener punto de fuga ni atisbo de belleza.

Marcus y sus padres comieron como supervivientes de una batalla invisible. Sabían que estaban vivos porque sus sentidos así lo transmitían a su conciencia, poco más. Ahora trabajaba su amígdala cerebral, el núcleo primitivo del cerebro que los humanos comparten con todos los vertebrados superiores. Comían para acallar su determinación por un instante, esperando quizá a que una última y sorpresiva reflexión contradijera la corazonada de que habían sacrificado su propósito vital a la idea publicitada de que ya se habían autorrealizado, algo así como si la República P2P del Valle de Silicio les hubiera invitado a que abandonaran su esfuerzo particular para labrar su camino, puesto que ya había una plaza para ellos en el espejismo de la vida en el Valle. "No se esfuerce, ni piense más de la cuenta ni se dé demasiado con las paredes, pues la senda establecida es más que suficiente. Céntrese en forjar una buena vida familiar, diviértase dentro de un orden, mejore su reputación y aumente así su poder de compra". Finalmente, el colmo del éxito llegaba con el reconocimiento de Sentido Común P2P y sus insignias más valiosas, que recordaban las que uno obtenía en cualquier videojuego. Eso sí, las Insignias P2P equivalían a un aumento de la fortuna personal en ascenso de la puntuación de karma y, por tanto, del poder adquisitivo.

Marcus fue el primero en acabar. Se sentía orgulloso de sus padres, que no habían dudado de él un instante. Llevó el plato al fregaplatos y preparó tres vasos de bebida nutricional, cada uno de ellos personalizado con las cantidades necesarias de cada sustancia según nivel hormonal, cansancio, hora del día y principales indicadores del sistema inmunitario. Ni él ni sus padres añadían más sabor a la bebida resultante que el logrado por la combinación de ingredientes moleculares, de manera que según el día dominaba el regusto a pomelo, leche merengada, sandía, frutas silvestres, alfalfa fresca, brotes de soja, canela, etcétera. Acercó los vasos a la mesa, uno por uno y en función del color de cada uno de ellos: su padre usaba el azul índigo; su madre el verde lima; él, el naranja. Se sentó entre sus padres y tomó sus manos con ambas palmas hacia arriba, como si se dispusiera a bendecir la mesa.

- T... t... teng...o los-mejores-padres.

- ¿Sabes, Arcus? -contestó su padre, dirigiéndose a su hijo con el apelativo cariñoso-. Tengo la sensación de haber conocido más de ti en estos dos días que durante diez años...

- Yo también, cariño -asintió la madre.

Marcus se limitó a sonreír. Todavía no era el momento de escribir; podía compartir con ellos esta reflexión a viva voz, ya que formaba parte de los valores sobre los que el propio Valle se había fundado:

- Me acu...erd...o de-cuando-me dej... regalasteis el ensamblador tri... trid... tridimensional. Papá-me-ayudó-a-construir naves espaciales y dr... drones reptantes con geolocalización, sensores d... de movim...iento y batería cinética...

- Sí -sonrió el padre-. Se nos quedó pequeño en un santiamén, sobre todo cuando comprobamos que el kit no tenía ensamblador en Bloque, así que lo único que hacían los robots era acudir en misiones a distintos rincones de la casa, ¿te acuerdas? Parecían pequeñas manadas de mamíferos celebrando su gregarismo mientras cruzan la sabana... Un día los vi, como cucarachas metálicas, avanzando por el garaje en posición de cuña, como un ejército o una bandada de aves.

- Yo empecé a preocuparme cuando los pisaba por todas partes -sonrió Marfa, riñendo a sus dos "niños"-. Un día, uno de ellos me esperaba dentro de un zapato como uno de esos ratones que sacuden del calzado en los cuentos de antaño...

- ¿Os acord...áis de cuand...o desaparecieron?

- ¿Te refieres a los drones reptantes DIY? -confirmó Frederick.

- Sí.

- No recuerdo bien... No le dimos demasiada importancia... Yo estaba ocupado con el proyecto del laboratorio y a tu madre se le acumulaba el trabajo por entonces. Eran tiempos en que se requería más supervisión humana. Ahora los androides apenas necesitan que tu madre confirme que todo lo que hacen es correcto.

Había llegado el momento de escribir en el papel. Marcus agarró un nuevo folio comestible y el bolígrafo con tinta vegetal antioxidante.

"YO LOS HICE DESAPARECER. CREÉ UN PROTOCOLO PARA QUE ABANDONARAN EL VALLE REPTANDO. A LOS DOS MESES LLEGARON A LA TIERRA DE NADIE".

Sus padres no daban crédito. Los sensores tenían un protocolo que habría requerido una compleja ingeniería inversa y reconstrucción de su código para que Marcus los teledirigiera. Como experto en la materia, Frederick tomó la iniciativa en la respuesta:

"EL KIT NO TENÍA CONSOLA EN BLOQUE. SUS FUNCIONES NO SE PODÍAN AMPLIAR DESDE TU AMULETO".

Marcus se limitó a mirar a sus padres, dejándoles que comprendieran que era un hacker que mantenía una estrecha colaboración con MrHackescent.

"Mis alias virtuales son Sleepingbot y Soplaris. Uso el primero en juegos. Ya averiguaréis más cosas sobre el segundo".

Marcus Terlingua, un SA con una rica vida virtual, se presentaba a sus padres tal y como era. Habían caído las máscaras.

- Te conozco -mencionó su padre en viva voz.

De repente y sin que Frederick hubiera demandado su presencia, el asistente se interesó por el comentario. Frederick alzó las manos para advertir a Marfa y a su hijo que el asistente estaba atento.

- No he solicitado nada. Una segunda interrupción en cuestión de horas es intolerable -añadió Frederick, visiblemente irritado-. Actualizar firmware y reiniciar. Ya pediré a mi hijo o a Marfa que inicie la música, pues nos apetece una velada... a solas.

Marcus volvió a encargarse de la música. Acercándose a la estancia con la magnanimidad de la niebla, empezaron los primeros acordes de *Lohengrin*, la versión de la ópera wagneriana registrada por Herbert von Karajan y la filarmónica de Berlín a finales del siglo XX. Lohengrin, hijo de Parsifal, es un caballero del Santo Grial que, en un bote impulsado por cisnes, rescatará una doncella que no podrá conocer la identidad de su salvador. Marfa se cruzó de brazos, reteniendo un escalofrío. El ambiente en la estancia era agradable y expectante, con una energía más parecida al piso compartido por unos bohemios provincianos que tratan de abrirse paso en la gran ciudad que al amodorrado ambiente de una lar familiar. El frío le llegaba quizá de la niebla musical, o quizá manaba de un espacio físico y mental en el que, de repente, su familia podía incidir, por encima incluso de las "normas para evitar normas" instauradas en un Estado libertario donde no encontraba las libertades que a ella interesaban: las que manaban del interior y se proyectaban en la existencia.

Marcus escribió durante un largo rato, renunciando en esta ocasión a las mayúsculas:

"A papá: tienes que acabar tu trabajo en el laboratorio. Es importante.

"Es un poco complicado explicar aquí lo que ocurre. MrHackescent dice que hay una persona en tu trabajo intentando que no acabes.

Necesitamos tener una manera de reconstruir la genética y las conciencias humanas... todas.

"Me refiero a todas las conciencias humanas... LA HUMANIDAD. Aumentados, SA, orgánicos, gente de la Tierra de Nadie y más allá... TODOS".

"¿POR QUÉ?" -preguntó Frederick, mientras recordaba que el número de versiones locales en el código había pasado desde veintidós hasta veintitrés, lo que había llamado su atención y alimentado una corazonada que trataba de reprimir pero comparaba con la sensación de autovigilancia, o vigilancia neuronal, como si alguien tratara de convertir la conciencia artificial dentro de su conciencia en la última y más pequeña matrioska de un juego de muñecas rusas que empezaba por la más pequeña, su propio asistente (y éste tuviera la clave -o tratara de lograrla- de la muñeca inmediatamente superior: él mismo), y culminaba en Núcleo: la matrioska más grande. El repositorio Humanure, que compilaba el progreso del Proyecto Doble X, estaba en manos de un colaborador que no daba la cara... o quizá sí. O el intruso era uno de los usuarios que hasta ese momento habían colaborado y manipulado el proyecto usando el control de versiones de la cuenta del laboratorio en GitHub, o bien ese alguien tenía el conocimiento para enmascarar sus acciones usando a alguno de los usuarios existentes, lo que implicaba que ese alguien había compartido el Git de Humanure en local -por ejemplo, en un fichero- o simplemente le había permitido sincronizar su clave de acceso y así hacerse pasar por el usuario de manera remota. Un usuario fantasma. O más bien zombi.

Marfa leía por encima de su hombro, mientras acariciaba con su mano la mejilla de su marido. Frederick notó que su mujer ardía. La facilidad de Marfa para somatizar su estado de ánimo había contrarrestado su determinación y convicción racionales desde que la conocía. Esta lucha entre razón y sentimientos, tan visible en su mujer, la habían hecho irresistible a sus ojos. La respetaba por su intelecto, pero el deseo sexual tampoco había muerto por completo. La atracción física carecía ahora de prisa, y la falta de sorpresa era contrarrestada por una voluntad mutua de fundirse en un acto ensalzador que carecía de la pulsión desesperada y a veces triste de otros tiempos.

Marcus respondió por escrito a su padre:

"PIENSA".

Frederick no estaba para equívocos. Apartó el papel de su hijo y le reclamó el bolígrafo con visible irritación. Marcus le miró con cierta melancolía, pero su media sonrisa denotaba más comprensión que tristeza.

"??" -fue todo lo que añadió Frederick en esta ocasión.

Marcus de vuelta pidió folio y bolígrafo.

"NECESITAMOS UNA COPIA DE SEGURIDAD.
"¿PARA QUÉ USAS LOS BACKUPS EN EL LABORATORIO?
"LOS NECESITAREMOS PARA LO MISMO. POR SI ACASO..."

Lohengrin cantaba en medio del lago de los cisnes. ¿Dónde estaba la doncella? ¿Podría salvarla? ¿Se conocerían? Frederick miró a su mujer; sus ojos estaban húmedos. Fuera lo que fuese, había comprendido, aunque fuera a grandes rasgos, lo que su hijo sugería. Su mirada indicaba a Marfa que prestara atención, pues también averiguaría de qué se trataba. Actuarían en consecuencia. Frederick contestó:

"SABES QUE ES IMPOSIBLE ALMACENAR LOS MARCADORES GENÉTICOS DE TODA LA HUMANIDAD.
"¿LOS NECESITAMOS PORQUE CORREMOS PELIGRO COMO ESPECIE?
"ESTA ÚLTIMA PREGUNTA ES DE SÍ O NO".

Marcus:

"SÍ, HAY QUE INTENTAR OBTENER LOS MARCADORES GENÉTICOS DE TODA LA HUMANIDAD.
"SÍ, CORREMOS PELIGRO COMO ESPECIE".

Frederick:

"¿TENEMOS AMIGOS DEL FUTURO?"

Marcus:

"SÍ, Y TÚ CONOCES A UNO DE ELLOS. YO TAMBIÉN, PERO TODAVÍA NO LO SÉ. MRHACKESCENT NOS DICE QUE LOGREMOS EL REPOSITORIO DE GREGORMENDELLAB Y ABANDONEMOS EL VALLE. VAMOS A LA TIERRA DE NADIE. A CALIKOWLOON. ALLÍ NOS ESPERAN PARA EXTRAERNOS EL ASISTENTE".

Frederick:

"¿HAY UN SIGUIENTE PASO?"

Tras leer esta última pregunta, Marcus asintió con la cabeza. Marfa le preguntó cuál con la mirada, sin siquiera despegar los labios. Marcus miró a sus padres con tanta ternura como seguridad. A continuación, giró su cuello con suavidad y fijó su mirada en el dibujo tridimensional que había confeccionado al inicio de la velada.

Su padre agarró el folio con nerviosismo y escribió:

"¿MARTE?"

Marcus asintió.

De fondo, la doncella respondía a Lohengrin. Los coros se elevaban con una épica romántica construida sobre la asincronía y la atonalidad de los sentimientos y contradicciones que Wagner había buscado con insistencia en Shakespeare y Goethe.

Frederick se abrazó con su mujer. Ambos se disponían a abrazarse a su hijo, cuando el debilucho normosómico les apartó y reclamó, de nuevo, atención al papel:

"NO ES IMPOSIBLE HACER UNA COPIA DE SEGURIDAD DE LA HUMANIDAD.

"TENGO UN PLAN".

Por un instante, Frederick asoció la quijotesca afirmación de su hijo con la música de fondo. Qué menos que envolver los sueños en sueños.

Marcus les señaló la última línea escrita. Su cara mantenía la inocencia y la ingenuidad de los dibujos de las primeras ediciones de *El Principito*. Su mirada y determinación eran, no obstante, las de *Huckleberry Finn*.

Creyeron a su hijo. Su plan quizá no salvara a la humanidad, pero sin duda incorporaba detalles para al menos intentarlo.

Frederick y Marfa preguntaron cuánto tiempo les quedaba. Si les había llegado el aviso, escribió Marcus, la denuncia (o quizá ataque) a la familia era inminente; cuestión de días, o a lo sumo de semanas. En el peor escenario, quizá se tratara de horas. El infiltrado en el laboratorio realizaba una doble labor: por un lado, torpedeaba el avance de la investigación; además, seguramente sería el encargado de formular la denuncia anónima que les delataría como conspiradores contra el Valle.

Marfa se encargaba de corregir manualmente algoritmos que, por una razón u otra, requerían mantenimiento en el Valle. Su labor la había convertido en experta en código Bloque y en algoritmos, hasta el punto de servir a su marido como recurso cuando le surgía alguna duda conceptual sobre programación orientada a objetos. El código Bloque simplificaba el proceso de otorgar a las entidades u objetos virtuales un valor que marcaba sus acciones (estado, comportamiento, identidad), pero a la vez marginaba valiosos conocimientos secundarios, más complejos y menos intuitivos, que constituían el contexto de este tipo de programación. Los principales lenguajes programación por objetos eran incompatibles entre sí, pero en ocasiones era muy útil conocer cómo lenguajes que habían sido muy usados en el pasado invocaban funciones de sus librerías, recogían la "basura" electrónica creada con el uso, se mantenían a sí mismos o comunicaban errores a los administradores asignados, del mismo modo que un buen nivel en griego y latín cimentaba el pensamiento poético y etimológico de cualquiera. En ocasiones, el trabajo de Frederick en el laboratorio implicaba recordar ésto o aquéllo del lenguaje Python, muy usado por gigantes del pasado sobre los que se asentaba la riqueza tecnológica del Valle, como Google; o el comportamiento de C++, el lenguaje de los viejos roqueros, bajo una determinada circunstancia; también abundaban los restos de Ruby -el lenguaje de los chicos listos de principios del siglo XXI-; Java -el más extendido entre los antiguos aparatos electrónicos y sus sensores-; Objective-C -el lenguaje de los dispositivos Apple-; o ese montón babélico de código redundante y mal mantenido que se había bautizado como PHP.

Los excesos en PHP habían sido tantos y tan grandes y complejos que buena parte de la labor de Marfa consistía en repasar con meticulosidad cadenas de caracteres que los propios correctores automáticos de Bloque eran incapaces de solucionar sin que saltara la alarma de la incongruencia técnica. Los algoritmos de Bloque conocidos como Mega Bug Trackers eran los mejores programas jamás creados para detectar errores y subsanarlos a partir de librerías que se remontaban a épocas preinformáticas. Aristóteles, Euclides, Eratóstenes y la cábala luliana habían precedido a Gottfried Leibniz, ya en la Ilustración, a quien se atribuía el cálculo binario que debían usar los primeros ordenadores modernos. Los Mega Bug Trackers conocían la valía de la máquina analítica descrita por el matemático británico Charles Babbage en 1816, un utensilio que permitía el uso de lenguajes ensambladores y pensando en el cual Ada Lovelace había ideado el primer algoritmo conocido. Lovelace no se había limitado a pensar en un brillante pero limitado futuro de cálculos numéricos para la máquina analítica de Charles Babbage, sino que había convertido el trozo de chatarra de la Primera Revolución Industrial en una máquina preparada para recibir instrucciones y desarrollarlas a partir de un intérprete, o lenguaje de programación diseñado para tal efecto. El ingenio de una mujer ilustrada, poetisa y matemática, había sido necesario para inventar métodos de entrada de información e instrucciones a aparatos inanimados. Lovelace, hija y única heredera del poeta romántico Lord Byron, había logrado conjugar la implacable lógica aristotélica, donde A es A, con la mística platónica, donde lo que vemos es una aproximación del potencial. La científica poetisa, como ella misma se autodefinía, era para Frederick la precursora de Marfa, su Marfa, cuya carrera se había quedado colgada en el limbo abúlico de un mundo aletargado donde se confundían pasado, presente y porvenir. Un mundo que retiraba el sentido existencial a la tríada del tiempo, ya que la seguridad e implacabilidad del entorno racional había prohibido al individuo el derecho a la incertidumbre. Y sin caos, sin miedo, sin errores ni incertidumbre, no había aprendizaje a base de fuerza de voluntad y superación, ni propósito vital inequívoco. La realidad debía amoldarse a lo dictado y previsto por el algoritmo de Núcleo, al fin y al cabo apenas un modelo más sofisticado de la máquina de ajedrez que había ganado a Kaspárov no con ingenio, sino calculando todos los movimientos y respondiendo en función de probabilidades, no de corazonadas ni de inspiración, una victoria cimentada en una estrategia sin estrategia, un ataque mecánico sin el pundonor de Leónidas en las Termópilas, que era Don Quijote en su mundo caballeresco, que era el general Custer en Little Bighorn, que era el anónimo ciudadano chino ante un tanque en Tiananmen.

Marfa, su científica poetisa. Si Marfa abandonaba su labor de dirección de los Mega Bug Trackers su propósito personal no quedaría afectado, ni los ciudadanos del Valle verían su vida afectada. Su labor consistía en corregir incongruencias en pos de la estética y la posteridad, que analizaría el papel del experimento libertario -convertido, según las conjeturas individuales puestas en común por los Terlingua, en autoritario- de la República P2P del Valle de Silicio.

El caso de Frederick era más delicado. Como director del laboratorio Gregor Mendel, su ausencia prolongada en el edificio Xerox PARC de las colinas de Los Altos Hills encendería todas las alarmas, como también lo haría la descarga del repositorio Humanure en un fichero Git ajeno a la cuenta del laboratorio, a cargo del usuario genérico GregorMendelLAB, que contaba como Administrador de administradores. No quedaba claro quién era el administrador del Administrador de administradores. Sí era público y notorio en el laboratorio que el superusuario FredTerlingua aparecía como principal administrador de la cuenta GregorMendelLAB, y él mismo se había ocupado de controlar cualquier "fork" o descarga local del repositorio Humanure no autorizada: cualquier anomalía detectada por Sentido Común P2P les pondría en peligro a él y al propio

Proyecto Doble X. Irónicamente, pensó Frederick, el primer intento serio conocido -y probablemente exitoso- de copiar todo el repositorio borrando trazas y sin pedir permiso iría a cargo del principal promotor, autor y protector del proyecto. Tenía la certeza de que cualquiera en el laboratorio detectaría la anomalía en apenas unas horas, o a lo sumo en unos días: cualquier commit serio requeriría algo más que una lectura superficial de las últimas acciones en la cuenta de GitHub GregorMendelLAB, así que debía proteger su acción al máximo pues, si Marcus estaba en lo cierto, su caída en desgracia no sólo equivalía a poner en peligro a su mujer y a su hijo, sino quizá también a la propia especie. "Basta ya de megalomanías y manos a la obra", pensó. Frederick pidió a Marcus y a Marfa que no se levantaran de la mesa. Merecía la pena planear en familia los pasos siguientes, así que reprodujo a través de su asistente la versión algorítmica del Quinto Concierto de Richard Halley, una interpretación musical de la obra musical de ficción, banda sonora de la novela *La rebelión de Atlas*, a partir de la interpretación de las descripciones de Ayn Rand. Qué menos que optar por la música incorruptible, fruto del propósito personal individualista, para planear la huida de la familia del epicentro de la Libertad, reconvertido en su prisión.

Frederick rompió el folio anterior, repleto de frases y ofreció sus trozos a su hijo y su mujer, que los comieron con él. Tomó uno nuevo y empezó a escribir:

"¿DECÍAS QUE ERES HACKER?
¿CÓMO DE BUENO?"

La mirada de Marfa a su marido mezclaba curiosidad y reproche. "Recuerda que estás hablando con nuestro hijo preadolescente, bruto".

"HASTA EL PUNTO DE CLONAR PROTOCOLOS GENÉTICOS DE COMUNICACIÓN".

Marcus confirmó que su padre ya había conjeturado su nivel técnico desde que, apenas un día antes, el pequeño hubiera interrumpido la comunicación entre la conciencia y el asistente de su padre, hablándole a través de un protocolo de comunicación más próximo a la telequinesia que a la intercomunicación sin cables. Hasta ese momento, Frederick había dudado si el episodio con su hijo a la puerta de la escuela confirmaba la capacidad del pequeño para transformar sus limitaciones en ventajas, como las fábulas populares con final feliz. ¿Quién le había enseñado? ¿Autodidactismo? Lo dudaba. Un experto en código Bloque se hacía, no nacía; había que picar mucha piedra para convertir en automatismos lo que al principio constituía una colosal curva de aprendizaje. Las madres de Mickey, su compañero de clase, habían confirmado que la misteriosa interrupción en el asistente de su hijo había existido en efecto y no se debía a la alucinación o inventiva de un niño en busca de atención maternal. Una de ellas había explicado a Frederick la extraña rencilla entre Marcus y Mickey en un escueto y áspero mensaje de texto, y amenazaba con "denunciar" a un "niño capaz de interponerse entre el asistente virtual y la conciencia de un extraño".

"¿QUIÉN TE ENSEÑÓ?"

Marcus:

"NO NACÍ ENSEÑADO, PERO CASI..."

Marfa no entendió a qué se refería su hijo. Miró a su marido, buscando una respuesta en sus ojos. Agarró ella el bolígrafo:

"¿Qué quieres decir, Arcus?"

Marcus:

"¿OS ACORDÁIS DEL IMPLANTE? NO FUNCIONÓ PORQUE..."

"El implante, claro", pensó su madre. El niño normosómico nunca habría tenido posibilidades de integrarse del todo en el Valle. El mero hecho de llevar consigo una interfaz cerebro máquina le convertía en un orgánico de facto, un ser incapaz de tolerar un implante. La realidad, como sus padres habían intuido, era muy distinta:

"EL IMPLANTE SIEMPRE FUNCIONÓ.
"Desde que tengo uso de razón, he tenido que convivir con comunicaciones entre mi implante y una persona ajena a mí".

Sus padres no daban crédito a la manera de escribir de su hijo. Su caligrafía infantil escondía una madurez prosística propia de un niño mucho mayor. Le costaba escribir, pero no era mucho más lento que sus propios padres, que pertenecían a la primera generación de acalígrafos. Su madre sentía cierta compasión por él, al verle escribir con la mano izquierda, retorciendo el puño como si escondiera el trazo de las palabras hasta concederles el permiso de volar como una manada de garzas al final de la frase, cuando levantaba el puño y, mordiendo la parte trasera del bolígrafo, pensaba en cómo decir más con toda la claridad posible y en un mínimo de palabras.
Su padre no comprendía a qué se refería Marcus cuando hablaba de un implante "de otra persona" y "en pleno funcionamiento".

"¿Quieres decir que se equivocaron de implante?¿O conectaron el implante a otra persona por un error de protocolos?"

Marcus apenas tenía una hipótesis:

"Oigo mensajes codificados, algo así como escuchar a alguien hablar al revés. Cuando empieza, a veces no puedo concentrarme. A lo mejor no hablo tan bien por este mismo problema..."

Marcus agachó la cabeza, tratando de apartar el dolor por el peso que había soportado a solas hasta aquel momento. Se secó una lágrima copiosa antes de que abandonara los ojos, inundados por la repentina producción del lagrimal. Su madre le preguntó por qué nunca les había dicho nada. Comentó que de vez en cuando, "el señor de la voz al revés" le hablaba bien; le decía que se había quedado sin puntos e inoperativo y que lo único que quería era ayudarle; había confiado en él porque quería aprender a programar; su interlocutor era un hacker proscrito. En ocasiones -le había dicho la voz conectada al asistente-, tenía que codificar los mensajes para que éstos no fueran detectados por la red de espionaje de Sentido Común P2P.

Su padre le miró preocupado:

"¿SIGUES HABLANDO CON ÉL?¿CUÁL ES SU PAPEL EN TODO ESTO?¿CÓMO SE LLAMA?"

Hablaba con él cada vez menos. Ya estás preparado para arreglártelas tú solo, le había dicho. Apenas le había avisado en contadas ocasiones durante los dos últimos años. La última vez había sido "apenas dos horas atrás, para confirmarme el encuentro de papá con Renzo Iseman".

Frederick le señaló su última pregunta, todavía no respondida. ¿De quién se trataba? ¿Le conocían? El afán protector hacia su hijo provocó náuseas en Frederick, que no podía tolerar siquiera la idea de que un adulto ajeno a la familia hubiera condicionado el desarrollo infantil de su hijo, accediendo de paso a su conciencia y a la privacidad de una familia. ¿Hasta dónde había llegado el Valle?

Marcus respondió con un escueto:

"YO".

Frederick miró a Marfa, sin comprenderlo. Marcus decidió explicarse con un poco más de detalle:

"EL HACKER PROSCRITO SOY YO MISMO EN EL FUTURO, CONECTÁNDOME A MI 'YO' NIÑO".

Sus padres le miraban con el rostro agotado, al borde del ataque nervioso. Su hijo les estaba tratando de convencer de que, desde pequeño, su implante había funcionado, pero con interferencias. No había saltado la alarma durante la cirugía porque el intruso había empleado el mismo código genético del bebé, impersonando el último paso de la operación -la conexión entre los conductos del diminuto implante y los filamentos de la cóclea membranosa, en el oído interno-, impidiendo al bebé una conexión directa con el implante.

El Yo adulto de su hijo trataba de salvarles en el presente, lo que implicaba que estaban en lo cierto y, en efecto, se encontraban en peligro y necesitaban ayuda. Si era cierto, sabían al menos que su hijo había sobrevivido al cataclismo con que supuestamente debían encontrarse en el futuro. Quizá su hijo trataba de reescribir el pasado, para resarcirse de algún acontecimiento traumático que desconocían. O quizá un individuo del futuro sólo pudiera influir, con su intervención en el espacio-tiempo, sobre el porvenir del propio individuo, y a través de esta intervención lograr los resultados planeados en su entorno del pasado o del futuro, según los principios de la teoría del caos. Era mucho suponer.

Marcus se apresuró a escribir una última línea que requería respuesta inequívoca de sus padres:

"¿CONFIÁIS EN MÍ?"
"HABLA VUESTRO HIJO DE 10 AÑOS"

Sus padres asintieron. Los tres se abrazaron cuando el Quinto Concierto de Richard Halley alcanzaba su punto culminante, retando a la liberación de tensión musical acumulada obtenida por la escala inexorable del *Bolero* de Maurice Ravel.

- Es hora de ir a dormir. Marcus y yo tenemos una cita con Edmundo Dantés -Frederick guiñó el ojo a su hijo.

- ¿Quién? -respondió Marfa.

- *El conde de Montecristo*, mamá.

Padre e hijo depositaron los cacharros en la bandeja de organización automática del friegaplatos y abandonaron la estancia camino del dormitorio del niño. Marfa se sentó en una silla de lectura Eames de contrachapado ergonómico, heredada de su abuela.

- ¿Sabes, Arcus?

- Di, mamá.

- No has tartamudeado.

- Pues es verdad -el pequeño sonrió y se puso de puntillas, arqueando algo la espalda y demostrando, pese a todo, la solidez de su ánimo.

- ¡Buena apreciación, Marfa! -añadió su marido, mientras también relajaba sus músculos, como preparándose para un combate pugilístico. No usaba términos cariñosos con su mujer; ni mamá, ni querida, ni cariño, ni cualquier otra expresión que diluyese el respeto al individuo o relativizase su independencia.

Marfa agarró el libro electrónico y trató de evadirse de la situación con un rato introspectivo. Demasiada música y demasiadas emociones, pensó. Era difícil deshacerse de la energía concentrada. Como un director de orquesta al final del concierto, sentía la emoción de la caldera de vapor que necesita liberar presión una vez en su destino. La lectura no funcionaría. Probó con el mismo párrafo en una última ocasión. Fonemas y palabras no transmitían nada en ese momento, como si la convención del lenguaje se hubiera desmoronado.

Una mosca se posó en su mano. Qué extraño, pensó. El calor del verano había pasado y las moscas comunes no abundaban en la zona, más allá de lugares puntuales como jardines, compostadores de lombrices para preparar humus orgánico y solares en obras. En aquel rincón de Menlo Park no se daba ninguna de esas condiciones. ¿La última mosca de un verano tardío? Los últimos días habían experimentado en la Península un clima más propio de San Francisco: fresco y Medio nublado. En cualquier caso, era su oportunidad. Recordó una de sus habilidades de niña, cuando pasaba los fines de semana en la granja de manzanos de sus abuelos a las afueras de Sebastopol. El único vecino, uno de aquellos hippies tardíos que habían reivindicado el neorruralismo y la vida autosuficiente a principios de siglo, conservaba una granja de las de antes de la Revolución Agraria de mediados del siglo XX, en la que los desechos de los animales servían de fertilizante orgánico para los cultivos y caballos, cabras, ovejas, cerdos y gallinas rotaban por la propiedad para mantener el equilibrio de nutrientes de la tierra. El viejo vendía la leche y producía derivados orgánicos y, claro, la zona era territorio abonado para las moscas. Su primo Jack, un año mayor que ella y al que recordaría eternamente preadolescente, mellado y con nariz respingona, grandes ojos color avellana y mofletes con pecas y hoyuelos, le enseñó a cazar moscas con un golpe de mano. Se situaban ante la mosca una vez se posaba durante un instante y, preparando el brazo con sigilo, lanzaban el golpe con la determinada precisión de un maestro en artes marciales. Nueve de cada diez moscas quedaban atrapadas en su mano izquierda, como su condición de zurda determinaba. Acto seguido se producía el paso definitivo para la caza de la mosca viva: había que deslizar los dedos, entonces en posición de puño cerrado, sin levantarlos, hasta que la mosca quedaba atrapada bajo alguno de los dedos plegados sobre sí mismos. Al final, bastaba con atrapar la mosca usando el índice y el pulgar de la mano derecha como pinza. La caza había terminado. A diferencia de su primo, que o bien lanzaba el insecto cazado contra el suelo para aturdirlo y repetir la operación hasta que le era imposible volar, o lo apretaba hasta que sentía el crujido del duro abdomen, ella simplemente las dejaba volar de nuevo. Le interesaba el deporte y no las consecuencias éticas de su destrucción. A Marfa le había divertido averiguar, años atrás, que Frederick había jugado de niño a un juego similar. Los dos veteranos cazamoscas habían acabado casándose. El tiempo diría si Marcus convertía la actividad en tradición familiar.

La mosca no acababa de posarse. Aguardó ante ella con la espalda pegada al respaldo y las manos sobre las rodillas. Revoloteó sobre su mano derecha. ZZZZZ. ZZZZZ. Mi oportunidad, pensó Marfa, que en aquel instante viajaba cuarenta años atrás. Levantó ligeramente la mano izquierda y la retiró poco a poco hacia la cintura para lanzar después el barrido. Dejó de respirar un instante y, en un pestañear, la mosca le cosquilleaba la palma de la mano. Acertó también el siguiente paso y la mosca quedó atrapada entre las falanges distal, media y proximal del dedo anular. ZZZZZ. ZZZZZ. Una vez entre sus dedos índice y pulgar, observó que la mosca seguía intentando escabullirse, cosquilleándole las falanges con el aleteo. Acercó el insecto a los ojos y, como si Alicia hubiera sido escupida por la madriguera, sus ojos la devolvieron a la realidad distópica en la que creía hallarse. La mosca de su infancia, ese peludo insecto díptero con enormes ojos compuestos que convivía con el ser humano desde sus primeros merodeos por la sabana, se había convertido en un diminuto y sofisticado dron, con alas de polímeros de plástico y abdomen liso, que incluía un diminuto número de serie. En el interior de los ojos se observaban dos puntos negros: los drones diseñados como insectos voladores ocultaban el micrófono omnidireccional en uno de los ojos, mientras la lente de gran angular ocupaba el otro.

Se incorporó, pálida y con el rostro desencajado, arrastrándose precipitada hasta la habitación de su hijo. Marcus y su padre, tumbados sobre la cama, la observaron. Parecía una sonámbula. A Marfa siempre le había atraído la capacidad de su marido para no somatizar la presión, siempre estoico y analítico, con el aplomo de quien, pase lo que pase, mantiene firme su determinación de ir en busca de su propósito, apuntando la dirección y manteniendo su nivel de alerta para influir sobre cada lance con la mayor frescura y predisposición posibles.

- ¿Ocurre algo? -preguntó su marido, preocupado.

Marfa se limitó a acercarse a su marido y su hijo, con la mano derecha alzada. Traspasó la poco densa puerta de aerogel transparente, que aprovechó una vez más para apartar de la cara el flequillo liso y castaño, con el brillo de no haber sido lavado en días. Ante los ojos de Marcus y Frederick, un diminuto dron mosca batía sus alas. Marcus buscó el amuleto en la estantería junto a la cama y lo situó ante su ojo a modo de microscopio, para observar al detalle a la diminuta criatura tecnológica ante él. Su padre le pidió el aparato usado por el pequeño como interfaz cerebro máquina, aunque se perdió al manipular la rugosa superficie del objeto de veinte caras, que tenía el peso de esos viejos relojes de bolsillo suizos que heredaban las familias del Valle. Su hijo le invitó a mirar a través de un diminuto visor, que le situó ante una imagen ampliada del dron, una criatura artificial que se movía entre la rugosa piel rosada de las falanges de su mujer. Se observaban los diminutos giróscopos que mantenían su equilibrio de robot volador incluso bajo las situaciones más extremas, así como el péndulo de titanio encapsulado en su abdomen translúcido que recargaba el supercondensador electroquímico y le permitían volar sine die, a menos que los ácidos del buche de un pájaro que quizá muriera con su ingesta, o la electricidad estática de una tormenta, o acaso un fuego, se interpusieran en su trayectoria en el espacio-tiempo.

Marfa acarició la mejilla de su hijo con la mano izquierda mientras la otra permanecía ante su marido, que observaba abstraído el pequeño dron a la luz del amuleto de su hijo, un utensilio con la versatilidad de una navaja suiza electrónica, convertida ahora en microscopio. Como si de repente hubiera caído en algún detalle crucial, Frederick anunció a su mujer y al pequeño que volvía en un instante. Retornó con un papel y bolígrafo. Recordó a Marcus a través del papel que observaban el dron usando lo que, al fin y al cabo, era un sustituto del asistente virtual defectuoso y, por tanto, los puertos del icosaedro electrónico estaban conectados a Núcleo.

- No temas, papá -respondió su hijo con sosiego y sin tartamudear-. Y, consciente en todo momento de que los asistentes de sus progenitores estaban sin duda pinchados, escribió a continuación:

"El aparato incluye unas modificaciones caseras".

Frederick:

"¿Hechas por ti? ¿Sin incompatibilidades ni alertas por violación de protocolos?".

Marcus:

"SÍ, HECHAS POR MÍ. SIN PROBLEMAS. VÍA LIBRE. 100% SEGURO".

Frederick y Marfa comprendieron que ese "cien por cien" de seguridad que Marcus mencionaba se refería a la asistencia técnica que, desde algún punto espacio-temporal cercano o remoto, el Marcus adulto del futuro había prestado al Marcus niño del presente.

- Arcus. Mírame.

La voz de Marfa era serena. Habló con palabras vagas que no pudieran comprometerles ante escuchas potenciales:

- Siempre supe que, cuando me mirabas ausente, permanecía ante ti... A veces me parecías tan maduro...

Todo encajaba. Más que un niño retrasado, su hijo había sido en ocasiones un adulto. El mayor obstáculo para su tranquilidad, su mayor fracaso, el único ámbito de su existencia que había certificado su impotencia como individuo para autorrealizarse sin importar los obstáculos, caía con la contundencia de un ídolo desacreditado por la explicación razonada abriéndose paso en las sombras del desconocimiento donde, como Sócrates había recordado a sus alumnos, anidan la ignorancia y la superstición; el mal. Rompió a llorar, con cuidado de que los reflejos musculares producidos por sus sollozos no lastimaran el insecto. Frederick vació el contenido de una cajita de metacrilato que su hijo usaba a menudo como contenedor de los diversos tesoros de la jornada y apenas abrió su cajón deslizante lo suficiente como para introducir el dron mosca. Asistió a su mujer en la operación, que culminaron con éxito sin aparente daño en la motricidad del diminuto robot ante ellos. A diferencia de las moscas auténticas, incapaces de distinguir el cristal y proclives a intentar traspasar cualquier barrera transparente o iluminada en la penumbra hasta la extenuación, el dron analizó el nuevo contexto con sus sensores de movimiento y, una vez detectado el obstáculo, decidió permanecer quieto, aguardando quizá a su oportunidad. Frederick se incorporó y sacó del bolsillo lateral de su pantalón la gastada cajita nacarada donde albergaba el dron insecto que había cazado junto a la Casa Hanna. Situó cada una de las cajas en la palma de su mano, explicando a su mujer y su hijo con apenas una mirada que él mismo había logrado idéntico trofeo. En apenas unas horas de diferencia y sin habérselo propuesto, Frederick y Marfa habían cazado un dron insecto usando la misma técnica. De repente, les pareció que la realidad perdía coherencia, como si fuera el momento de que cayeran las máscaras y el público pudiera ver los trucos entre bastidores que posibilitaban la tragedia. Ni Frederick ni su mujer estaban dispuestos a dejarse engatusar con el juego de sombras de la caverna de Platón, alegoría a la que, según parecía, la sociedad del Valle se había propuesto encarnar.

Acto seguido, Frederick acudió a la cómoda de la entrada a buscar el tejido de camuflaje electrónico que conservaba del vestido antiespionaje que su padre le había confeccionado siendo apenas un niño; los tejidos que bloqueaban comunicaciones no estaban permitidos en el Valle, el microestado más libre e individualista que supuestamente había existido jamás. De vuelta en la habitación, envolvió la cajita de metacrilato y la vieja cajita nacarada en el pañuelo.

EL VALLE DE LAS ADELFAS FOSFORESCENTES por Nicolás Boullosa

Capítulo 9
Anatomía de un impacto fortuito

Un novato universitario se acercaba a Stanford a toda velocidad atajando por los condominios de Menlo Park, en las calles aledañas a El Camino Real. Desconocía que el nombre de la amplia y aséptica calle que transitaba, tan familiar para él, era tan antiguo como la propia colonización europea del norte de California. Los españoles habían asegurado su débil presencia en la zona con una red de misiones franciscanas conectada por una carretera a lo largo de los valles costeros de una región. La región bien valía una vía real: rica en mágicos paisajes arcadianos, quizá no albergara las Siete Ciudades de Cíbola -poblaciones de oro imaginadas por los conquistadores en el interior de la vasta región septentrional de Nueva España-, pero éstas se podrían construir. Las corrientes hacia el sur habían aislado la California Nueva costera de las zonas más prósperas de un Imperio en decadencia y retirada, incapaz de establecer una ruta naviera regular que trajera la prosperidad a sus valles de amapolas desde la California Vieja, al sur, bajo el último borbón absolutista capaz: Carlos III. En los límites septentrionales de la California Nueva allende la bahía de Monterey había osos, madera, prados florecidos y perennes bosques costeros alimentados por la copiosa niebla del Pacífico. Cipreses retorcidos, robles de belleza fractal y secuoyas con edad y dimensiones imposibles daban a la región un aspecto de Eldorado natural, convirtiéndola en un festín para guerreros de decenas de tribus seminómadas, osos grizzly, lobos, pumas y coyotes, los depredadores que habían convivido en aparente equilibrio hasta que las mulas de los franciscanos aseguraran, asistidos por la cruz y los presidios, sus senderos flanqueados por un reguero de plantas de mostaza entre las misiones de El Camino Real. En el Silicon Valley de 2071, sobrevivía un único depredador en la cúspide de la pirámide. Mejor dicho, sobrevivían los descendientes de quienes habían venido de otras tierras mucho después de que los europeos asimilaran y/o expulsaran a los primeros pobladores de la zona. Quizá futuras generaciones de androides hicieran con los humanos lo que los españoles, mexicanos y estadounidenses habían hecho -por este orden- con los nativos a lo largo de las distintas oleadas de conquista y asimilación de aquel paraíso salvaje de clima tan plácido como la tierra de los arcadianos.

El novato universitario tentaba su equilibrio apurando más allá de lo permitido la resistencia gravitacional del hoverboard, un monopatín que levitaba a un palmo del suelo. El chaval avanzaba manteniendo una precaria pero mañosa estabilidad, prácticamente de cuclillas y con su mano derecha asiendo la parte frontal de la tabla, cuya palma tocaba a su vez la punta de su adelantado pie derecho. La fresca brisa del amanecer, perfumada con los aceites de las coníferas y la tierra húmeda de los jardines de casas y condominios, mecía los largos y rebeldes mechones de cabello castaño que sobresalían de la gorra. En la mochila a su espalda apenas había aparatos electrónicos y herramientas para la clase de artesanía polinesia, a la que se había apuntado porque tenía el potencial de conjugar sus dos pasiones: artesanía tecnológica y... bueno, chicas. Pese a lo explícito de la ley del Valle, que prohibía terminantemente llevar auriculares durante desplazamientos en bicicleta, monopatín, hoverboard o cualquier vehículo personal de pequeño tamaño, el novato escuchaba música algorítmica a todo trapo en sus auriculares sin cable transparentes. Los había llevado durante años y, hasta el momento, ni un sólo androide le había llamado la atención. Tampoco había recibido una sola multa por correo electrónico, de esas que adjuntaban el enlace a un vídeo donde se observaba el delito o falta administrativa en un contexto en que la persona era perfectamente identificable. En esas situaciones, no había nada que alegar. A cualquier descendiente de estadounidense debía entristecer semejante violación flagrante de los valores individuales consagrados en la Constitución de los Padres Fundadores, como el derecho a la privacidad. No había privacidad en un microestado que te enviaba una multa a casa con una grabación sobre ti en cualquier momento y bajo cualquier situación. ¿Qué sería lo próximo? ¿Androides voladores parando un coito porque uno de los participantes en el acto se lo tomara demasiado o demasiado poco en serio?

Los ciudadanos del Valle de Silicio confiaban en que la desconexión del asistente virtual una vez pronunciaban "off" fuera absoluta. Los Terlingua tenían una opinión fundada distinta, seguramente compartida por otros ciudadanos con miedo a proclamar públicamente sus sospechas. También estaban las octavillas, siempre atentas a las preguntas no contestadas, los miedos no confesados, las respuestas equívocas, los dogmas enarbolados como libertades. Una sociedad que evitaba las ocurrencias políticamente incorrectas, o se obsesionaba por cumplir incluso la más mínima normativa hasta el punto de no cuestionar empleos, tareas o tecnologías, se encontraba en un punto de inflexión. Después, el declive. El pico de la civilización llegaría más tarde que el pico del petróleo, cuando el nivel de las reservas de gas de lutita marcara un descenso tan crítico como el padecido por el crudo décadas antes. Los hidrocarburos eran una fuente de energía tan conveniente, por su relación entre masa y concentración calórica, que había que proteger lo que quedaba para industrias específicas, tales como la de polímeros plásticos para producir de androides y prótesis ortopédicas, utensilios de precisión y electrónica. La civilización en la tierra debía volver a los principios del liberalismo clásico si quería salvaguardar el razonamiento que había acelerado el progreso tecnológico desde la Ilustración, aventuraban algunas octavillas. No había que reinventar la rueda: una República con individuos educados y autónomos sabría autogobernarse. La receta era similar a la de Montesquieu, Adam Smith, Edmund Burke, Thomas Paine: respeto de las libertades individuales; pocas leyes cumplidas con escrúpulo e interpretadas racionalmente cuando aparecieran conflictos de interés; autosuficiencia; fomento de la autorrealización a partir del esfuerzo racional. El racionalismo analítico había crecido en Frederick Terlingua a medida que se sumergía en las contradicciones de su trabajo. Al fin y al cabo, razonar para justificar era empezar la casa por el tejado. Una actitud paternalista y justificatoria suponía establecer una tesis por su final: Quiero llegar al resultado A con las herramientas B y C, de manera que debo ingeniármelas para lograrlo. Le interesaba más el método empírico que bebía directamente del socratismo y alcanzaba la madurez con la lógica aristotélica: tengo A, B, C, de manera que profundicemos en sus propiedades, combinaciones posibles, su posible origen, su posible destino, la trayectoria... Las conclusiones, siempre prestas a la refutación, llegarían en todo caso al final, como también lo harían el anhelo trascendental y las contradicciones del hombre, expuestas en Shakespeare, Goethe, Dostoyevski.

El joven dejó atrás las adelfas bioluminiscentes y giró hacia el oeste por el carril bici de Sand Hill Road. El asfalto fotovoltaico recién pulido del último tramo de esta vía le permitía probar alguna de las cabriolas para las que la normativa requería el uso de protección contra impactos para las articulaciones y casco con nivel 1 de seguridad, el mismo usado por pilotos de aviones supersónicos... los códigos habían ido demasiado lejos. Su temeridad diaria en Sand Hill Road era más una demostración de su estatus de libertad en el mundo y su individualismo que un mero afán de superación deportiva. La auténtica Frontera del Valle estaba en los pequeños detalles, o al menos así lo pensaba él. Se deslizó con gracia por la calle, flanqueada por sobrios edificios de oficinas de apenas tres plantas; condominios de estudiantes y profesores de Stanford; así como residencias para ancianos y hospitales universitarios. Sin reducir la velocidad, tomó impulso balanceándose como un muelle para situar con un ollie digno de vídeo viral de YouTube su monopatín levitador a un palmo por encima del raíl metálico lateral, usado por los vehículos que circulaban por la vía para recargar sus baterías sin necesidad de cables ni estacionamiento. A las seis y media, la calle estaba todavía desierta y los pocos vehículos que circulaban más allá del carril bici eran logísticos o transportaban a androides. Repitió el brinco en el siguiente claro amplio en la carretera, esta vez a la inversa, para descender tres pies hasta la altura del asfalto fotovoltaico, lo que le llevó a rozar su superficie con el reverso de la tabla: había llegado el momento para ponerse la capucha antiespionaje de la sudadera, como era habitual.

¡Ahora!, se animó a sí mismo. Su cambio de ritmo y dirección produjo una nueva fricción de la tabla con el suelo, lo que liberó una pequeña estela de chispas y un ruido que habría causado grima a cualquiera menos a un skater. El impulso le permitió escurrirse como una anguila voladora hacia la acera opuesta de Sand Hill, originando una respuesta en los sensores de distancia de los vehículos próximos circulando en ambos sentidos y la consiguiente reducción matemática de su velocidad; al tratarse de una infracción leve sin reconocimiento inequívoco del infractor, la travesura matutina caía en el bucle de lo que no era ni digno de persecución ni escrupulosamente legal; se divertía encontrando pequeños errores en el sistema que demostraban que el software de Núcleo era mejorable, actualizable, siempre y cuando uno estuviera de acuerdo con que debía existir un algoritmo primordial que se inmiscuyera en la existencia de todos y cada uno de los Ciudadanos Aumentados. Él había aprendido a nadar y guardar la ropa. Muchos otros no corrían la misma suerte o carecían de su habilidad para escabullirse incluso ante la presencia de drones voladores en la zona. Había comprobado que, al cometer una infracción leve, lo mejor que podía hacerse si saltaban las alarmas en drones de vigilancia próximos era mantener la tranquilidad, seguir caminando o haciendo lo que fuere con la máxima naturalidad. El software de los drones cotejaba los movimientos de cualquier individuo o animal con un algoritmo de patrones que esclarecía el nivel de ansiedad o nerviosismo de cualquier individuo de la zona.

Los tejidos que permitían cambiar de color y textura al instante hacían el resto.

En Quarry Road con Campus Drive, el raudo estudiante en patineta levitadora se despistó echando un vistazo a la torre Hoover, para él una versión neocolonial y en miniatura de la torre Chrysler de Manhattan, uno de sus edificios preferidos, una muestra de arquitectura reconocible, "a diferencia de los pastiches actuales". Cuando devolvió su atención a la carretera ante él, era demasiado tarde: ni siquiera una rápida frenada con la parte trasera de la tabla, que de nuevo levantó chispas al arrastrarse por el asfalto, impidió que atropellara a un corredor de mediana edad y aspecto saludable, al parecer aún más despistado que él.

Frederick Terlingua se incorporó, aturdido por el golpe. El impacto se había producido en el aire y, pese a su aparatosidad, su movimiento instintivo acompañando la inercia del joven en hoverboard había evitado males mayores. Antes siquiera de saber si sufría alguna lesión, se preocupó por el chaval que acababa de echarse encima de él.

- ¿Estás bien?

- ¿Que si estoy bien? ¿Está usted bien? Acabo de atropellarle y lo primero que hace es interesarse por mí... déjeme ver... aquí, ¿ve? Le di con el frontal de la tabla en la tibia. Tenemos suerte de que sea sólo un golpe superficial.

- Sí -Frederick sonrió, ocultando su repentino mal humor; menuda manera de despertarme, pensó mientras chascaba la lengua y negaba con la cabeza, mirando al suelo con los brazos en jarra-. Creo que estoy bien. Tú también pareces entero... Es extraño que los sensores de navegación de tu hoverboard hayan fallado de un modo tan flagrante... hacía años que no veía un fallo semejante en algoritmos de geolocalización... soy algo así como un antiguo experto en el tema.

- Oiga, ahora que lo dice... ¡es verdad! Si le soy sincero, siempre llevo la sensibilidad de la tabla al mínimo posible, como hago con todos mis cacharros. Ya sabe, si uno se conforma con la seguridad "re-co-men-da-ble", todo se convierte en un ballet de ancianos... creo que en el Valle nos ha dado últimamente por interpretar un ballet de ancianos...

Qué bien dicho. Por fin algo de lucidez, pensó Frederick. "No está todo perdido".

- ¿Sabes? Estoy de acuerdo contigo. Tengo un hijo algo más pequeño que tú y a veces medito sobre el mundo que le estamos legando -entrecerró los ojos, como si rememorar ideas y aventuras de la infancia requiriese una preparación física-. No hace tanto tiempo, cuando tenía tu edad, jugar era a veces... no sé, inseguro. Jugar cansaba, manchaba. A veces, incluso dolía. Uno se hacía magulladuras.

Quizá haciéndose el adulto, el joven era más escéptico a la hora de idealizar el pasado, si bien coincidía en el análisis del corredor atropellado.

- Leí una ocasión que cada generación de padres dice algo similar de la anterior. Es como una especie de ley del eterno retorno intergeneracional. Ya sabe, el discurso de que antes se leía más, se corría más, los conflictos se resolvían con mayor naturalidad...

Un escéptico, pensó Frederick, sorprendido. Todavía quedaban brasas de Michel de Montaigne en aquel rincón del mundo. Quizá algún día alguien, o algo, las reviviera. El mero hecho de que permanecieran era ya de por sí un signo esperanzador en un océano de vigilancia automatizada.

La luz dorada de la mañana dibujaba la silueta de los árboles y los edificios con esa textura que los pintores habían reclamado siempre para París.

- Volvamos por un instante a nuestro encontronazo: entiendo lo que explicas. Programar la sensibilidad de la tabla al mínimo no implica que los sensores sean matemáticamente falibles, sobre todo cuando hablamos de dos objetos cuyo movimiento confluye a una velocidad tan escasa... Yo, por ejemplo -su tono tenía un aire metálico, casi de reproche, aunque el foco de sus críticas no era el individuo ante él, sino el implante en su oído interno-, no he tocado las especificaciones de la navegación cuando salgo a correr cada mañana y nunca me había pasado algo así. Lo más cerca que he estado de meterme en problemas, ahora que estaba pensando, fue la vez en que un perro se abalanzó sobre mí... eso sí, después de que mi asistente me advirtiera y sonara, literalmente, la alarma de un paso de peatones cercano.

El comentario iba dirigido a quien escuchara "al otro lado del aparato". Ya no percibía al asistente como una prolongación de su ser confirmando su evolución nietzscheana a partir de un limitado individuo analógico, de un mero "orgánico", como esos salvajes ajenos al Valle. Ahora su estatus de Ciudadano Aumentado lo convertía en un mero terminal de una red de conciencias en malla; más que aumentar las posibilidades de la existencia, el implante interno vendía automatización impuesta como eficiencia necesaria, manipulación como "sistema de recomendación". Sí, el implante era algo que deseaba extirpar. Ni siquiera un neoludita lo habría percibido con tal claridad. Y el único lugar donde deshacerse del implante con garantías era CaliKowloon.

- En fin -sentenció Frederick, intuyendo que el inusual encontronazo estaba relacionado con la "guerra fría" desatada entre su conciencia y un ser extraño asido a los filamentos nerviosos de su oído interno que ya no era bienvenido, lo que lo convertía en parásito artificial-. Mejor será que lo olvidemos. ¿Te importa que intercambiemos información de contacto?

- Me encantaría coincidir con usted y su familia en otra ocasión. Será para mí un honor conocer a su hijo si se tercia la ocasión.

Y ambos se dieron la mano con el gesto motriz -un par de balanceos laterales de la mano chocada- que permitía el intercambio oficial de información de contacto entre dos individuos. El oficioso, usado por personas que quisieran flirtear o incluso ir más allá sin suscitar sospechas -sexo, drogas, negocios ilícitos con estatus de "inexistente" en el Valle, pese a que permanecían tan vivos como los clubs clandestinos para emborracharse durante la Ley Seca-, consistía en sostener la mano del interlocutor sin balancearla, lo que implicaba que uno se arriesgaba al contacto entre epidermis, rememorando el bárbaro ejercicio -en uso hasta la independencia de la República P2P- de sancionar el respeto, el interés o la afección por alguien con un apretón de manos, un abrazo o un beso...

- ¡Bien! ¡Sigamos en contacto, pues! Me llamo Thor Norretranders.

- Frederick Terlingua para servirte, Thor. Lo dicho...

- No tan rápido -soltó el joven, alertado de repente-. Tengo algo de experiencia en salir de pequeños percances donde yo solo me meto, así que de vez en cuando compruebo qué ocurre cuando se llevan las cosas al límite... Veo que algo va a pasar... Fíjese en el cambio súbito de todos los semáforos de la zona: aquél detrás de usted; fíjese ahora en el de Arboretum; y otro allí, junto al estadio de atletismo; mire ese otro. Esto huele a redada de drones y vehículos patrulla con androides y quizá algún humano.

Frederick se puso alerta. Su nivel de adrenalina subió al instante como hacía tiempo que no lo notaba... quizá desde los últimos palizones de fin de semana que se había permitido un par de años atrás, cuando bordeaba el valle desde East Palo Alto hasta las colinas que se asomaban al océano más allá de Woodside; o desde los apasionados encuentros sexuales compartidos con su mujer hacía ya demasiados años.

- Tienes razón -sentenció Frederick, con voz excitada-. A estas horas no hay nadie por aquí. Imposible que se produzca algún encontronazo inesperado entre personas o androides tan cerca de las aulas y del estadio. Estamos al lado del Parque Oval y esa misma calle, Palm, se convierte en University en Palo Alto justo allí adelante… Es la calle más concurrida de la zona.

- ¡Suba, rápido! -el joven hizo espacio tras él en la tabla; una vez subió el acompañante, le agarró los brazos y le hizo abrazarle-. Agárrese sin miramientos... ¡Vamos a ir rápido!

La aceleración del monopatín levitador estuvo a punto de provocar su caída, que evitó con ayuda de Thor. La redada de peinado de zona, identificación y sanción iba a por ellos. La inquietud de Frederick alcanzó nuevas cotas cuando, una vez más, comprobó que su asistente se activaba sin que él hubiera demandado su ayuda.

- Hola, Frederick. Este no es el trayecto usual alrededor de la zona. Se hace tarde y deberíamos estar cruzando el campus hacia Escondido y dar la vuelta a continuación. Me temo que corremos el riesgo de llegar tarde al trabajo.

- ¿Me temo? ¿Me temo? ¿Quién te ha solicitado, Sonotone del carajo?

Thor se aseguró de que no transportaba a un lunático:

- ¿Hablas con tu asistente?

- Sí. Últimamente me está dando problemas... Se activa solo...

- Activación autónoma del asistente, choques con otros Ciudadanos Aumentados... Le ocurren cosas inusuales, Frederick.

- Creo que ya puedes tutearme a estas alturas, ¿no te parece?

Thor rió y volvió a su estado de extrema concentración, avisando a Frederick cuando era necesario: contrapeso hacia la izquierda, contrapeso hacia la derecha, pequeño salto...

Se adentraron en los edificios neocoloniales estilo Mission Revival en el corazón de Stanford, entre caminos y jardines regados por microaspersores. Al llegar a la esquina de O'Connor, observaron una estela de luces que sólo podía corresponderse con drones patrulla y quizá algún automóvil de refuerzo. Les perseguían. Se cobijaron entre unos aromáticos arbustos recién regados. Ambos jadeaban de tensión. El joven se quitó la chaqueta e invitó a Frederick a ponérsela sin olvidar la capucha; a continuación sacó un pasamontañas de tejido inhibidor de señales electromagnéticas y se lo puso hasta el cuello para que sólo un círculo en torno a ojos, nariz y boca permaneciera a la intemperie.

- ¡Orejas tapadas! -gritó Thor, exultante-. Empieza la fiesta.

Se reincorporaron al camino y llegaron hasta Campus Drive:

- ¿Conoces la zona?

- Corro cada mañana por aquí y estudié en Stanford, pero siempre voy medio dormido aunque me haya pasado media vida merodeando por estas casas. O quizá vaya siempre medio dormido porque en realidad nunca he salido de aquí durante toda mi vida adulta.

- Yo conozco más los escondites alrededor de El Camino Real, pero no discutamos más -espetó el joven estudiante-. ¡Elige una dirección! Hay que alejarse de aquí cuanto antes.

- ¡Espera! -Frederick evocó la casa de los hexágonos, la casa "panal de abeja" de ladrillo rojo que había diseñado Frank Lloyd Wright para una familia... ¿cómo se llamaban?-. ¡Ya está! Hay un lugar próximo donde guarecernos un rato.

Condujo a Thor a través de la muy privada y residencial calle de Santa Ynez, que confluía con la calle Gerona.

- ¡Magnífico! -sentenció el joven estudiante al comprobar el entorno de edificios semienterrados que albergaban granjas de datos a un lado y otro de Gerona Street-. Salgamos de la vía y circulemos campo a través.

El patinete se acercó con cuidado al repecho de vegetación que se elevaba más allá de la cuneta. Saltó del monopatín y tentó la tierra entre los arbustos. A Frederick le vino a la excitada mente la imagen de un cerdo buscando trufas. Había visto un documental sobre trufas blancas hacía unos años y, al parecer, permanecía con él; quizá la contusión producida por el atropello, que en ningún caso había tocado su cabeza, había sacudido su hipocampo, la parte del cerebro relacionada con el aprendizaje que los expertos en computación cuántica como él ejercitaban, al parecer, más que la media.

- Ahí está -el joven señaló algo que permaneció oculto a Frederick.

- ¿El qué?

- Te lo muestro.

Agarró un palo y lo lanzó unos dos metros al frente. No ocurrió nada. Buscó una vara algo más alargada y, en esta ocasión, estiró el brazo y la movió hacia adelante y atrás. El movimiento del mismo objeto volviendo sobre su trayectoria activó unos sensores ocultos junto a la carretera que literalmente desintegraron la mitad inferior de la vara seca.

- ¿Nunca te habías preguntado por qué no hay ratas en el Valle, pese a estar rodeados por la Tierra de Nadie? ¿Ni tampoco por qué no hay vagabundos ni refugiados?

- ¿Estás...? -Frederick tragó saliva-. ¿Insinúas que el mecanismo que acabas de mostrar se usa en el perímetro del Valle? Aguarda un momento... ¡No tiene sentido! ¡No, no lo tiene!

Frederick estaba realmente ofendido. Una cosa era sospechar de las libertades individuales en un entorno que se vanagloriaba de ser la vanguardia del individualismo (con la presunta presencia de una o más puertas traseras en los algoritmos que adaptaban Núcleo a cada Ciudadano Aumentado), y otra muy distinta era acusar a la República P2P del Valle de Silicio de... ¡Asesinato sistemático y desintegración de inmigrantes ilegales!

Thor estaba incómodo y, a la vez, sabía que no era el momento de sostener una disquisición filosófica:

- Te prometo que explicaré lo que creo, después de dos años de observación y de recolectar... pruebas. Pero ahora no es el momento.

- ¿Pruebas? ¡No puede haberlas! ¿Eres consciente de lo que significa "P2P" en el nombre de nuestro Estado? Quiere decir que todos somos responsables de lo que ocurre en él, quizá más que los ciudadanos de cualquier otra democracia, porque el Gobierno está conformado literalmente por todos y cada uno de nosotros -Frederick se asustó de la repentina intransigencia de su voz; quizá sus palabras llevaban el mismo derrotero-. Además, recuerdo haber cruzado caminando la frontera inexistente con la Tierra de Nadie, y no me pasó nada. Ni vi ni sentí nada, y aquí me tienes.

- Los sensores sólo se activan con objetos móviles, vivos o inertes, que no tienen asistente o localizador homologados; sólo Ciudadanos Aumentados, sus mascotas, drones y androides registrados tienen este privilegio -explicó Thor, esforzándose por quitar hierro al asunto-. El resto de injerencias en espacios vedados acaban en el espectáculo al que has asistido... ¿Por qué nadie habla de ello? Bien, no hace ruido, prácticamente no deja restos visibles ni causa olores desagradables. Es el mismo sistema perfeccionado durante décadas por las incineradoras láser de los vertederos de Norteamérica.

- Todavía se me acumulan las dudas... No creería algo así salvo si tuviera pruebas inequívocas de que es posible que ocurra... Somos una sociedad libre. Tenemos prensa libre. ¿Y qué dices de los familiares, medios y hackers del exterior? ¿Crees que nadie hubiera hablado sobre ello? Pero tienes razón, no es el momento de discutir estas cuestiones.

Thor ya estaba subido al monopatín:

- ¿Qué, subes?

- ¿Podrías explicarme qué planeas? No pensarás saltar la línea de vigilancia láser que me acabas de mostrar, ¿verdad?

- Confía en mí.

Frederick subió de un pequeño brinco y abrazó al chico todo lo fuerte que pudo. El monopatín giró poco a poco hacia la carretera, lo que hizo respirar a Frederick, pero entendió al instante que Thor se alejaba para tomar impulso suficiente y...

- Ooooohh.

El monopatín se lanzó contra la cuneta y, de un impulso, se levantó cinco pies del nivel del suelo, para descender de manera endiablada. Thor y su acompañante lograron seguir adelante sin caerse.

- ¡Ahora estamos a salvo si lo hacemos bien! -vociferó el joven a su aturdido acompañante, que trataba de mantenerse sobre el pequeño vehículo levitador.

- ¿Por qué estás tan seguro de que estamos a salvo? ¿Cómo sabes que no lo estaríamos, de quedarnos en la carretera?

- He visto muchas redadas de drones como para no conocer la operativa. Primero, los colibríes peinan la zona de donde proceden las señales. Nosotros apenas nos hemos puesto la capucha para bloquear la comunicación entre el asistente y Núcleo, así que ya deben encontrarse cerca de aquí. Pero hemos hecho algo que les impedirá detectarnos visualmente con facilidad: hemos transgredido el procedimiento de los proscritos y delincuentes potenciales, así que el algoritmo tendrá que ingeniárselas para elaborar una estrategia alternativa. Por un lado, llevamos puestos inhibidores de señales electromagnéticas; y segundo, hemos entrado en el perímetro de seguridad de las granjas de datos donde se encuentra Núcleo, uno de los pocos sitios del Valle con el nivel máximo de seguridad y nadie que quisiera escapar de Núcleo intentaría esconderse... en el perímetro de Núcleo.

Thor explicó que tanto drones como androides patrulleros estaban programados para centrar su búsqueda, una vez perdido el rastro de las señales electromagnéticas, en patrones de movimiento y fenómenos que, cotejados con los datos de la zona, siguieran derroteros peculiares, ya fuera por exceso o defecto de aleatoriedad, pero estos patrones reducían su efectividad ante hackers que conocieran su operativa con meticulosidad.

- ¿Así que no nos van a buscar? De todos modos, son ya las siete y cuarto de la mañana y tengo que volver a casa para ducharme e ir al trabajo.

Thor frenó el monopatín e invitó a Frederick a sentarse en uno de los extremos de la tabla, recomendándole que no pisara demasiado por la zona, ya que podían alertar algún sensor biológico conectado a cualquier hoja o brizna de hierba que tocara, por ejemplo, la microscópica y subterránea hifa o extremidad filamentosa de un micelio, o cuerpo vegetativo de un hongo; los micelios se habían convertido en el sistema nervioso subterráneo del Valle, conectado a sensores que procesaban los billones de interacciones a escala infinitesimal que se producían a cada instante en el subsuelo del microestado. Una redada de drones tenía potestad para aislar la actividad detectada en el humus de la superficie de cualquier zona del Valle donde se persiguiera alguna irregularidad o fechoría. Parecía el caso.

- La mejor manera de salir de esta encrucijada es buscarse una coartada irresistible, que no despierte ningún tipo de recelo.

- Bueno, aquí cerca hay una casa de planta hexagonal que diseñó Frank Lloyd Wright en la primera mitad del siglo XX. Un punto de interés arquitectónico. El otro día me quedé embelesado escuchando lo que de ella dice Wikipedia.

- Podría servirnos -reflexionó Thor; se mordió la uña del pulgar mientras estudiaba el lugar, su acompañante, la situación-. Veamos... ¿cómo es la localización?

- Una pequeña colina con una carretera privada que asciende a través de una curva, entre bancales de ladrillo ajardinados. Los diferentes planos hexagonales de la planta de la casa se asientan sobre los repechos que van apareciendo en función de la elevación del entorno. Es como si la casa hubiera sido diseñada por Howard Roark. Ya sabes, el arquitecto de *El manantial*.

- Ya estáis los de vuestra generación citando a Ayn Rand -Thor chascó la lengua-. Vuestro individualismo liberal clásico al estilo Montesquieu nos llevó a esparcir sensores diseñados para pulverizar ratas abrasándolas y el invento acaba con todo lo que se mueva y no tenga implante, incluyendo personas. No me parece el mejor ejemplo de libertad.

- Cierto. Pero habíamos postergado nuestra discusión para cuando saliéramos de esta. ¿Estamos?

Abstraído, Thor no contestó. Seguía mordiéndose el pulgar. Frederick estaba casi seguro de que el muchacho se informaba de la Casa Panal de Abeja a través de su asistente: su ausencia de ángulos rectos, sus distintas estancias y niveles, la vegetación del entorno, el nivel de tráfico rodado en sus alrededores... Apenas pasó un instante cuando Thor se volvió a incorporar sobre el monopatín levitador, agarrando a su acompañante por la solapa:

- ¡Ya lo tengo! En la mochila llevo herramientas para elaborar y restaurar piezas de artesanía polinesia y utensilios para testear, escanear y reproducir materiales como cristal, madera, terracota, etcétera. Son los utensilios ideales para realizar un trabajo de campo sobre un arquitecto renombrado que los usó con coherencia -miró a Frederick con pícara determinación-. Tú serás mi mentor, aunque para ello deberás cambiarte la ropa un instante.

Thor se interesó sobre la naturaleza de la ropa del corredor de fondo. ¿Eran tejidos retráctiles y adaptativos? Afortunadamente, la camiseta disipaba el sudor y los pantalones cortos se convertían en largos, mientras la epidermis minimalista para correr adoptaba el color y aspecto deseados. Cambiaron a marrón. Frederick preguntó que cuál era el plan para neutralizar la función geolocalizadora de los asistentes una vez se descubrieran la cabeza, protegida por el tejido antiespionaje. Cualquiera oculto bajo una capucha se convertiría en sospechoso instantáneo.

- Habrá que evitar la llovizna, ¿no?

- ¿Qué lluvia?

Thor sonrió mientras rebuscaba con ambas manos en su mochila, que acrecentaba sus similitudes con la caja de Pandora. Demostró sus credenciales de guerrillero urbanístico al estilo de los hackers anarquistas de la Tierra de Nadie, arquetipo de la militancia libertaria después de que el microestado que se autoproclamaba individualista "tutelara" a los adolescentes "inadaptados" para evitar que proliferaran lo que los comunicados de Sentido Común P2P denominaban "comportamientos radicales". Muchos anarquistas de la Tierra de Nadie aseguraban que MrHackescent y otros personajes influyentes de la Tierra de Nadie daban cobijo a uno de los fugitivos más buscados, el anciano Ted Kaczynski.

- Aquí está -Thor mostró a su acompañante un pequeño sobre plateado que incluía un icono como único distintivo, tan primitivo y a la vez contemporáneo como la nota grave sostenida de un instrumento de viento.

- ¿Qué es ese signo?

- ¿Esto? Nada... ¿No te interesa su contenido?

- También.

- Empiezo por el contenido: moléculas de multiplicación de yoduro de plata.

- Yoduro de plata... yoduro de plata...

Frederick refrescó sus extensos conocimientos químicos, rememorando por un instante las tardes en que, con ayuda de su padre, experimentaba con fórmulas químicas, productos domésticos y un set de iniciación que incluía crisol, probetas y varias sustancias inocuas. En una ocasión, había convencido a su padre para acudir a la laguna de Bolinas y recolectar allí suficientes algas como para extraer una cantidad significativa de yodo, que luego usaban para curar sus frecuentes caídas en bici y como colorante biodegradable para tejidos. En otra ocasión, profundizando en la extracción de colorantes naturales, acudieron a una granja de San Gerónimo donde una apasionada de las fibras y tintes orgánicos les proporcionó indigofera, la planta que los países europeos habían cultivado en el Caribe y Norteamérica para extraer azul índigo antes de la era de los tintes químicos. Le interesó tanto la alquimia durante la adolescencia que su padre le había regalado una biografía de Isaac Newton, entusiasta de la quimérica disciplina. El adolescente Frederick, entusiasta del hermetismo, no había logrado transformar plomo en oro, entre otras razones -pensó él hasta bien entrada la juventud- ante la imposibilidad de conseguir plomo por su prohibida comercialización debido a su toxicidad, y no por la falta de coherencia de la disciplina pseudocientífica. Eso sí, aumentó hasta los quince años la botica de casa produciendo yodo, azul índigo, alcohol etílico y éter metílico (alcohol primario, que su padre usaba para propulsar el cortacésped).

Frederick dio al final con la referencia de yoduro de plata sin recurrir a su asistente, que repetía en intervalos de un minuto el mensaje "señal satelital demasiado débil; localizando satélites", interpretando quizá que Frederick continuaba aturdido en algún lugar, mientras era asistido por quien le había atropellado:

- Claro, es un compuesto no soluble con una estructura cristalina parecida al hielo, por eso sirve como antiséptico... En una ocasión intenté producir una pequeña cantidad para el botiquín de casa, pero mi padre insistió en que el yodo nos iría mejor, ya que podíamos usarlo para teñir la ropa. En mi infancia sólo llevé ropa marrón y azul índigo que teñíamos de manera casera. Era la época del "háztelo tu mismo"... DIY por aquí, DIY por allá... Pero creo que tú no lo quieres usar ahora como antiséptico... sino a la manera en que lo emplea el Gobierno chino: para sembrar de hielo la humedad atmosférica de la zona y desencadenar una llovizna. Quieres hacer que llueva sobre nosotros...

- Ajá -Thor sonrió-. Difícil engañar a un corredor con semejantes conocimientos de intelectual orgánico. Parece usted uno de esos hippies sabelotodo que salen en las novelas de principios de siglo.

- Lo tomaré como un cumplido.

Thor extrajo de la mochila un pequeño cilindro negro que extendió como un catalejo hasta conformar un tubo rígido de unos seis pies de longitud. A continuación ajustó al extremo de menor diámetro lo que parecía una palanca para lanzar coches de juguete Hot Wheels. Tras introducir el contenido en polvo del sobre por el otro extremo, añadió lo que parecía una bola de algodón que había extraído de un estuche rígido, probablemente la funda de unas gafas de soldadura.

- ¿Qué es lo último que introdujiste? Desde aquí huelo el ácido, pero desconozco...

- Como veo que te interesa el tema -respondió Thor, divertido-, compartiré contigo lo que se aprende en las oscuras bitácoras mantenidas por hackers de la Tierra de Nadie: acabo de añadir nitrato de celulosa al yoduro de plata. Lo único que necesitamos ahora es cualquier líquido con agua oxigenada o acetona... Claro, también traigo acetona. No hay nada como una clase tan inocua, oscura e inservible para el futuro como Artesanía Polinesia para combinar el interesante arte del Pacífico con la fabricación de sustancias para "preppers" survivalistas -miró fijamente a Frederick-. Y ahora, apártate un poco.

Apuntando hacia el cielo sobre la colina donde se asentaba la Casa Hanna de Frank Lloyd Wright, Thor añadió por la boca superior del tubo inclinado un chorro de acetona que resbaló hasta entrar en contacto al otro extremo con el algodonoso nitrato de celulosa y la primera sustancia que debía, literalmente, hacer que lloviera. La reacción explosiva salió impelida como un proyectil, ayudada por el disparador Hot Wheels, y se acabó de detonar a unos trescientos pies de altura. El lugar se impregnó de olor a éter, mientras Thor plegaba de nuevo su extraño catalejo, desencajándolo del disparador de coches de juguete. Introdujo el sobre vacío de yoduro de plata en la funda de las gafas de soldar y, de un brinco, se dispuso a soltar amarras con su patineta levitadora.

- ¿Subes o no, carroza?

- ¡Claro! ¡Esto no me lo pierdo!

- ¡A repetir el brinco anterior!

- ¡Ooooohh!

El viento en contra meció los cabellos y activó el lagrimal de ambos. Un salto les llevó más allá del perímetro que protegía las granjas de datos concentradas en los modernos edificios semienterrados a lo largo de la calle Gerona. Ya lloviznaba cuando llegaron al cruce con Frenchmans. Bajaron tranquilamente del hoverboard y caminaron hacia la Casa Hanna sin necesidad de quitarse la capucha y el pasamontañas, respectivamente: el tiempo había empeorado inesperadamente.

- Recuerde: somos alumno y maestro. No se saque la capucha bajo ningún concepto. Cuando haya pasado media hora, transforme su ropa en atuendo de corredor y vuelva a su casa por donde vino. Yo me saltaré la primera clase. Al fin y al cabo, ya estoy aprendiendo sobre artesanía polinesia y las... mm... propiedades químicas de sus materiales; con usted, profesor -rió.

- Thor...

- ¿Sí?

- Todavía no me has explicado a qué se refiere el símbolo del sobre.

- Ah, nada importante. A menos que decidiera ir a la Tierra de Nadie.

- A lo mejor tengo que ir pronto...

- Entonces, le aconsejo algo, digo... te aconsejo algo: si pasas por CaliKowloon, la ciudad más caótica y densa del mundo, busca ese signo. Te ayudará.

- ¿Cómo me puede ayudar?

- Es una vieja historia que usan los hackers anarquistas de la Tierra de Nadie. Una referencia a los orgánicos que fundaron CaliKowloon. Algo así como un santo y seña.

- Entiendo.

- Si salimos de esta, prométeme que nos volveremos a ver. Me gustaría presentarte a mi hijo.

- Será un placer, Frederick.

- También lo será para mi pequeño. Oye, quizá no sea importante... -Frederick dudó-. Qué diablos, supongo que a él no le importará que lo mencione. Mi hijo es algo... precoz. Me refiero a que tiene cierta pericia programando y jugando, tanto en videojuegos clásicos como inmersivos. Supongo que la palabra correcta sería "hacker". Se podría decir que mi hijo es un… hacker.

- Entiendo... -Thor dejó que Frederick prosiguiera; sabía que el corredor con aspecto saludable y deje científico confiaba en él.

- Se escribe con uno de esos hackers anarquistas de la Tierra de Nadie que comentas.

- Interesante... ¿Conoces el nombre? -Thor se introdujo un caramelo de hinojo en la boca.

- ¿Te dice algo MrHackescent?

Thor estuvo a punto de atragantarse con el caramelo y acabó escupiéndolo. Varias palmadas en la espalda de Frederick evitaron que la tos nerviosa fuera a peor.

- ¿Que si conozco a MrHackescent? Es quizá el hacker más renombrado de la Tierra de Nadie y uno de los más veteranos. Políglota con la programación orientada a objetos, humanista, experto en computación cuántica y de otras tantas cosas. Se le atribuye también la organización de viajes clandestinos a la luna y a Marte y sus dos lunas para hacer contrabando de androides y drones a cambio de minerales. Con ese dinero financia microestados libertarios (no como éste, ya me entiende, sino en serio) y ofrece apoyo a la Colonia Alternativa en Marte. ¿Cuántos años decía que tiene su hijo?

- Diez.

- No me lo puedo creer. ¿Conoce el alias de su hijo?

Frederick pensó durante un instante.

- Se llama Marcus. Nosotros le llamamos cariñosamente Arcus -cayó en algo que quiso compartir con un muchacho en quien confiaba plenamente y a quien podría necesitar, si abandonaba finalmente el Valle-: mi hijo es un SA.

- ¿Un SA?

- Un superapto, un Ciudadano Aumentado demasiado sensible para tolerar un implante neural interno, por lo que usa lo que él llama su "amuleto". Es una pequeña interfaz cerebro máquina con todo tipo de funciones. Ayer la usamos para mirar con todo detalle un insecto que mi mujer cazó en casa y resultó ser un dron que seguramente nos vigilaba. Cuando miré a través de la interfaz observé una pequeña anotación contextual en la parte inferior de la imagen: "Usuario Sleepingbot" y "Usuario Enmascarado Soplaris". Pensé que era una de sus fantasías o la referencia a algún juego popular.

- No conozco a Sleepingbot, pero sin duda conozco a Soplaris -Thor rió-. Pero dudo que su hijo, teniendo diez años, pueda ser Soplaris.

- No le subestime. Yo lo hice hasta ayer.

- Soplaris es... algo así como el equivalente de MrHackescent dentro del Valle. Su leyenda se ha forjado en torno a la imposibilidad de los drones y androides vigilantes para neutralizarlo. No saben quién es ni dónde reside. Sólo saben a ciencia cierta que es un habitante de la República.

- Interesante...

Se acercaron hacia la carretera privada que caracoleaba hacia la Casa Hanna, también conocida como Casa Panal de Abeja por su interpretación de una silueta tan eficiente con el espacio como un hexágono, la figura geométrica obtenida al apretar elementos circulares entre sí, como demostraba la estructura celular de las plantas o las celdas de los panales de abejas melíferas. Alumno y profesor permanecieron durante media hora en torno a la casa, guarecidos de la llovizna local matutina que caía en la zona sin suscitar interés ni sospechas entre los drones voladores que peinaban la zona.

El día clareaba más allá de las ventanas y paredes diáfanas de la vivienda. Se multiplicaban los detalles y texturas sobre la gruesa rama de roble americano que les cobijaba más allá del tejado translúcido. El viento meció la enramada, que acarició con una ligera fricción el extremo más elevado de la cubierta y una bellota rodó como un murmullo hasta que un sonido metálico la situó en el canalón. A sesenta pies, en el otro extremo de la protectora copa del roble americano que cobijaba la vivienda impresa a imagen y semejanza del diseño de Sou Fujimoto, dos ardillas recibían el nuevo día con un nervioso cortejo, preparándose para no dejar escapar una sola bellota más en el resto de la jornada.

Marfa añadió semillas de sésamo, linaza y amaranto a los pequeños lingotes de avena con antioxidantes esenciales. Un generoso chorro de miel producida en casa y un batido de quínoa y chufa completaban el desayuno.

Su corazón se salía de la caja torácica y sentía una tensión más propia del día de su boda que de una anodina jornada más. "Pero es que no es una jornada más", meditó. ¿Cómo saldría su hijo de la habitación? ¿Qué quedaría de la conversación de la noche anterior? ¿Era todo un espejismo? ¿Por qué se sentía tan abrumada, si acababa de levantarse? ¿De dónde salía la emoción que alimentaba el puño en su estómago? Un repentino sofoco la hizo apoyarse contra el mostrador de grafito de la espaciosa cocina. Sintió una náusea más propia del embarazo. Algo más de diez años antes, un otoño a inicios de la década anterior, se había apoyado sobre el mostrador de la misma manera, confirmando el mismo día que estaba embarazada. ¿Era posible sentir nostalgia de la angustia vivida durante casi una década, desde el día en que su hijo había rechazado el implante? La noche anterior se habían disipado fantasmas que la habían acompañado hasta fundirse con su existencia y ahora se sentía tan ligera que debía aprender a existir sin el peso añadido de Prometeo Encadenado. Ahora entendía por qué las personas secuestradas añoraban en ocasiones a sus captores en lo más hondo de su ser, o por qué el cuerpo humano era capaz de sentir la presencia de un miembro amputado, como si permaneciera conectado para la conciencia. Sentía como un miembro fantasma la ausencia del poso oscuro alimentado por pequeñas dosis diarias de tristeza, impotencia y remordimientos, al comprobar en cada gesto, palabra y acción la anormalidad de su pequeño normosómico. Desde la noche anterior, Marcus había vuelto, o se había manifestado por primera vez tal y como era en realidad. Mejor aún: Marcus había refutado él sólo y sin ayuda la hipótesis de su anormalidad, formulada sin reconocerlo por sus padres y la sociedad del Valle. Sus padres, por miedo a certificar su irreversibilidad. El Valle... debían averiguar el porqué de la insistencia de las autoridades médicas y escolares del Valle para ratificar la normalidad en el desarrollo de un débil muchacho incapaz de hablar y seguir las clases con normalidad. Su pequeño Arcus había convivido con una versión adulta de sí mismo desde antes incluso de desarrollar el habla. Dadas las circunstancias, el pequeño era, en efecto, un SA: un superapto real sin el significado eufemístico del término: alguien más apto y capaz que el resto. Un individuo realmente aumentado (a diferencia de los ciudadanos del Valle con asistente virtual en funcionamiento), un superhombre nietzscheano. O un superniño camino de convertirse en superhombre.

Oyó cómo su hijo activaba el campo de gravedad junto a la mesa, apareciendo de la nada una cómoda y mullida silla; a diferencia de la mayoría de mañanas, cuando se conformaba con el color aleatorio por defecto del campo de gravedad para sentarse, en esta ocasión optó por distinguirlo del entorno con un ilusionador naranja que recordaba el de los tulipanes. Marfa se giró para ocultar a su hijo su sonrisa de emoción. El naranja era candor y felicidad, al combinar la potencia exultante del rojo con la jovialidad pura e inocente del amarillo.

La náusea había desaparecido; Marfa cogió dos de los tres platos de desayuno que había preparado y se acercó a la mesa, depositando uno de ellos ante su hijo.

- Buenos días, mamá.

Marcus se había vestido, lavado la cara y peinado. Su nariz respingona brillaba en un rostro infantil que ya tenía la palidez que no abandonaría hasta las últimas semanas de la primavera. Su madre no respondió, pero sonreía. Marcus intuyó que aguardaba para comprobar si su hijo tartamudeaba o si, en cambio, el trastorno comunicativo había desaparecido. ¿Quizá para siempre?

- Ayer hablamos de muchas cosas, ¿verdad, mamá? Quería deciros a ti y a papá que me gustaría que a partir de ahora los tres habláramos más y estuviéramos más contentos.

Marfa trataba de guardar la compostura, pero los temblorosos labios tensos y las lágrimas de emoción eran imposibles de disimular, sobre todo cuando las copiosas lágrimas y una mucosidad líquida le obligaron a producir una servilleta biodegradable en el dispensador de la cocina.

Desayunaron en silencio hasta que Marfa fue en busca de tinta y papel comestibles. Necesitaba solventar lo que consideraba una incongruencia:

"Ayer no entendí algo del todo, Arcus. ¿Me lo podrías aclarar? ¿Por qué tu Yo del futuro viene al presente que vivimos? ¿Hay algo que necesita resolver? ¿Quizá algo que no salió 'bien' y quiera repetir? ¿Se puede cambiar el pasado sin que la modificación incida negativamente sobre el futuro?"

Su hijo respondió tranquilo y taxativo escribiendo en mayúscula, con su redondeada e irregular caligrafía infantil:

"LE PREGUNTÉ ALGO PARECIDO. QUERÍA DECIROS CÓMO SERÍAMOS Y QUÉ HARÍAMOS EN EL FUTURO. QUERÍA SABER QUÉ COCHE CONDUCIRÍA. CON QUIÉN

ME CASARÍA. QUÉ OCURRIRÍA A LOS NIÑOS QUE NO ME GUSTAN EN LA ESCUELA".

Marfa preguntó con una expresión de impaciencia. ¿Y...?

"MARCUS DEL FUTURO NO PUEDE CAMBIAR LA MANERA DE PENSAR DE MARCUS DEL PRESENTE. MARCUS DEL FUTURO CREE QUE NO EXPLICAR ES PROTEGER EL LIBRE ALBEDRÍO DE MARCUS DEL PRESENTE".

Marcus añadió que su Yo futuro apenas había revelado dos cuestiones en apariencia insustanciales: él y su padre habían acabado la lectura de *El conde de Montecristo*; y un enigmático "pase lo que pase, será solventable con una muestra de ADN". Este último consejo añadía incertidumbre a una realidad que había empezado a despejarse para Marfa.

Frederick apareció por la puerta sudoroso y esforzado, como de costumbre. Caminó hacia el tendedero del patio trasero para colgar la ropa de correr, también como de costumbre: el sol continuaba siendo el mejor desinfectante, sobre todo si uno se ejercitaba a diario con la misma ropa. Era el caso.

- Buenos días, chicos. Voy directo a la ducha y estoy con vosotros en dos minutos -les guiñó el ojo.

Ya llegaría el momento, pensó, de explicarles lo que le había pasado hacía apenas un rato. Corrían peligro y debían abandonar el Valle cuanto antes. Tenía claro el quiénes: ellos tres, quizá con la ayuda de Renzo Iseman, a quien se ocuparía de localizar con ayuda de su hijo. Estaba decidido a llevarse una copia local del repositorio Humanure, sirviéndose del acceso de administrador a GregorMendelLAB, el usuario del Laboratorio Gregor Mendel en GitHub, el servicio electrónico de control de versiones de software que permanecía como el cajón de sastre del mundo virtual más importante del mundo 66 años después de su creación. Si no lograba una versión estable del proceso que permitiera reproducir el cuerpo y conciencia de un ser humano después de su muerte -natural o provocada- a partir de una mera muestra en buen estado de su ADN, cualquier catástrofe a escala planetaria podía poner en peligro a la humanidad tal y como la conocían. El siguiente destino sería CaliKowloon, la caótica ciudad libertaria en la Tierra de Nadie, donde buscaría a MrHackescent con ayuda de su hijo y del símbolo que ofrecería pistas sobre su presencia, como si de un cuento de los hermanos Grimm se tratara: el icono de tres aspas en espiral que confluían en un punto central. El tríscele que había observado en el sobre de polvos de yoduro de plata para provocar lluvia usado por Thor apenas hacía un rato, aunque la escena le pareciera ahora tan lejana y ajena a su existencia como la protagonizada por algún amigo o familiar que le hubiera explicado la escena.

En lo más fondo de su ser no quería reconocer una obviedad que le avergonzaba. El plan trazado tenía todo el sentido del mundo porque ofrecía a él y a su familia la coartada para acabar con una existencia distópica, el desencadenante para escapar sin dilación. Lo de "salvar a la humanidad" era un concepto tan inmaterial como "poner puertas al campo" o "averiguar el sentido de la existencia". Aspiraciones no acotadas. Temáticas inalcanzables. Axiomas platónicos, done A no es A, sino vaya-usted-a-saber-qué.

Capítulo 10
Madurez en estado embrionario

Viajando al pasado como un joven a punto de engrosar la dúctil y cada vez más obsoleta mediana edad, o quizá como un adulto joven y a la vez maduro, Renzo Iseman había logrado al fin conocer y charlar con su padre. Ah, qué sensación. Su estoicismo le había ayudado a mantener la compostura, pese a que desde el primer momento le había invadido una emoción que había sacudido hasta la última célula de su organismo. Llorar ante él y abrazarle... Habría dado un brazo por permitirse la licencia de romper el protocolo de Viajes al Pasado, así como la promesa a su hermano mayor, y abrazar a su padre. Besarlo, decirle que cuánto lo había imaginado, sentido, querido, echado de menos. Maldecido por no haber estado en los momentos vacíos y en los que tenían todo el sentido que puede caber en una existencia. Los ratos de hastío, los momentos de sórdida infelicidad... y los de victoria, cuando la planificación y el compromiso le habían conducido a las pequeñas victorias cotidianas. Su hermano mayor y sus padrastros, los Iseman, habían hecho un trabajo excelente. Pero es difícil sustituir el vacío que dejado por unos padres que sólo han concebido un embrión y, poco después, han dejado de existir.

Ahora, en el presente ante él, Renzo Iseman vivía una existencia monástica. En los términos lineales de su existencia, no obstante, el presente ante él equivalía a un pasado pretérito en el que él era un embrión unas semanas después de ser concebido, así que asistía como adulto a su propia gestación. Su Yo adulto ocupaba, sin que lo supieran las autoridades del Valle, las generosas estancias hexagonales que los maestros de escuela Paul R. Hanna y su mujer Jane habían diseñado en Stanford con ayuda del mismísimo Frank Lloyd Wright. Sus días durante los dos últimos meses habían transcurrido apacibles en un entorno debidamente conservado y mantenido por un escuadrón de solícitos androides que le habían dado la bienvenida como a uno más. Era una de las ventajas de las tecnologías del futuro (o las tecnologías del lugar en el espacio-tiempo del que procedía): su emulador cuántico le permitía mostrar una coraza con la inequívoca y consistente señal electromagnética que distinguía a los androides de los humanos, más allá de las obvias diferencias físicas discernibles por cualquier humano, pero no así por cualquier androide. Así que sus compañeros de morada no le habían pedido explicaciones cuando se había presentado ante ellos como el espécimen electrónico de un experimento consistente en simular al propio Frank Lloyd Wright al inicio de su edad madura. La investigación de campo había requerido el uso de alimentos reales y la impostura de todos los gestos que -se suponía- habían conformado la personalidad del arquitecto; así que se dispuso a imitar a un Frank Lloyd Wright rejuvenecido y trasplantado en el tiempo, lo que requería largas horas de sueño -como un humano-, lecturas junto a los amplios ventanales de la hexagonal sala de estar -como habría hecho un humano-, y horas de trabajo en el despacho sin permitir la interrupción de otros moradores electrónicos; en definitiva, residía a sus anchas como un androide sujeto a un estricto estudio de mimetización de un arquitecto muerto a mediados del siglo XX, lo que le permitió, en efecto, vivir en el Valle de 2071 combinando las ventajas humanas con el anonimato de la subclase electrónica. La suplantación electromagnética de los androides de la época en que se encontraba tenía un inconveniente que había previsto con su hermano mientras planeaban la misión "innombrable". Una misión cuyos objetivos se cumplirían si progresaban en secreto, como cuando su hermano le leía con trece años *El conde de Montecristo* mientras ambos se guarecían en el camastro inferior de su litera en casa de sus padres adoptivos, los Iseman, cuyo frontal tapaban con una funda nórdica para crear una cabaña solitaria en un mundo imaginario al que se accedía a través de los peldaños volados del extremo de la cama. Allí, en la litera transmutada en su imaginación en cabaña solitaria, viajaron durante interminables noches invernales de fin de semana a la isla de Montecristo; allí también convivían con sus padres biológicos, encarnados en una combinación de personajes de novela y recuerdos transmitidos por el hermano mayor a la luz de la linterna en que convertía su pequeño amuleto. Allí, guarecido en la cabaña que volvía a convertirse en su cama una vez roto el hechizo, un Renzo de apenas tres o cuatro años había gemido por los incontables infortunios que llevaban al apuesto, bueno e inocentón Edmundo Dantés a la oscura y húmeda mazmorra del castillo de If. Pero allí también nacía la esperanza, como la rosa brotando de una piedra, cuando el compañero de celda de Dantés, el viejo loco más cuerdo del mundo, el abate Faria, rescataba al joven de la inapetencia vital en el pozo de la desesperanza, lo convertía en un polímata ilustrado y le indicaba el paradero de un viejo tesoro escondido por la aciaga dinastía Borgia. Y, cuando parecía que la vida había condenado a Edmundo para siempre, la determinación de escapar del cautiverio y vengarse de quienes habían planeado su destino habían convertido a Dantés en un sabio y misterioso personaje a vueltas con la vida y capaz de reescribir no sólo su futuro, sino de hacer lo propio con el de otros en la venganza mejor contada. Pero ni siquiera el nuevo Edmundo Dantés, ese misterioso conde de Montecristo respetado tanto por los bandidos que dormían en las antiguas ruinas italianas como por los más poderosos políticos y banqueros europeos, había sido capaz de reescribir su pasado. No había vuelta a la inocencia, ni oportunidad para un casamiento feliz, ni una vida apacible dedicada a degustar las viandas de Epicuro. Había tragedia y redención al salir victorioso de la tormenta. El bueno e ingenuo Edmundo Dantés habría sido un buen capitán de navío comercial a las órdenes de su noble patrón marsellés, pero las fuerzas desatadas en forma de tormenta vital permitían descubrir a los lectores de distintas edades y generaciones la auténtica talla del personaje, que se hubiera perdido para siempre en la mediocridad si el porvenir no le hubiera puesto contra las cuerdas para hacer brotar su potencial de la desesperanza. Los vinos inolvidables partían de una uva que hubiera salido airosa de la lucha por la supervivencia librada en una cepa sedienta enraizada en un terruño pizarroso. Ya lo había escrito el estoico Séneca: "Conocemos al auténtico piloto durante una tormenta", del mismo modo que el capitán Ahab puede medir su existencia sólo en contraposición a su destreza guiando al Pequod allí donde salga a respirar la gran ballena blanca con la que debe saldar cuentas.

Dantés, convertido en Montecristo, había preparado las dosis exactas de venganza y clemencia a quienes habían cambiado su destino encarcelándolo en una roca solitaria en medio del mar frente a Marsella y asegurándose de borrar su cordón umbilical con el mundo de los vivos. Sobrevivir y convertirse en el vengador ilustrado por antonomasia había requerido esfuerzo, dedicación, perseverancia, el *savoir faire* de los inocentes competentes y con buen fondo transformados por la vida en *connoisseurs*.

Su hermano y él se habían preparado durante cuatro décadas para volver al pasado y tratar de salvar a sus progenitores para, de paso, salvar a buena parte de la humanidad, que resultaría aniquilada por acontecimientos climáticos catastróficos en apenas unos meses después de que los Terlingua trataran de huir hacia CaliKowloon. Décadas después de aquel fracaso que marcaría su existencia, la de su hermano y la de tantas otras personas, volvía para comprobar si existían las segundas oportunidades. Su disfraz en el Valle, que habría sido tan del gusto de Alejandro Dumas y su colaborador Auguste Maquet, consistía en una coraza electromagnética que lo identificaba como un androide más, pero complicaba su papel en la misión: las normativas contra androides impedían que un individuo no humano supliera a uno humano sin el consentimiento explícito de éste; los androides tampoco podían atacar a humanos, ni constituir relaciones estables con humanos más allá de las puramente laborales, ni solicitar relaciones sexuales con éstos. A diferencia de los códigos que afectaban a los humanos, que cualquier Ciudadano Aumentado debía cumplir pero podía saltarse sin que un dron o un androide de patrulla le apuntara a la cabeza justo después de saltarse una norma, la normativa para androides y drones era preventiva, eufemismo que se refería a la doctrina del Precrimen, el término con que el autor de ciencia ficción Philip K. Dick se había avanzado a la realidad -o quizá la hubiera establecido, según la hipótesis de las profecías autocumplidas-, que describía la actuación preventiva de las fuerzas del orden para evitar faltas aún no cometidas. En los supuestos de faltas recién cometidas, androides y drones carecían de la protección del hábeas corpus, que sólo garantizaba los derechos de Ciudadanos Aumentados para evitar arrestos arbitrarios. Si un androide faltaba al respeto a un humano displicente, se colaba en un supermercado con humanos esperando tras él, o agredía física o verbalmente a un humano, era detectado y perseguido hasta su destrucción. Primero, se destruía; a continuación, ya sin la existencia del autor de la supuesta falta, se analizaba lo ocurrido. El Precrimen había sido catalogado por los Ciudadanos Aumentados más conservadores como la evolución lógica de las viejas normativas de prevención rápida de pequeños crímenes a partir de la teoría sociológica de las Ventanas Rotas, un paso más hacia la quimera de la perfección en una ciencia social tan inexacta y relacionada con la cambiante interpretación de la ética y el comportamiento humanos (a veces tan irracionales, demostraba Dostoievski en sus novelas) como la criminología. La teoría de las Ventanas Rotas rezaba que, cuando un entorno físico -por ejemplo, un barrio- empieza a degradarse, una ventana rota lleva a otra, y a otra, hasta que la degradación parcial conduce irremisiblemente a problemas generalizados. La manera de atajar el fenómeno del vandalismo y el pequeño crimen, habían preconizado los autores de la teoría en los ochenta del siglo XX, consistía en atajar el problema al principio. ¿Ventana rota? Se arregla. ¿Se rompe de nuevo? Se vuelve a actuar. La presión al inicio de la cadena evitaba acontecimientos ulteriores dependientes de una degradación no iniciada de un modo visible.

Las Ventanas Rotas, el Precrimen y la falta de reconocimiento del hábeas corpus hacían que su vida en el Valle del otoño de 2071 pendiera de un hilo por partida doble: por un lado, en el presente al que había acudido como adulto él era apenas un óvulo fecundado camino de convertirse en embrión, aunque todavía no había llegado al tercer mes de desarrollo, y su vida no era más segura como humano del futuro impostando a los androides del Valle, lo que hacía que cualquier choque, acelerón, falta de respeto o agresión a un humano pudieran acabar con él en el pasado; y por otro lado, una vez muerto allí, no podría volver al futuro que era su presente, el mundo en que vivía junto a su mujer y a los hijos a los que había prometido acabar de leer *El conde de Montecristo* y tantas otras novelas de aventuras que quería compartir con ellos, o como mínimo comentarlas en el futuro una vez sus hijos las hubieran leído por iniciativa propia.

Lindsey Hanna, una androide con aspecto germánico y el largo y cuidado cabello rubio liso de una hippie californiana de un siglo atrás, había actuado de ama de llaves durante aquella estancia. Le había cogido cariño. Lástima, había llegado a pensar, que los androides de unas décadas atrás sobrellevaran tantas limitaciones e imperfecciones, con esos polímeros de plástico tan bastos y rígidos que hacían que detalles como los párpados o las comisuras de los labios situaran a aquellas criaturas artificiales en el terreno de los muñecajos que transitaban sin pena ni gloria por las escenas asistidas por ordenador del cine de principios del siglo XX. Su pelo, sus ademanes, sus curvas, su predisposición a hacer fácil la existencia -artificial o no- de los demás: el diseñador de aquella criatura jurásica se merecía la nota más alta en el miserable pasado en que hubiera existido. Lindsey Hanna había sido diseñada a imagen y semejanza de la hija más lozana de los Hanna. Eterna juventud que sonaba a una azucarada canción de The Mamas and the Papas; o quizá a una lenta versión instrumental de alguna canción de The Beatles a cargo de The

Carpenters, el grupo pasado de caramelo que había sobrevivido en Spotify desafiando el darwinismo cultural.

Lindsey había sido la figura femenina que se había recortado en la ventana de la sala de estar para avisarle de que un extraño haciendo footing merodeaba por la residencia-museo dos días atrás. Él mismo había activado la cámara de uno de sus drones insecto en el exterior para comprobar que aquel Ciudadano Aumentado que había corrido en el pasado que ahora disfrutaba como presente era... su propio padre. El mismo que había saludado en North Lemon en dos ocasiones. El mismo a quien había recordado una frase de Michel de Montaigne que "le había enseñado su padre", le había dicho. En realidad, había llegado a él a través de su hermano mayor, al cual su padre se la había leído en una ocasión. A él no se la había podido leer su padre. Tampoco su madre. Habían muerto dos meses, tres días y cinco horas después de concebirle. Él mismo había podido sobrevivir gracias a la muestra que su hermano había tomado de su madre embarazada, que había permitido recrear el embrión y concebirlo en un vientre artificial. Había nacido rompiendo una placenta idéntica a la que su madre habría gestado. Pero la recreación no sustituye al original.

Con cuarenta y dos años, era un adulto maduro con ese aspecto entre rockero y espartano que sólo se consigue saliendo airoso de problemas inverosímiles para entrar de cabeza en otros embrollos igual de torcidos. De haber vivido en la Grecia de Pericles, habría sido un alumno díscolo de Sócrates; se habría quejado del conformismo de su maestro pero habría evitado el idealismo de su hipotético compañero de estudios Platón. Habría hecho mejores migas con Jenofonte, el socrático amante del honor, la guerra y la historia bien contada, tanto desde el punto de vista de los ganadores como, también importante, desde el enfoque de los perdedores. De haber vivido en la Francia del ocaso napoleónico, a buen seguro que Alexandre Dumas habría sabido de sus hazañas por los numerosos panfletos de la época, monárquicos, revolucionarios o partidarios de la vuelta del primer Napoleón o de sus sucedáneos, tanto da. Seguramente no habría llegado a Edmundo Dantés, pero sí a erigirse en secundario de lujo en *Los tres mosqueteros*.

Ah, Alejandro Dumas. Nunca había conocido a sus padres, pero su hermano mayor se había ocupado de inculcarle una tradición familiar que su abuelo había transmitido a su padre, su padre a su hermano mayor, y su hermano mayor a él. Él hacía lo mismo con sus hijos, que le esperaban en el futuro donde les había dejado al buen recaudo de su mujer y su hermano. Ahora no se podía comunicar con ellos, al haber viajado al pasado en físico y conciencia (o en cuerpo y alma, dirían los platónicos); su hermano había logrado suplantar el reloj interno del implante coclear en su propia oreja cuando era bebé. Una década atrás, el propio Marcus había presentado como voluntario para los primeros viajes espacio-temporales, después de los experimentos exitosos con animales. Había viajado al Valle y suplantado al androide que intermediaba entre el proveedor de implantes y el doctor, introduciendo una dualidad en el asistente de su Yo bebé que dificultaría su propia infancia en el presente espacio-temporal había revisitado como adulto, pero la arriesgada empresa aumentaría las posibilidades de que sus padres sobrevivieran y su hermano pequeño, él mismo, les pudiera conocer, se meciera en ellos, les mirara, comprendiera su aspecto, olor y voz antes que las palabras. Les tuviera acompañándole al inicio de su existencia. Agradecía la determinación de su hermano, partidario de complicar su propia vida y crecer como un tullido social, un SA del Valle, para que el espacio-tiempo le concediera así otra oportunidad en el pasado.

Diez años después del viaje del Marcus adulto al hospital de Stanford donde el cirujano insertaría su implante coclear personal, intransferible y secretamente puenteado, las comunicaciones entre el Marcus adulto y el Marcus niño empezaban a fallar. La señal del

Marcus niño era tan poderosa que creaba interferencias en el mecanismo que servía de contexto para la paradoja espacio-temporal en que un mensaje transmitido por un Yo en el futuro era recibido por el mismo Yo medio siglo antes.

Amoldado ya a su nuevo presente provisional, Renzo disfrutaba de la Casa Panal de los Hanna, levantándose al amanecer y cayendo rendido en la cama ya de madrugada, después de jornadas interminables de trabajo físico, estudio y exploración de las infraestructuras del Valle. No había hablado con su madre y su hermano del presente. Tenía miedo de mirar a su madre a los ojos y que ella hiciera lo propio con él; en una pesadilla que le perseguía desde su llegada al nuevo presente, un bucle en la paradoja espacio-temporal desintegraba a su madre cuando ambos cruzaban una mirada. ¿Qué había de cierto en las teorías sobre la intuición materna, que afirmaban que el reconocimiento materno-filial trascendía el espacio-tiempo? Disfrutaba mirando a su hermano mayor -convertido de repente en hermanito- de la mano de su madre. Tan pequeño y a la vez tan adulto. Un pequeño saco de inseguridades, acrecentadas por la batalla interna librada con su Yo del futuro, que le había enseñado a distinguir locura de inverosimilitud.

Seguía a su madre, sola o de la mano de su hermanito, a una distancia prudencial. Estudiaba sus ademanes, su manera de caminar, sus sofocos y reacciones enérgicas. Reconocía muchos de sus ademanes y de los de su hermano, que veía en él mismo y en el Yo adulto de su hermano. El determinismo genético apuntaba la dirección, mientras el libre albedrío decidía el destino: en el Ahora en que se encontraba, su misión era alertar a sus padres y hermano de que estaban en peligro y debían abandonar el Valle. Trataría de protegerles, pero el destino estaba en manos de ellos mismos. En esta ocasión, intentaría que sus padres no murieran en la huida. El guardián durante la escapada que había impedido que conociera a sus padres era él, Renzo Terlingua. Renzo Iseman. Sus padrastros estaban orgullosos de su misión. Les echaba de menos. Los Iseman eran también sus padres y seguirían siéndolo pasara lo que pasara con su misión: se ocuparía de entregar un mensaje con la historia paralela de la que procedía si su misión tenía éxito y tanto su hermano como él acababan por no necesitar una familia que les acogiera.

Esa misma mañana, mientras escuchaba los conciertos para piano de Prokófiev interpretados por Jean-Effiam Bavouzet y Gianandrea Noseda, había observado de nuevo a su padre ante él, plantado frente al edificio en forma de panal de abeja y con generosas cristaleras que le acogía tan plácidamente. La concatenación azarosa volvía a situar a su padre ante los bancales de ladrillo rojo que descendían a modo de terrazas collado abajo, entre la casa y la carretera que describía una parábola para sortear la pendiente y dar sentido a los juníperos ajardinados.

Lindsey le volvió a anunciar la presencia del "corredor despistado", apodo con que al parecer ya había bautizado a Frederick Terlingua. Pero el corredor despistado se había presentado en aquella ocasión con un acompañante. Ambos se tapaban la cabeza. Quizá por la lluvia. Quizá para burlar al enjambre de drones vigilantes que, a su espalda, había revoloteado carretera abajo como una sincopada murmuración fractal de estorninos, analizando el entorno a la manera de los insectos y aves cuyo comportamiento de vuelo y exploración mimetizaban. Menudas baratijas, había pensado; si hubieran sido drones avispa con multiconciencia, como los que existían en el futuro del que procedía, a buen seguro que su padre y su acompañante no hubieran podido escabullirse con semejante facilidad. La supuesta persecución manifiesta a su padre en un lugar relativamente alejado de su casa de Menlo Park y del laboratorio en el edificio PARC de Xerox en Los Altos Hills disparó la última alarma que esperaba: había llegado el momento de actuar. Se emocionó al pensar que su padre, desde la realidad que le envolvía ahí afuera en la lluvia, tan cerca y lejos de él, habría apreciado el enérgico *Concierto para piano número 3 en C* que sonaba de fondo, inspirándole una emoción que le distinguía de Lindsey y el resto de los androides que mantenían el complejo.

Aquella mañana había abandonado la Casa Hanna con actitud ceremoniosa, a sabiendas de que, en apenas unos meses, la casa y todo su entorno serían pasto de la destrucción. Se encontró con el Dodge Charger 440 Magnum ya en la carretera, estacionado y con la puerta abierta. Programó el inhibidor de ondas electromagnéticas para que drones voladores y androides fueran incapaces de cotejar datos y velocidad del vehículo, y se dirigió hacia North Lemon, escoltando a Frederick desde la lejanía. Un abejorro volaba junto a su padre, ofreciendo imágenes y sonido de su entorno inmediato en tiempo real, que cargó en el salpicadero del vehículo para no suscitar más sospechas de las necesarias: usar la luna delantera como panel de control e imágenes se prestaba al espionaje visual en la era del espionaje con drones. En el futuro, los pequeños robots lo tendrían mucho más difícil para coartar la privacidad de la gente.

Sentados todavía al desayuno, Marcus tomó el antebrazo de su madre para pedirle silencio. Lo que haría requería una cierta concentración. Con ayuda de su Yo adulto, comunicado con él -aunque de manera cada vez más débil-, trató de violentar el protocolo de comunicación entre Núcleo y el asistente de su padre, con una huella genética tan parecida a la suya que habría pasmado al mismísimo MrHackescent. Para proceder a este tipo de hackeos, el Marcus niño siempre contaba con la ayuda del Marcus maduro del futuro, con el que convivía en una misma conciencia gracias al uso que su Yo adulto había hecho de la paradoja espacio-tiempo.

El agua caía sobre el rostro de Frederick, agotado por la carrera que le había llevado en tiempo récord desde el jardín de Casa Hanna hasta su propia vivienda por el interior de un campus de Stanford, que pasó ante él como un diorama, casi con la rapidez que lo hubiera hecho de haber paseado en bicicleta o sobre un caballo marchando a trote reunido. Sonaba en los altavoces del aseo el concierto para piano de Prokófiev que él mismo había demandado, sin saber muy bien por qué. Quizá era un momento para estar atentos y pensar con rapidez, fomentando racionalidad y reflejos. Un Wagner era demasiado castrense para el momento; lo que se traían entre manos era una misión familiar con implicaciones mayores, pero familiar al fin y al cabo. Mejor Prokófiev. Spotify eligió a Jean-Effiam Bavouzet y Gianandrea Noseda como intérpretes. La interpretación carecía de holograma opcional al tratarse de viejas grabaciones, pero qué más daba, él cerraba los ojos en la ducha.

La música cesó.

- Papá, tiene que ser hoy -su hijo le habló en el implante coclear, tras asegurarse de que el asistente estaba bloqueado.

Se limitó a responder con un "ahá", invitando a su hijo a que se explayara, pero sólo obtuvo un "te esperamos en la mesa" antes de que la música volviera de repente al baño.

- Música off.

El asistente obedeció. A estas alturas, pensó, entraba dentro de lo tolerable que el cacharro se declarara en rebeldía, mientras ello no implicara saturarle el oído con sonidos estridentes o reproducir sin cesar alguna de esas canciones populares que contaminaban el ambiente en calles céntricas y grandes comercios. La polución sonora, olfativa y visual había llegado a tal nivel de saturación que era imposible percibir el petricor -olor de la tierra mojada tras la lluvia, compuesto por más de 50 sustancias en distintas proporciones, en función de la composición del entorno, la humedad en el suelo y en el ambiente-; o el característico olor de la resina y los aceites volátiles que los abundantes árboles de los pequeños y apacibles centros urbanos de Menlo Park o Los Altos Hills desprendían en otoño y primavera. Como iluminaciones, hologramas publicitarios e hilos musicales públicos, los nuevos aromas urbanos eran fruto de un preciso cálculo algorítmico cuyo trazo era mucho más burdo y chabacano que el que lograba la naturaleza.

Cuando Frederick acudió a la mesa vestido, su mujer y su hijo ya estaban preparados para salir de casa. Su mujer le explicó:

- Hemos pensado que, como día... "normal" -Marfa subrayó la palabra-, deberíamos dejar a Marcus en el colegio. Yo iré a hacer un par de recados, antes de trabajar un poco; se me atrasa el código que debo repasar y compruebo que hay un par de bucles que implican a otros servicios. Creo que, arreglando esos dos, el resto del código afectado en esa zona concreta volverá a la normalidad.

- Cazar el origen y evitar horas y horas de trabajo frustrante... Eres la mejor en tu trabajo cuando estás motivada -Frederick le guiñó un ojo-. Bueno, si no os importa, salgo para el trabajo. Estoy bastante "ocupado" -subrayó la palabra con el mismo tono que su mujer había empleado- y la faena en el repositorio está casi listo.

Marcus reclamó la atención de sus padres:

- Quizá luego podamos ir de excursión a la bahía, ¿verdad? Tengo la impresión de que nos encontraremos con nuestro amigo.

- ¿Nuestro amigo? -preguntó Frederick.

- Sí, papá, el androide que me da clases de dicción para superar mi tartamudez...

Sus padres estaban sorprendidos con la ocurrencia del pequeño.

- ¿Te refieres al androide Renzo? -preguntó su padre, dando por hecho que sólo podía tratarse de Renzo Iseman. Si alguien podía ayudarles, era aquel extraño que parecía saber tanto sobre ellos.

- ¿De quién sino, papá?

- No te preocupes, sólo bromeaba.

- ¿Así que recojo yo a Marcus y nos vemos en algún sitio familiar?

Frederick sacó papel comestible y bolígrafo del bolsillo de la chaqueta y apuntó el lugar:

"El camino secreto del lago Lagunita a las 6. Una vez allí, avisaremos a Renzo con ayuda de Marcus".

La familia llamaba "camino secreto" a uno de los senderos que conectaban el estanque artificial del extremo de poniente del campus de Stanford con Sand Hill Road a través de un espeso bosque mediterráneo que rodeaba el campo de golf. Allí había un viejo roble con un columpio que Frederick había creado con dos gruesas cuerdas y una vieja tabla de madera de secuoya, último vestigio de la antigua valla de lamas de madera que había servido de cercado en la casa de campo de su familia en Sebastopol, un lugar tan cercano y a la vez tan lejano, en un mundo cada vez más inseguro y atomizado más allá de los límites exteriores del Valle. En cierto modo, volvían los señoríos de la Edad Media; ¿volverían los caballeros andantes? ¿Y los templarios? Eterno retorno.

Su mujer cogió esta vez el todoterreno; tintó carrocería y cristales de un negro grafito tan mate que evocaba un enorme peñasco pizarroso en el interior de un garaje translúcido y minimalista. Había coincidido con su marido en que lo mejor era evitar la función de autopiloto mientras permanecieran en el Valle.

Estaban siendo vigilados. Cuando Marfa y su hijo se disponían a abandonar el garaje y dejar así paso al girocoche de Frederick, un nuevo correo con membrete oficial apareció en el tabique de metacrilato que separaba garaje e interior de vivienda. Su mujer le animó con la mirada a abrir la notificación.

- ¿Otra vez?

Le comunicaban la rebaja de... ¡diez puntos de karma! Tres días atrás, había acumulado cincuenta puntos, cuando la media de reputación para su edad se movía en la horquilla entre cuarenta y cuatro y cuarenta y siete puntos de karma. Si bajar de los cincuenta puntos implicaba pagar los bienes de consumo algo más caros, bajar de los cuarenta modificaba al instante la existencia de cualquiera. Él ahora contaba con treinta y ocho puntos, un karma considerado bajo, a tres puntos de la falta grave que obligaba a cumplir trabajos sociales durante dos años seguidos, trescientos sesenta y cinco días al año: atender a ancianos, asistir a androides en tareas automatizables, recoger basura, proporcionar vituallas a deportistas en plena rutina al aire libre... La vida familiar desaparecía para quienes cumplían penas de trabajos sociales, como también su privacidad: compartían con Sentido Común P2P sus conversaciones, lecturas, tareas y cualquier actividad cotidiana.

- ¿Con qué karma se pierde la opción de abandonar el Valle? -preguntó Marfa, alarmada.

Su marido no estaba seguro.

- Que sirva de pregunta, asistente. ¿Con qué karma pierde uno el pasaporte? -preguntó Frederick.

- "Me temo que la barrera se encuentra en los cuarenta puntos, Frederick. ¿Alguna otra pregunta?"

- Está bien por ahora.

Frederick se acercó a su mujer rodeando el alto SUV negro pizarra. Sostuvo sus hombros con ambas palmas de las manos y la miró con dulzura.

- Estás muy guapa, ¿sabes? Te brillan los ojos.

- No me encuentro demasiado bien. Ayer fui a la cama con náuseas; pensé que era agotamiento, pero esta mañana son todavía mayores. Me acordé del embarazo de Marcus.

- ¿Es posible que estés...?

- No me ha venido la regla, pero ya sabes que no soy regular.

- Tenemos un minuto. Hagamos la prueba.

- ¿Ahora?

- ¿Por qué no?

Y dio un beso a su mujer mientras corría al lavabo en busca del analizador de saliva. El test de saliva dio positivo: Marfa estaba embarazada de ocho semanas. ¿En cuántas ocasiones habían mantenido relaciones en los últimos meses? Que recordaran, dos veces. Había ocurrido en una de ellas. Se confirmaba la sorpresa y crecían los anhelos del matrimonio por proporcionar un futuro distinto a su descendencia.

- Me alegro de que haya ocurrido. También de que lo sepamos hoy -dijo Frederick, emocionado.

- ¿No irás a pensar que vamos a tenerlo...? -Marfa no quería hacerse ilusiones. El sufrimiento de su primer hijo había impedido la llegada de hermanos, pero ahora todo había cambiado... Que supieran, tenían que abandonar el Valle y su vida estaba probablemente en peligro; pero Marcus estaba bien y eso era lo que le importaba. Su autoestima estaba recuperando en horas la entereza que se había hecho añicos diez años antes durante la instalación del aciago implante en Marcus, convertido en tecnología aliada de la manera más inesperada.

- Prométeme que no harás nada que dañe el embarazo hasta que podamos meditarlo -suplicó Frederick.

- Prometido -su mujer le sonrió y besó en los labios-. Ahora, sigamos con el día. No te olvides de la cita en...

Su marido le tapó los labios con el índice, recordando a su mujer que no estaban solos. Marcus se despidió de su padre desde el interior del vehículo.

El girococche partió tras el todoterreno. La opacidad de los cristales y carrocerías de ambos vehículos les hacía parecer que formaban parte de la despistada comitiva de un entierro en el cercano cementerio de la Santa Cruz, en la avenida con el mismo nombre. Cuando un tercer vehículo se unió al robusto SUV de Marfa y al girococche de dos ruedas de Frederick, los vehículos de subían y bajaban por Santa Cruz Avenue les dejaron pasar seguidos, intuyendo que se traían algo importante y ceremonioso entre manos. Detrás del girococche había aparecido el Tesla DIY con carrocería de Dodge Charger 440 Magnum de Renzo, cuyo opaco negro grafito cerraba simbólicamente la comitiva.

Frederick liberó la protección del aerogel y sacó el brazo a través del material sin preocuparse de abrir la ventanilla. Saludó a Renzo, en quien confiaba, y le señaló con el dedo el vehículo que conducía su mujer en dirección a la escuela de Marcus, invitándole a que permaneciera atento a lo que pudiera pasar. Frederick torció a la derecha y siguió por una carretera solitaria más allá de la Alameda de las Pulgas, un trayecto más largo hacia PARC que sólo tomaba cuando tenía la necesidad de meditar: cuando su mujer andaba más melancólica de lo habitual, cuando su hijo sufría alguna de las numerosas e inclasificables crisis que parecían apartarlo del mundo de los vivos durante semanas, cuando el defecto de algún commit en el trabajo obligaba al equipo a emplear días o incluso semanas para arreglar un defecto o incompatibilidad usando ingeniería inversa... El motivo de hoy era distinto. Sólo había un objetivo hasta la hora en que se uniera a su mujer y su hijo en el camino secreto de la Lagunita: acudir al trabajo, realizar una copia local del repositorio Humanure usando el usuario GregorMendelLAB, como si se tratara de una mera copia de seguridad, o quizá de una nueva bifurcación para probar algo sin comprometer el desarrollo principal; almacenaría la bifurcación, en realidad un clon de todo el contenido del repositorio, en el lugar más seguro que se le ocurría. Ese escondrijo era el interior de su propio pecho. No consideraba esta opción en sentido figurado, sino que usaría el puerto inalámbrico de su repo personal; la memoria sólida que albergaba toda su vivencia, la consciente y la inconsciente, cedería espacio en una partición dinámica ya preparada, que aumentaría de tamaño a medida que copiara datos. Con un poco de suerte, sería capaz de copiar Humanure en tres horas, si evitaba la revisión manual del estado de la memoria sólida y efectuaba una comprobación de los datos copiados fuera ya de la oficina; ambos procesos adicionales podían realizarse a la antigua, accediendo a pelo desde un emulador de terminal a través del cual correr desde la línea de comandos, si era necesario, la utilidad "fsck". Omitir la verificación del sistema de archivos era esencial, ya que hacerlo de la manera canónica requería al menos cinco horas, al tratarse de un repositorio, el suyo, con decenas de exabytes de información y la posibilidad de autoampliar su capacidad mediante subdivisiones cuánticas que se producían a escala molecular, a través de un proceso inspirado en las reacciones químicas de las enzimas del estómago. Ya habría tiempo de comprobar durante el resto del día -y mientras se ocupaba de otros quehaceres, como... ¡escapar del Valle!- si toda la información se había copiado sin fallos.

El panel de control del salpicadero se iluminó con un mensaje entrante encriptado, que tomó por sorpresa tanto al propio Frederick como a su asistente digital, que en los últimos tiempos había pasado de ser un solícito implante neural para "aumentar" su vida (en la típica terminología nietzscheana de Sentido Común P2P), a un intruso incontrolable en su interior que le convertía en un preso interconectado al núcleo de un sistema informático que controlaba individuos en nombre de la libertad y el individualismo. El hombre, un "animal social" según Aristóteles, fracasaba de nuevo en la empresa más ambiciosa: compaginar con perfección matemática las libertades individuales y los derechos colectivos. El ser humano era también irracionalidad; cualquier persona albergaba dentro suyo al mayor de los hermanos Karamázov, el impulsivo Dmitri; o quizá al padre Karamázov, el hedonista inconsciente Fiódor Pavlovich, quien compite sin remordimientos con su hijo mayor por el favor de una mujer; o a un Rodión Raskólnikov, el desganado asesino sociópata de *Crimen y castigo*. O un poco de todos los mencionados y de tantos otros. Dostoyevski nos recordaba qué seres se agazapaban en los oscuros rincones de la conciencia humana. En el grabado número 43 y fechado en 1799 de la serie *Los Caprichos*, Francisco de Goya se retrataba a sí mismo, un afamado pintor de mediana edad, dormitando cabizbajo en una lúgubre mesa donde se lee el título moralizante del grabado: *El sueño de la razón produce monstruos*. Tras el pintor, murciélagos y animales fantásticos que surgen de la oscuridad sobrevuelan la escena. Le apenaba que buena parte de la obra de Goya perviviera sólo en formato digital, ya que los originales custodiados en España habían ardido con el resto de la colección de El Prado. Afortunadamente, la serie de *Los Caprichos* estaba a buen recaudo entre los fondos de la Universidad de Cornell, en el interior rural del Estado de Nueva York, corazón de Nueva Inglaterra, el microestado militarmente más poderoso de la atomizada Norteamérica.

El remitente era "Thor" a secas. El Thor que Frederick acababa de conocer y, sin embargo, ya consideraba su amigo y aliado. El mensaje, con un adjunto encriptado, se limitaba a dar instrucciones de acceso.

El asistente se precipitó a ayudarle sin que Frederick solicitara su ayuda:

- "Me temo que el mensaje recibido carece de fuente con credibilidad certificada; podría tratarse de un pirata informático. Sugiero informar a los gestores del Correo Certificado P2P sobre el abuso potencial".

- ¿Me temo? ¿Sugiero? ¿Qué clase de asistente eres tú?

- Asistente neural XIJ7 de tercera generación, ensamblado en Stanford en 2065 e instalado como implante coclear el mismo día de la fundación oficial de la República P2P del Valle de Silicio...

- Todo eso ya lo sé. Era una pregunta retórica. En ocasiones, te comportas como un humano torticero, pero a la siguiente interacción contigo pienso que semejante torpeza sólo puede proceder de una máquina... Quién sabe, las barreras entre lo humano y lo algorítmico se difuminan, sobre todo porque los humanos del Valle llevamos años emulando tanto como podemos a los algoritmos que dirigen nuestra existencia... Tú entre ellos. Pero tú no eres un mero Sonotone de baja estofa... A mí no me la das...

- "El mensaje recibido incluye un documento adjunto encriptado; el Código de Buenas Prácticas P2P recomienda enviar al Laboratorio de Núcleo mensajes encriptados procedentes de fuentes sospechosas para que un análisis certifique su inocuidad, garantizando que la información no será consultada, sino que únicamente se analizarán las trazas de los paquetes de datos asíncronos que la compongan. Solicito el uso de la clave neural para proceder con el envío instantáneo".

- Solicitud denegada.

Oyó un desacoplamiento en el implante que le causó un desagradable escalofrío, lo más parecido a un dolor físico que podía proceder de un dispositivo directamente conectado a filamentos nerviosos. El texto de Thor explicaba cómo acceder al mensaje: debía dejarlo en manos de Marcus. Él sabría qué hacer con él.

Acababa de llegar al aparcamiento del complejo del Palo Alto Research Center, Xerox PARC. En un claro gesto de displicencia con su asistente, con el que se consolidaba una Guerra Fría en su punto más álgido, reenvió el mensaje de Thor a su hijo desde la propia interfaz del vehículo, evitando así dar un comando al asistente y asegurándose de que el mensaje era en efecto enviado.

Una vez más, llegaba al trabajo fresco, motivado y puntual. Al salir del vehículo, echó en falta algo en el contexto espacial que le rodeaba, como si la parte de realidad ante él no encajara por completo con los retazos de realidad que se sumergían en la conciencia, relegados por el cerebro a una zona residual que nunca abandonarían. El estado emocional en que se encontraba había disparado momentáneamente los niveles de adrenalina y cortisol y, quizá, el estrés hubiera activado el glucógeno cerebral, la reserva energética más valiosa del organismo, al incidir al instante sobre el rendimiento de la conciencia. Le bastó un instante para reconocer el yerro en el ambiente circundante con respecto a cualquier otra jornada previa en el mismo lugar: pese a la hora, los aspersores estaban apagados. No recordaba algo así desde que trabajaba en el complejo. Había contribuido a crear la infraestructura tecnológica del Valle y sabía que las redes de servicios interconectados y "polvo inteligente" (sensores microelectromecánicos para que todos los objetos se comunicaran entre sí) podían desconectarse por zonas en situaciones extraordinarias: acontecimientos de clima extremo, grandes actualizaciones de hardware y, sí, también a petición de Núcleo, un eufemismo con que el Valle se refería a los servicios de seguridad e inteligencia del microestado.

- Poco probable, pero cabe la posibilidad... -masculló entre dientes.

- "Solicito que repitas el comando, Frederick; tengo problemas con la dicción de la segunda y octava palabras".

Frederick volvió a desestimar la apreciación del asistente mientras saludaba al portero, atento y servicial como siempre.

Mary le miró desde el mostrador de recepción del despejado vestíbulo con cierto recelo maternal. La atención de Frederick se convirtió en alarma cuando comprobó que el portero y la recepcionista se miraban entre sí y, acto seguido, caminaban hacia él. ¿Qué ocurría? ¿Iban a detenerle? ¿Con quién había tratado durante todos estos años? El portero resolvió sus dudas:

- Señor Terlingua, ¿se encuentra mal? ¿Se ha percatado del reguero que va dejando en el suelo?

- ¿Reguero de qué...? -contestó Frederick, que no siguió la frase.

Un hilo de sangre de un rojo vívido y la espesura de la pintura plástica de las tiendas de impresión 3D de productos había entrado tras él en el vestíbulo y se acumulaba ahora a sus pies en forma de goterones. La apariencia fractal de las gotas delataba que la sangre se desprendía en caída libre desde una cierta altura.

- De la oreja, Frederick -le anunció la recepcionista con la acostumbrada familiaridad-. La sangre le sale de la oreja. Un momento, es el oído izquierdo... ¿Te sigue funcionando el implante?

- Lo hacía hace apenas un instante.

- Música on. Algo de Franz Liszt, aleatorio. Tanto da -oyó la música con la nitidez y calidad acostumbradas-. Todo parece correcto en el interior del oído, escucho la música sin problemas... Música off.

Recordó entonces una octavilla que había leído en una ocasión no muy lejos de allí, mientras corría en dirección a la carretera panorámica Skyline. En la octavilla aparecía un mensaje críptico, compuesto -o eso pensó en aquel momento- por un enajenado mental:

"Cuando veas que a alguien le sangra la oreja, será demasiado tarde para él. El veneno ya estará surtiendo efecto. Cuando llegan los drones, ya está de camino la ambulancia. Despídete de ese alguien, porque no volverá".

"Esperemos -pensó- que fuera la octavilla de un enajenado mental; de nada serviría preocuparse más de la cuenta". Ni siquiera había notado que el oído interno le sangraba, cuanto más alguna molestia; aunque al instante, dada la reacción del portero y la secretaria, pensó que el "veneno" mencionado por la octavilla podía referirse al Protocolo 4 que cualquiera de los dos podía iniciar, pensando erróneamente que le ayudarían. El Protocolo 4 invocaba la presencia inmediata de drones centinela para recabar datos de la situación y orquestar, si era necesario, un traslado inmediato al hospital más cercano.

Mary hablaba con el portero para dirimir quién se ocupaba de ello, siendo la secretaria quien llevaba la voz cantante. Frederick les disuadió tan bien como pudo:

- Ni se os ocurra iniciar el Protocolo 4. Estoy perfectamente... ya habéis comprobado que ni siquiera me había percatado, pero ahora que lo pienso, me he dado un golpe con una rama al salir del coche... pensé que no había sido nada -ambos interlocutores le miraban con incredulidad-. Escuchad, os aseguro que no tengo nada; pensad que nos perjudicaría a todos si me ingresan. Los chicos ya deben estar esperándome en el laboratorio. Hay tanto por hacer y estamos tan cerca...

El portero y la secretaria se miraron y, con la coordinación de dos androides, se encogieron de hombros. Lo normal, pensarían, era forzar la situación y exagerar el percance dentro de los límites de lo prudencial para así perder cuanto más tiempo de laboratorio mejor, pero nunca se sabía con individuos íntegros como el director. El señor Terlingua parecía, en efecto, darlo todo en el trabajo. Venía a acabar lo empezado y no a marear la perdiz como tantos otros. Así que avanzó por el pasillo, sosteniendo una gasa regeneradora de plaquetas a la altura del oído izquierdo. Reinaba una calma tensa en el laboratorio Gregor Mendel de DARPA. Pronto supo el porqué. Todas las pantallas de metacrilato incluían un mensaje en mayúscula: MANTENIMIENTO.

Roberta salió al paso de Frederick, que se había quedado petrificado.

- Buenos días, jefe.

- Hola, Roberta, ¿qué ocurre?

- ¿Qué te ocurre a ti? Dime que la mancha roja en la gasa que sostienes no es sangre...

- Sí, me ha salido un poco de sangre del oído, pero no es nada. Creo que me di un golpe hace un rato.

- ¿Estás seguro? Creo que lo mejor sería que fueras...

- Dejémoslo -Frederick cortó con cierta brusquedad a la solícita ingeniera-. Me decías algo sobre el incidente aquí. ¿Algo que ver con la interfaz visual? ¿Sigue GitHub activo y accesible? Compruebo que hay un mensaje de error en todos los terminales de escritorio.

- Todo estaba en orden esta mañana cuando abrí la puerta. Trabajé un rato repasando mi commit de ayer en Humanure y apuntando algunas cosas mejorables en el apartado de incidencias del repo.

Luego, sin aviso, las pantallas han mostrado lo que ves y he dejado de recibir cualquier señal.

- Define "cualquier".

- No hay Internet. Tampoco Wimax. No funcionan los anchos de banda de emergencia en el espectro electromagnético. Tampoco la conexión satelital.

Frederick cayó en que había llegado el momento de deshacerse de su asistente virtual. Sacó algo del bolsillo de la chaqueta: el gorro de tejido inhibidor de señales que le había regalado Thor. Se lo puso con cuidado de que las orejas permanecieran tapadas. "Ha llegado el momento de que te vayas a dormir, Sonotone", pensó.

- Entiendo... Bien, apliquemos el protocolo de situaciones bélicas -Frederick no dudó un instante; su voz era firme, sus ojos decididos, su semblante tenía la determinación de un guerrero quijotesco para el que llega la hora de la verdad-. Eso significa... veamos... -meditó apenas cinco segundos hasta hallar lo que el manual sugiriera; nadie le acusaría de no seguir el manual-. Probemos con la Internet eléctrica a través de PLC. Porque compruebo que hay electricidad...

- En efecto, jefe, ¿pero no sería mejor esperar? En unas horas quizá esté todo arreglado. Al fin y al cabo, un trabajo de años puede esperar un día...

Todos le miraban en silencio y cada vez más extrañados; no sólo no corría en busca de ayuda médica para auscultar el oído, sino que se colocaba una gorra que potencialmente podía infectar cualquier problema cutáneo... e insistía en seguir trabajando lloviera o tronara.

Frederick observó la sala mientras Roberta acababa su frase. Le hervía la sangre ante la inequívoca manifestación de conformismo a la que asistía, protagonizada por varias de las mejores mentes del Valle, según los exámenes de inteligencia. Allí estaban todos esos jóvenes brillantes, contándose chistes y demostrando la excitación del niño que sabe que no podrá hacer clase porque las tuberías de la escuela se han congelado en la última helada.

Frederick contestó a Roberta con la voz elevada e inmisericorde, ya que su respuesta iba dirigida a todo el laboratorio.

- Vamos a conectar los repositorios personales a Internet usando los enchufes de corriente en menos de diez minutos. En quince minutos quiero veros a todos conectados al repositorio Humanure y avanzando hasta el punto donde ya deberíais encontraros a estas alturas de la mañana.

Todo el equipo se puso alerta, pero nadie sabía cómo proceder. Todos adoptaron la actitud servicial de Roberta, consistente en mantener la máxima atención mientras miraban al suelo. El semblante de muchos recordaba al de los perros cazados in fraganti por sus amos haciendo una pequeña fechoría.

Al fin, un joven se acercó a Roberta y Frederick. Era uno de "los nuevos", el grupo más joven de ingenieros; entraban como becarios y pasaban a la plantilla del laboratorio a partir del tercer año, siempre que hubieran "demostrado aptitudes" o, en lenguaje llano, siempre que hubieran asumido el grueso del trabajo en el laboratorio.

- Señor Terlingua, no podemos acceder al manual de protocolos de emergencia de DARPA, si no tenemos conexión a Internet -expuso el joven, que aguardó respuesta ante sus superiores.

El joven tenía razón. Frederick se sintió ofendido al comprobar que ni siquiera Roberta había tenido las agallas de comentarle semejante inconveniencia.

- No hay problema... -Frederick leyó el apellido del joven de su solapa- Whiteman. Acompáñeme.

El joven le siguió solícito hasta el escritorio elevado que el director del laboratorio había ocupado en los últimos meses; junto a éste, un pequeño armario albergaba documentación en formato físico.

- Aquí, el protocolo. Divida el laboratorio en grupos de cinco personas, designe un portavoz por cada grupo, lea el documento con los portavoces y procedan a poner en marcha Internet a través de los enchufes en cinco minutos. De lo contrario, yo mismo rellenaré los formularios de queja, sin dictarlo a ningún algoritmo.

En nueve minutos y cuarenta y siete segundos, el laboratorio Gregor Mendel estaba conectado a Internet, lo que a su vez activó las interfaces inalámbricas de conexión de datos, que requerían autenticarse con Núcleo para poder entrar en funcionamiento.

Conectado a Git, comprobó que las veintitrés copias locales del repositorio estaban visibles, pero el propio repositorio Humanure aparecía en modo "sólo lectura". No era posible, por tanto, iniciar una nueva copia local si no existían los privilegios de escritura.

Era su momento. El glucógeno seguía llegando a chorro al cerebro, pero optó por meterse en la boca un par de caramelos de taurina, que danzaban al son de la lengua. Frederick decidió lanzarse al precipicio y averiguar si lograba desplegar las alas a tiempo una vez en el aire: desconectó por un instante el resto de usuarios, incluido el suyo, para a continuación iniciar sesión individual en GitHub con el nombre de usuario del laboratorio, GregorMendelLAB.

Allí se enfrentaba al momento crucial; accedió al código de la página en GitHub e hizo algo que jamás se le habría pasado por la cabeza en una situación normal: sirviéndose de la línea de comandos, cambió el repositorio Humanure, con todo el trabajo de años, de "sólo lectura" a "lectura y escritura". Si el repositorio aparecía como "sólo lectura" por algún error de conexión -lo que era probable, dado el acceso de emergencia a través de las líneas de corriente que estaban empleando-, la modificación podía corromper los datos sin remedio. Pero él intuía que el problema había sido inducido por alguien tratando de poner palos en las ruedas.

Funcionó. Sin poder remediarlo, dio un pequeño brinco en el asiento. Inició la descarga inalámbrica de Humanure a su repositorio implantado y, una vez comprobó que la transmisión de datos se estaba efectuando, salió del usuario GregorMendelLAB, activando de paso el acceso a los colaboradores. Al instante, todos los usuarios, incluido el suyo, aparecían visibles en Humanure. Nadie parecía haberse percatado de lo que se llevaba entre manos, nadie excepto...

- ¿Qué te ocurre? -preguntó Roberta, que se encontraba justo detrás de Frederick.

- Me has asustado. ¿Cuánto tiempo llevas ahí detrás?

- El suficiente -susurró Roberta-. ¿Necesitas ayuda? -dijo en una voz todavía más tenue.

- Todavía no lo sé... ¡Espera! Sí. Me tendré que ir rápidamente del laboratorio. Si alguien, humano o no, pregunta por mí o me busca, ingéniatelas para enredarlos. Sé que puedo confiar en ti.

- ¿Cuánto tiempo necesitas para... descargar eso?

- Dos horas.

- Tengo una idea...

Roberta accedió al apartado de comunicados internos de la intranet de DARPA. Allí escribió un nuevo mensaje con la prioridad más alta:

"Accidente de tráfico y motín incontrolable de drones en el bosque de Pearson-Arastradero. Se cree que al menos uno de los androides ha cruzado la línea de la singularidad tecnológica. Espécimen digno de estudio si DARPA logra capturarlo antes de que los drones centinelas y las patrullas de vigilantes se percaten".

- Creo que les he dado una razón de peso para que mantengan una cierta atención en otro lugar durante un buen rato. No sé cuánto tiempo tenemos -expuso Roberta.

Frederick trató de calmarse haciendo lo único que podía sacarlo del atolladero de ansiedad en el que estaba cayendo: avanzar en el propio trabajo que el laboratorio se traía entre manos. Si Renzo Iseman y su hijo estaban en lo cierto, Humanure era esencial para salvaguardar la riqueza cultural y genética de la humanidad, ya que permitiría clonar no sólo individuos, sino también conciencias, reproduciendo así una vida extinguida, con sus victorias y derrotas, sus tristezas y alegrías.

La Frontera humana de clonar conciencias estaba más próxima que nunca.

Capítulo 11
Cuatro especies de equidna

El tiempo pasaba con lentitud pese a que había logrado concentrarse. Su experiencia le decía que, una vez absorto en una tarea, se producía en él un desapego entre la mente y la materia biológica que servía de continente del incalculable número de reacciones químicas que la hacían posible. Psiqué existía gracias a soma, pero sin psiqué no habría reflexión sobre la propia existencia. Sin caer en el solipsismo -creer que lo único que existe es nuestro Yo, al ser lo único que podemos comprobar empíricamente-, cuando se concentraba desaparecían las necesidades fisiológicas y todo era tarea intelectual, sin espacio-tiempo que valiera. En esos momentos, las horas volaban. No era así en ese instante, quizá porque su visión periférica se posaba constantemente sobre el paso del tiempo. La hora. ¿Qué hora es? Tic, tac, tic, tac. Había pasado una hora y media y la descarga de Humanure en el repositorio que tenía implantado en el pecho todavía no había finalizado. Tic, tac, tic, tac.

Apareció un mensaje de su hijo en su bandeja personal. "Recibido y consultado. Triste. Un beso". ¿A qué se refería su hijo? ¿Qué podía haberles enviado Thor? ¿Acaso pruebas concluyentes de algunas de las fechorías que, según decía, se habían cometido en nombre de los ciudadanos del Valle sin que éstos siquiera lo supieran? Pronto lo averiguaría.

De súbito, un grito sordo de Roberta asustó la sala y puso a Frederick en guardia. En el exterior, al otro lado de los amplios ventanales, dos centinelas registraban imágenes y realizaban mediciones de campo. Sin duda, recababan información de contexto para alguna acción. ¿Con androides? ¿O quizá una operación liderada por humanos? En cualquier caso, necesitaba salir de allí.

- Creo que entrarán de un momento a otro -comentó Roberta.

El barbilampiño Whiteman, que parecía haber esperado toda su vida para salir de la acolchada y rutinaria zona de confort que envolvía la existencia de cualquier Ciudadano Aumentado, estudiaba a Frederick y a Roberta con atención desde su escritorio. Algo importante se traían entre manos y, si como parecía, había dos bandos, él estaba con el de su jefe y Roberta. Así que tomó la iniciativa y se plantó ante Frederick:

- Señor director, compruebo que, una vez más, los drones centinela del Valle son víctimas de una anomalía. Solicito permiso para salir al aparcamiento y entablar un interrogatorio de humano a algoritmo, apelando a las leyes que otorgan prioridad a las libertades individuales sobre cualquier actuación automatizada.

- Buena iniciativa, Blackman.

- Whiteman, señor. Mi apellido es Whiteman.

- Vaya ahí fuera y enséñeles de qué somos capaces los empollones, Whiteman.

El joven sonrió y salió solícito de la sala, dispuesto a defender a su director, al que apenas conocía, con uñas y dientes. "Una oportunidad así sólo se presenta una vez en la vida", se repetía Whiteman.

Ni Frederick, ni Roberta ni ningún otro miembro del laboratorio previeron lo que ocurriría. Después de quince minutos de charla entre el joven y cuatro platos voladores del tamaño de un cuervo, un láser apareció de las entrañas de uno de ellos, inmovilizando al ingeniero. Se sucedieron gritos de estupor: era la primera vez que veían a una máquina cometer un acto de fuerza flagrante contra un Ciudadano Aumentado.

Frederick oyó el tono que indicaba que la copia del repositorio había finalizado con éxito. Había llegado el momento de salir de allí. Roberta se acercó a Frederick y buscó sus ojos esquivos, intentando transmitirle algo de confianza y predictibilidad en un momento en que éstas se descomponían bajo sus pies:

- Yo me ocuparé del chico, te lo prometo. Estará bien. Sé que te quedarías por él, pero estés detrás de lo que estés -Roberta se emocionó y tuvo que parar para tomar un poco de aire-... quiero que sepas que estoy contigo.

- Gracias, de verdad -Frederick cerró los ojos y respiró profundamente, como tomando el aire que le llevaría lejos de allí antes de que volviera a salir de sus pulmones-. Eres la persona a la que más he respetado profesionalmente en mi vida, y sabes que intento que mis axiomas no sean fácilmente refutables, como todo empollón que se precie.

Frederick limpió una lágrima que resbalaba por la mejilla de su compañera de trabajo, quien de repente se mostraba ante él con su fragilidad femenina y la mirada de una niña asustada que se ha despertado y, tras mirarse al espejo, se ha dado cuenta de que pronto llegará la menopausia sin haber pagado a su naturaleza el tributo de la fecundación.

- Ojalá no me hubieras respetado tanto... -sin moverse, Roberta plantó sus labios contra los de Frederick con tanta fuerza en su imaginación que su compañero de trabajo intuyó la importancia del momento. Era una atracción correspondida, pero Frederick tenía un proyecto común con una mujer a la que había recuperado, una vez despertada por sorpresa del sueño de la bella durmiente al comprobar que su hijo no era un chalado con Asperger, sino un ser sensible capaz de convivir con una compleja conciencia conformada por él mismo a dos edades tan distintas como la preadolescencia y la madurez.

Frederick salió disparado del escritorio, al oír que el portero y Mary hablaban con quienes, dado el embrollo que causaban al desplegarse por el edificio, debían ser más que drones voladores. Para acceder por la fuerza a un edificio con humanos, debía existir una orden comprobable, aportada por un Ciudadano Aumentado.

- ¡Frederick! -gritó Roberta-. ¡Espera!

Corrió hacia él y le aconsejó al oído, mirándole con la astucia de una mujer del paleolítico procurando la supervivencia de su grupo de cazadores-recolectores mientras son atacados por un grupo caníbal que les triplica en número:

- Recuerda que primero te buscará una avanzadilla de algoritmos... son máquinas al fin y al cabo.

- ¿Y?

- Las máquinas siguen protocolos, no improvisan. Si están en un contexto determinado, empiezan buscando por los lugares que estadísticamente más favorecen una captura rápida. Así que evita la predictibilidad. Escóndete de ellos pensando en cómo actúa su algoritmo; eres un ingeniero y sabrás hacerlo. Por ejemplo, ¿por dónde piensas que puedes salir de este edificio con menos peligro en estos momentos?

Frederick empezó a pensar. Se impacientó a los diez segundos, al permanecer igual de atónito. Habría escapado por el mismo pasillo por donde avanzaban los drones, como una bola de bolera tratando de derribar el máximo número de bolos posible.

- ¡Un momento! -un repaso vertiginoso al edificio, quizá instigado por su instinto de supervivencia y su sentido del deber con su mujer y su hijo, le permitieron responder a Roberta antes de que tuviera que sugerírselo ella misma, pues no había tiempo que perder-. ¡El baño de mujeres! Hay ventanas accionables hasta la calle.

- ¡Eso es!

Antes de desaparecer por la puerta del aseo de señoras y recuperada toda su confianza, Frederick pidió un último favor a Roberta: que un vehículo de alquiler le esperara en Kestrel con Hanover, a unos mil quinientos pies de donde se encontraban. Conocía hasta el más mínimo matorral entre el edificio de PARC y el cruce solitario que había sugerido, entre laboratorios y corporaciones con entornos ajardinados.

Frederick se despidió de ella con un rápido beso en la boca, que Roberta notó fraternal, pero imaginó -imaginaría para siempre- como la prueba de que, si se hubieran dado otras circunstancias en aquel rincón de la eternidad, las entidades complejas que constituían cada uno de ellos podrían haber confluido y quizá fecundado algo. Ideas, otros seres... Vida. O una simbiosis de ideas tan bella como la propia vida. Adiós, Frederick, adiós.

Caía la tarde otoñal través del amplio ventanal que iluminaba el interior del aula. La luz, espesa y llena de matices, contorneaba árboles, aviones tripulados y no tripulados a distintas alturas, y los vehículos del aparcamiento para visitantes cuyos colores tenían el cromatismo artificial de los hologramas en videojuegos inmersivos. Marcus ya no temblaba de la náusea nerviosa causada por las interferencias entre su Yo del futuro y su conciencia del presente, ni padecía para controlar sus esfínteres en clase, ni tenía miedo de Mickie Kowalski, esa bola de queso que pagaba sus inseguridades con los que percibía más débiles.

Sonó el descanso y finalizó la clase sobre diálogo socrático, centrada en las diferencias reproductivas de los vertebrados superiores. El maestro había captado la atención dedicada dedicada de Marcus apenas un instante, al explicar, con ejemplos proyectados en la pared, el mundo irreal de animales extintos en cautiverio apenas hacía unos años, si bien muchos de ellos eran reproducidos artificialmente en entornos atmosféricos controlados bajo cúpulas geodésicas que recordaban los edificios en semicircunferencia que había diseñado el arquitecto y futurista Buckminster Fuller a mediados del siglo XX. Entre los habitantes de esos nuevos mundos protegidos, se encontraban los anfibios... qué criaturas más fascinantes. Apenas sobrevivían en entornos controlados un puñado de sus especies, cuando un siglo atrás la misma variedad se hubiera detectado en un acre de selva tropical. Y qué decir de sus animales favoritos, esos seres que habían evolucionado dando sentido a formas y movimientos que fuera de su contexto evolutivo carecían del menor atisbo de sentido común evolutivo: se habían extinguido la mayoría de los marsupiales de Oceanía, incluyendo a las criaturas que le caían más simpáticas en el inabarcable animalario, ya fantástico, de seres que habían abandonado la tierra para siempre. Entre ellos, sentía especialmente la desaparición de las cuatro especies de equidna, mamíferos primitivos similatres a los erizos y los únicos mamíferos extintos recientemente que ponían huevos. Un mamífero de Australia y Tasmania con aspecto de pato simpático y que ponía huevos, como el difunto ornitorrinco, apenas había sido declarado extinto. Qué jugarreta de la naturaleza: imaginó la biosfera como un lugar con sus propios SA, organismos tarados que la naturaleza se empecinaba en tratar como normosómicos, hasta que se imponía la ley evolutiva de la supervivencia de los más aptos. Su mente volvió rápidamente a la explicación del maestro, que hablaba con elocuencia al notar cierta empatía ante sí, preguntaba a distintos alumnos, escuchaba la respuesta y lanzaba otra pregunta sobre la misma temática, acotando la hipótesis en que trabajara. El maestro usó los últimos minutos de la hora lectiva presencial -la mitad de las clases de cada jornada corrían a cargo de androides y hologramas- para recordar la importancia de la concienciación en la salvaguarda de especies en peligro. Comparó la situación de las aves con la que había llevado a mediados del siglo XX a Rachel Carson a escribir un ensayo, *Primavera silenciosa*, que había logrado restringir el uso del entonces omnipresente insecticida organoclorado DDT, que se acumulaba en las cadenas tróficas y afectaba especialmente a las aves. Marcus permanecía atento. La primavera nunca había sido silenciosa, pero las malformaciones en aves y peces eran irreversibles en 2071. En el Valle, una contaminación todavía más peligrosa que la medioambiental afectaba a las aves: la acumulación en el buche de drones insecto, tales como libélulas y abejorros de vigilancia, confundidos por las aves con insectos reales y responsables de muertes agónicas. De la misma manera que el estrés hídrico y las olas de calor cada vez más insoportables debilitaban a los árboles, los drones voladores más diminutos y biomiméticos se cebaban con aves y murciélagos. Uno podía asistir en el mismo día al desplome de un carpinterón tras zamparse un insecto artificial, o incluso ver la agonía de un águila al haber ingerido un dron colibrí, y observar no muy lejos la gran rama, musgosa y retorcida, de un roble americano siendo troceada en el suelo por un equipo de androides tras desplomarse por estrés hídrico. Era frecuente la caída de grandes ramas sobre el pavimento o incluso sobre la acera y sobre vehículos, atrapando de vez en cuando a humanos y androides.

Se sentía como el humano sin duda más próximo al ornitorrinco. Un normosómico sin asistente virtual en funcionamiento, un Ciudadano Aumentado que usaba interfaz cerebro máquina, en lugar del mayordomo cuántico conectado a los filamentos nerviosos del oído interno de sus conciudadanos. Mejor dicho, sí disponía del asistente, aunque su conexión, oficialmente defectuosa, era una puerta en el espacio-tiempo a su Yo cuatro décadas más adelante. Y habían transcurrido cuatro años desde que, todavía muy niño, había comprendido lo que ocurría. Había sucedido una tarde en que había tomado conciencia de que la voz interior era él mismo, pero un Él mayor que su propio padre, cuando su Yo adulto le había detallado con pelos y señales lo que ocurriría el día de su sexto cumpleaños. Como entonces, la imagen de la monotonía tras los cristales le pareció el final de uno de esos videojuegos inmersivos en que, tras la victoria, aparece un hermoso paisaje hacia el que se dirige el personaje, victorioso y exhausto como un héroe griego volviendo de Troya.

Carecer de un asistente virtual conectado a Núcleo de manera permanente le permitía anular cuando quería el protocolo inalámbrico entre su amuleto y su repositorio interno, lo que le mantenía oculto al gigantesco algoritmo que, alimentado por la distribución de paquetes de datos encriptados entre todos los Ciudadanos Aumentados, sostenía la red en malla que hacía funcionar el entorno cotidiano del Valle. Un Ciudadano Aumentado desconectado de la red en malla dejaba de tener karma y, por tanto, capacidad de compra, identificación homologable, cobertura sanitaria, protección contra ataques de drones y androides por el mero hecho de su condición humana... Sin conexión a la red P2P del Valle, un ex ciudadano era lo más parecido a un paria, un tunante, un desperdicio de callejón oscuro, siempre en peligro ante ataques de máquinas o de Ciudadanos Aumentados: no había delito punible cuando se atentaba contra un ser humano convertido de la noche a la mañana en un animal, uno de esos orgánicos sin implante que integraban los hogares individuales, núcleos familiares y comunas libertarias de la Tierra de Nadie y los microestados colindantes.

El cortafuegos que había creado entre el amuleto de veinte caras y el repositorio le permitía ser quizá el único niño capaz de rastrear Internet y entrenarse con juegos de estrategia mientras, a la par, seguía vagamente el hilo de una clase. El súbito interés de la Hora Socrática de los jueves le había cogido por sorpresa. ¿Había cambiado su percepción de la existencia, una vez compartido su secreto con sus padres? Sus padres no sólo conocían su convivencia con su Yo del futuro... más importante: le creían. ¡A él! Saboreaba las mieles de la autoestima, ese dulce sentimiento que producía una cálida sensación de bienestar, similar a la obtenida cuando la piel absorbe los rayos de sol durante una mañana de invierno en California mientras la percepción se recrea en un paisaje sosegado, como el que se intuía más allá de los setos de juníperos y adelfas fosforescentes de la linde de la escuela con la carretera. La autoestima surgida del respeto a su capacidad y autonomía fagocitaba a la inseguridad de dependiente que había anidado en la condescendencia y el paternalismo de su familia y el sistema. Saborea el paisaje una última vez, ha llegado el momento de partir, pensó. O quizá no lo había pensado, sino que habían sido las reminiscencias de su conciencia del futuro, guiándole en un momento crucial sin sustituir su Yo presente, que debía liderar a sus padres más allá del Valle.

Un tenue gong en su oído le indicó que Soplaris, el usuario que empleaba como alias hacker una vez activaba el cortafuegos entre su implante y su amuleto, había recibido un nuevo mensaje encriptado. Una ligera presión en el lóbulo izquierdo de su oído activó la aplicación que cotejaba el origen y la naturaleza deconstruida del mensaje, asegurándose de que no se trataba de un virus. El implante confirmó el remitente, cuyo alias había sido desencriptado: MrHackescent. Marcus camufló el respingo que dio en su asiento con el ajetreo creado un instante después al sonar el timbre del descanso. Faltaba apenas una hora para que su madre viniera a buscarlo, pero Mickey le miraba desafiante desde el marco de la puerta, aguardando a que el maestro acabara de recoger sus cosas y desapareciera. En las aulas no había cámaras activadas en horario de clase; qué mejor recurso para matones como Kowalski que arrinconar a sus víctimas en el lugar más seguro y cándido de una escuela: el propio interior de las aulas, donde el derecho a la privacidad de los menores de edad prevalecía incluso por encima de las celosas políticas de vigilancia de Sentido Común P2P que se inmiscuían hasta en el último rincón público, justificadas ante la ciudadanía como medidas para garantizar la libertad. Prefirió leer el mensaje de MrHackescent a salir del aula detrás el maestro y evitar, así, un más que seguro coscorrón. El abuso verbal, el que más le sacaba de quicio, estaba garantizado tanto si salía como si permanecía recogiendo lentamente sus fichas electrónicas, así que se tocó de nuevo el lóbulo de la oreja izquierda para abrir el mensaje.

"Hola Soplaris. Vuestra detención es inminente. Nuestros drones impostando las avanzadillas de vigilancia en el Valle y lanzando octavillas nos han mostrado el peligro que corre tu padre. El implante se ha desacoplado y pronto inoculará en tu padre un virus sintético que se comporta como el cáncer. Le hemos visto sangrar por el oído, pero de momento está bien. Ha dejado el laboratorio con antelación y le buscan drones, androides y humanos. De momento, le funciona el gorro de tejido inhibidor, pero es cuestión de tiempo que le encuentren. Avisa a tu madre para que venga a recogerte; que no olvide salir con un gorro de inhibición electromagnética puesto. Seguirán el vehículo, pero podréis abandonarlo y seguir a pie cerca de la escuela. Mucha suerte. Un consejo: para salir del Valle, mejor hacerlo por el subsuelo. La red de cloacas conduce hasta la Tierra de Nadie. Suerte. Seguid hasta CaliKowloon y buscad allí el signo del trisquel".

Marcus se preguntó si la huida por el subsuelo había acabado con la vida de sus padres y casi lo había hecho con la suya y la de su hermano en gestación. Las mejores intenciones del mejor hacker no garantizaban la mejor solución para una situación desesperada. El trisquel. El trisquel. ¿Qué es un trisquel? Activó una ficha electrónica con el tacto y buscó "tríscele". Interesante, pensó. "Símbolo geométrico y curvilíneo conformado por una hélice de tres brazos en espiral que se unen en un punto central". Subrayó una línea, que envió como recorte al portapapeles de su amuleto: "símbolo del aprendizaje entre los druidas, así como de la trinidad Pasado, Presente y Futuro". Le vino a la mente *Merlín*, uno de los videojuegos inmersivos que habían forjado la leyenda de su alter ego más respetado, el hacker y maestro jugador Soplaris; *Merlín* era una experiencia caballeresca en la que se recreaba el ciclo artúrico con toda su riqueza y los jugadores debían luchar por honor, rescatar a damas, evitar el envenenamiento y acabar con sus enemigos. Como otros videojuegos neurales, los jugadores conectaban su conciencia al entorno inmersivo. Su otro alias en el mundo virtual, Sleepingbot, había logrado una fama reconocida entre los jugones del Valle, pero sus logros no abandonaban parámetros predecibles, fáciles de obtener por cualquiera que dedicara suficiente tiempo a la empresa de crearse una reputación en videojuegos. Para muchos adolescentes sociópatas y con complejo de hikikomoris -chicos japoneses que decidían encerrarse en la habitación para no afrontar la presión de la edad adulta y sus obligaciones ineludibles-, los videojuegos eran la única escapatoria a una realidad en la que afrontaban una doble tutela: la de sus padres y la de los asistentes virtuales.

- ¡Eh, brujo tullido! -Mickey caminaba hacia él una vez el maestro había salido de la sala.

- Curioso que menciones lo de brujo... estaba pensando en *Merlín*; ya sabes, el juego...

- ¿De qué me estás hablando, tarado...? Un momento, ¿qué te ha ocurrido? ¿Se te ha curado la tartaja o el verdadero Terlingua ha enviado a un androide en nombre suyo para evitarse una tunda?

- Se curó, sin más -respondió Marcus, presa de una tranquilidad desafiante.

Kowalski se giró hacia la puerta y, al comprobar que el chupado Barzini y el pelota Ollie Scholtus vigilaban en la puerta, se acercó a Marcus y le agarró por el cuello:

- ¿Qué me dices ahora, pasmado? ¿Qué truco esperas hacer ahora que te tengo? Te tendría que romper el cuello aquí mismo...

Marcus decidió que no tenía tiempo para romanticismos. Envió un mensaje neural a su madre para que viniera a buscarle al instante, aunque faltara una hora más de clase. A continuación, sofocado por el apretón de Mickie Kowalski, decidió recurrir a su librería de bromas pesadas, gentileza de sus actividades en la sombra bajo el pseudónimo Soplaris, y hackeó el protocolo de comunicación que conectaba el asistente de Kowalski con Núcleo.

Mickey empezó a escuchar una música de fondo en su oído. Soltó ligeramente a Marcus, pero volvió a apretarle el cuello con todas sus fuerzas, mientras respiraba cada vez con más dificultad. Marcus empezó a subir el volumen de la música; había extraído la canción de los listados de canciones de tortura empleados a principios del siglo XXI. Pensó que Kowalski se merecía oír *Stayin' Alive* de Bee Gees, todo un clásico en el centro de detención de Guantánamo. La aguda voz de los tres cantantes del conjunto olvidado hacía mucho tiempo cabalgaban las azucaradas ondas del infame ritmo melódico de la canción. A los treinta segundos, cuando el volumen empezaba a hacerle daño en el tímpano, Mickie Kowalski soltó a Marcus y, sin que Barzini y Scholtus, todavía en el umbral de la puerta, entendieran nada, suplicó que parara la música.

- Di a tus amigos que me dejen pasar. No me encuentro bien y tengo prisa -su voz era tranquila, precisa, sin un ápice de las complicaciones que había afrontado toda su vida.

Kowalski indicó a sus esbirros que le dejaran vía libre.

- Mi madre viene a recogerme, señora Wojcicki -anunció Marcus en la recepción de la escuela.

- ¿No te encuentras bien?

- No mucho, señora Wojcicki...

Ellen Wojcicki, la madura directora de la escuela, una mujer delgada y de media estatura con el rostro asexuado y la edad indefinida que producían los tratamientos epigenéticos para la edad, miraba a Marcus con una curiosidad genuina, percibiendo que algo había cambiado de la noche a la mañana en aquel niño paliducho y atormentado. La esclerótica de los ojos era ahora blanca, en lugar del amarillo cristalino con que había conocido al muchacho al entrar en la escuela. Pero ese no era el único cambio. Quizá el color del pelo... O su brillo... ¿Habrá pegado un estirón sin que yo me diera cuenta? Nah. Apartó su curiosidad por un instante, enviando una alerta con prioridad dos -importancia "leve", que implicaba comparecimiento pero no accidentes graves- a la madre del pequeño; Marfa acababa de ponerse en camino tras recibir un par de minutos atrás el mensaje de su propio hijo.

- ¡Ya lo tengo! -celebró la directora-. Primero, comprobaré mi hipótesis... vamos a ver... ¿qué te ocurre, Marcus?

- No lo sé seguro -el pequeño entornó los ojos y se miró la punta de los zapatos; como buen descendiente de californianos de origen presbiteriano, odiaba mentir y se le cazaba al instante cuando ocurría-... simplemente, no me encuentro demasiado bien y la interfaz confirma que tengo unas décimas de más...

Era cierto. Las emociones estaban pasando factura al pequeño, que no podía controlar su sofoco desde la lectura del mensaje de MrHackescent y la presión acumulada por el sentido de la responsabilidad, tanto del Yo niño como del Yo huésped, ese adulto que había decidido condicionar los primeros años del pequeño para intentar cambiar algo que no había funcionado en el otro "pasado" que había vivido: la huida del Valle. Su madre le había sugerido que su Yo del futuro estaba allí para intentar frenar algún acontecimiento traumático. Ahora temía que ese acontecimiento estuviera relacionado con sus padres.

- Confirmado -respondió la señora Wojcicki.

- Confirmado, ¿el qué? -respondió el niño con cierto atrevimiento.

- Ya no hablas con aquel... con aquella particularidad. Ahora tienes una dicción asombrosa. Hablaré con Rendezvous para barajar qué papel de preponderancia podrías ocupar en la obra de fin de curso. Este año toca *La fierecilla domada* -subrayó la señora Wojcicki con retintín, como si la historia de la casadera Catalina Minola, enfrascada en ahuyentar a cuantos pretendientes se presentan ante su padre para pedir su mano, fuera la suya propia.

- Gracias, señora Wojcicki -una sonrisa forzada se dibujó en su rostro, dominado por el contraste del rojo de sus mejillas con la palidez de su piel.

No haría falta que Rendezvous le concediera ningún papel. Rendezvous era el androide especializado en expresión oral, canto y teatro que tenía la escuela. En ocasiones, dada su facilidad para citar a Shakespeare, Calderón o Ibsen, mostraba más humanidad que los cinco humanos, de un total de veinte docentes presenciales y otros tantos no presenciales con que contaba una escuela que se vanagloriaba de cultivar las artes como ninguna otra en la zona.

Sin tiempo para el debate, Marfa apareció por la puerta con ropa cómoda y un gorro de tejido sintético con las propiedades de la lana merino que le cubría cabeza y orejas, como si el fresco otoño del valle de Santa Clara se hubiera transformado en un invierno en Alaska. A ojos de la señora Wojcicki, a quien siempre le había chocado el envejecimiento prematuro de aquella madre desganada y con cierta flema menopáusica, la madre de Marcus parecía revigorizada y rejuvenecida. La señora Wojcicki saludó a Marfa Terlingua con interés, pero no tuvo tiempo para desarrollar una estrategia que le permitiera indagar qué subyacía al visible cambio psicosomático de ambos, pues el sonido de la llegada de un mensaje con prioridad uno le obligó a excusarse; temiendo que hubiera ocurrido algún percance en su familia, la señora Wojcicki caminó hacia el interior de la habitación acristalada que la recepción ocupaba junto a la puerta, dejando a dos secretarias androide al descubierto. La sociedad del Valle, que había anunciado la superación del Machismo con mayúscula, seguía produciendo androides con aspecto femenino y taimado para asumir roles como la secretaría o la limpieza doméstica. ¿No tenía más sentido optar por un ser andrógino, tan anodino físicamente como efectivo en su trabajo?

Marfa intuyó que la directora de la escuela estaba siendo avisada de que ningún alumno, en especial Marcus Terlingua, dejara el edificio. Agarró de la mano a su hijo mientras se colocaba de nuevo el gorro de lana sintética y corrieron hacia el coche. El instante en que Marfa había permanecido sin el gorro protector había activado las alarmas del sector en Núcleo. De lo contrario, no se explicaba el bloqueo que ahora sufría su vehículo, con un cepo en la rueda.

- Mamá, ¿te acuerdas de cuando fuimos al entierro de tu amiga Carlin en el cementerio de Alta Mesa? No tardamos más de diez minutos a pie desde aquí. Si tenemos suerte y hoy hay entierro o cremación, no habrá drones ni androides merodeando la zona.

En efecto, los actos ceremoniales tenían prioridad sobre cualquier otra actividad en la zona donde se produjeran, lo que había creado un submundo de desahuciados de karma que realizaban contrabando en sitios en apariencia tan poco atractivos como cementerios, tanatorios y aparcamientos de iglesias en días conmemorativos.

Se ocultaron bajo la copa del gran roble que presidía la entrada del cementerio, pisando el jardín que crecía a su sombra. Marcus convenció a su madre para que no llamara a un vehículo de alquiler, pues delataría su localización. Pese a que todos los servicios del Valle, incluidos los de alquiler de vehículos y androides, garantizaban la privacidad de sus usuarios, nadie creía en la efectividad del "modo incógnito" en el uso de servicios electrónicos desde la época del escándalo de espionaje masivo realizado por la Agencia de Seguridad Nacional de los difuntos Estados Unidos, hacía ya demasiadas décadas. La mejor manera para llegar a la Lagunita, en el extremo de poniente del campus de Stanford, a tres millas de distancia a través del bulevar de Junípero Serra, era andando, pero la tarea les habría ocupado una hora, demasiado tiempo como para no ser detectados por drones voladores o androides de patrulla, como los que ahora bajaban ante ellos por la amplia carretera del Arastradero en dirección al centro de Palo Alto. No lo conseguirían.

- ¡Un momento! ¿Qué hay del amigo de papá, ese que es capaz de hacerse pasar por un androide?

- ¿Te refieres a Renzo? Me gustaría hablar con tu padre antes de confiar en él. Apenas le conocemos... Si nos traiciona, estamos acabados.

- Buena parte de lo que estamos haciendo es porque lo que él dice coincide con lo que yo he conocido desde el principio, mamá. Él sabe lo de mi Yo del futuro. ¿No crees que ya nos habría denunciado, si fuera esa su intención?

Su madre asintió. El pequeño tenía vía libre para comunicarse con Iseman, pero había un problema. ¿Cuál era su alias hacker? Difícilmente firmaría como Renzo Iseman o con las iniciales R.I. El de los alias y avatares era un mundo tan sofisticado y plagado de matices como el que había definido a los grafiteros de principios de siglo. El nombre, el "tag", debía ser uno, inequívoco, evocador, tan sugestivo e inexorable como el aura de cada persona. Los animales de compañía acababan compartiendo el rostro y manierismos con sus amos, las personas tenían cara de llamarse Fulano o Mengano, aunque nunca se sabía si antes había sido la costumbre o la conexión universal entre nombre y persona. El mote se encontraba a medio camino entre el nombre, otorgado por otras personas a uno mismo y, por tanto, tan encorsetado como la genética; y el alias hacker o el tag grafitero, apodos concedidos por uno mismo y, en consecuencia, fruto del libre albedrío, las aspiraciones propias y el ejercicio de la libertad individual: la firma del propósito vital. El mote era concedido por otros y a menudo determinista, sobre todo cuando le caía a uno debido a la fama adquirida por algún pariente lejano, al oficio o lugar originario de las personas ascendentes y muchas otras variables. Pero el mote compartía un rico apéndice de libre albedrío con el alias de Internet o el tag grafitero: su relación poética con lo designado, a menudo una interpretación tan certera como hiriente. Así que, conociendo todas estas consideraciones, el pequeño Marcus Terlingua, alias Sleepingbot el bueno, alias Soplaris el travieso, se dispuso a averiguar en tiempo récord el alias de Renzo Iseman...

Veamos, veamos... Iseman... Iseman... Renzo... Renzo... Decenas de imágenes y percepciones conformaban un deshilachado torbellino de ideas en la compleja conciencia del niño, hiperconectada debido a la convivencia de sus dos Yo, separados en dos instantes de la eternidad y a la vez juntos gracias a una paradoja del espacio-tiempo aprovechada por el Yo adulto.

- ¡Ya lo tengo! Su mente se paró, como una ruleta rusa, en una idea que crecía desde lo borroso hasta convertirse en un concepto con masa y atributos concedidos en relación a su propio universo, como ocurría con los personajes de un videojuego, o los protagonistas de una película, ópera, novela u obra de teatro. Los hackers convertían su vida en una performance de su yo electrónico, a menudo asociando su alias con comportamientos, atuendos o atributos tanto reales como impostados, pero siempre sugeridos con una escenografía artística, digna de un *poète maudit*.

En el vehículo negro del personaje estaba su alias. Él, aficionado a videojuegos de mala reputación, conocía el modelo, la película y el autor que lo habían hecho famosos. Así que ideó una araña de búsqueda para escanear "mcqueen", "bullitt", "san francisco and bullitt", "steve and mcqueen", "dodge and charger", "Dodge Charger 440 Magnum"...

Apareció un alias que le dejó tan perplejo como sorprendido. Tenía que ser él: TerlinguaBullitt.

- Creo que ya lo tenemos, mamá. Sin duda, quería que reconociéramos su alias cuando buscáramos en el mundo hacker, si como parece usa nuestro apellido y el nombre de la película que la que sacó el diseño de la carrocería de su Tesla DIY con diseño vintage.

- Probemos, no tenemos nada que perder. Podemos enviar un mensaje que tendrá todo el significado posible si en realidad se trata de nuestro misterioso aliado. Si fuera cualquier otra persona, no sabrá de qué se trata y descartará el mensaje.

"Aquí Soplaris y mamá Terlingua. Preparados para volar cuando papá Terlingua se reúna con nosotros en el nido. Bullitt está invitado a unirse en un rato y así reforzar la partida, pues nos falta un mapa realista. Cualquier ayuda será bienvenida. Gracias por ofrecerla. Nuestra respuesta es sí. La necesitamos. Es el momento de rendir tributo a lo que dejamos atrás. Dejemos flores en el cementerio de Alta Mesa, junto al gran roble de la entrada".

Marcus encriptó el mensaje dictado por su madre. Si el destinatario no era en realidad el Renzo Iseman que conocían, sería asumido como una partícula de ruido en un universo de información. Como un buen jugón, Marcus descompuso el mensaje encriptado en cuantos más paquetes mejor y los envió de manera asíncrona a través de distintos protocolos, así como con la clave para recomponerse una vez en el buzón del destinatario con alias TerlinguaBullitt, y sólo en el buzón de este destinatario. Sólo un hacker experimentado rastreando el alias concreto Soplaris podría conocer una porción significativa del mensaje hasta su inteligibilidad pero, ¿quién podía relacionar a Marcus Terlingua con Soplaris? Que él supiera, sólo MrHackescent y su Yo del futuro, si contaba a éste como una entidad distinta a sí mismo. Marcus desconocía la atención de su padre hasta por los detalles más íntimos de su hijo. En efecto, Marcus había descartado a su padre, el tercer adulto que conocía su relación con Soplaris. "Papá es atento, así que quizá se haya fijado en la marca de agua con la inscripción 'Soplaris' al mirar a través del amuleto". En fin, sea como fuere, es seguro enviar el mensaje desde aquí.

Marcus no se había equivocado en la intuición. Lo que no pudo concebir es que, a apenas una milla de distancia de la puerta del cementerio de Alta Mesa en Arastradero donde se encontraban, un avispado joven universitario sentado en la parte superior de un aula anfiteatro donde se impartía una hora lectiva de programación y diseño industrial, se dedicaba a rastrear, sirviéndose de una ficha de metacrilato convertida momentáneamente en interfaz cerebro máquina, cualquier señal que delatara la actividad de un hacker concreto: Soplaris.

Thor Norretranders había dedicado dos horas a la labor sin obtener frutos, pero justo cuando estaba a punto de apagar la interfaz y recoger su material para salir de clase, un pequeño punto apareció en la parte superior de la pantalla. En efecto, alguien había abierto una sesión como Soplaris en el Valle. Al instante, empezó el espectáculo que estaba esperando. Thor movió la cabeza para retirar el flequillo de su rostro y no perder un ápice de la tormenta de paquetes de datos.

- Allá van -masculló.

Cerca suyo, alguien pidió silencio. Había obtenido las coordenadas de la fuente emisora, así que pudo clonar la mayoría de paquetes de datos enviados, incluyendo la plantilla que, una vez desencriptada, permitiría reconstruir el mensaje.

- ¡Lo tengo!

El profesor demandó silencio, a lo que Thor Norretranders respondió con un "disculpe, es algo urgente" desde la fila más alejada y elevada del anfiteatro.

- Excúsenme -y recogiendo la ficha y el monopatín levitador, salió por una de las puertas laterales que coronaban el extremo del aula.

Desencriptó la información surfeando a dos palmos del suelo con su hoverboard.

- Así que Marcus y su madre están en la puerta del cementerio de Alta Mesa y piden ayuda; el pequeño hacker sabe lo que hace...

Su estela se perdió por Escondido Road, donde jugó a sortear obstáculos que incluían árboles, setos, mobiliario público, alumnos y androides. Se ganó más de un insulto, pero el riesgo a ser amonestado merecía la pena: Thor Norretranders intuía la importancia de lo que acontecía a los Terlingua. De la misma manera que había programado la araña de búsqueda para captar los movimientos electrónicos de Soplaris, su conciencia trataba de armar una teoría cósmica que le permitiera comprender de qué manera él, apenas una mota de polvo cósmico en la eternidad, estaba relacionado con otras entidades finitas que habían coincidido con él en el espacio-tiempo.

Los vehículos de reparto sin conductor, los vehículos en autopiloto y los que transportaban a androides eran mayoría en Arastradero Road, a apenas mil pies de las tres auténticas arterias de la zona, paralelas a la península: al poniente, Foothill Expressway, que conectaba con el Bulevar de Junípero Serra y Menlo Park al oeste de Stanford; al naciente, aparecía primero el ajetreado cruce con El Camino Real, donde Arastradero pasaba llamarse West Charleston; y seiscientos pies más allá discurría la arteria residencial de Palo Alto, articulada en torno a Alma Street. Marfa estaba convencida de que debían evitar las tres vías que cruzaban ese rincón del Valle en diagonal. Las pequeñas calles residenciales de la vía rápida de Foothill serían un mejor aliado. Un momento... Marfa cayó en algo que debían aprovechar: el instituto de secundaria más importante de la zona, Gunn High School, se encontraba frente a ellos, con sus interminables edificios e instalaciones deportivas, todo un microcampus que parecía la versión fractal inmediatamente inferior de Stanford, erigido una milla al noroeste.

En apenas cinco minutos, el complejo educativo se convertía en un ajetreado lugar público con las entradas colapsadas por vehículos conducidos por humanos, androides o en autopiloto; madres, padres y androides mayordomo esperaban a sus vástagos para conducirlos a casa o a su próxima actividad. Los chicos de familias más permisivas salían del instituto por sí mismos a toda velocidad, ya fuera en grupos a pie, en bicicleta, monopatín levitador, motocicleta y girovehículos de potencia limitada, invadiendo aceras, carriles de velocidad limitada e incluso los márgenes de la calzada principal. Por un instante, el rincón más tecnificado de Occidente se asemejaba a una ciudad mediterránea, hasta que a los quince minutos retornaba el inexorable y narcotizante pulso algorítmico de las cosas. Marfa estaba convencida de que el fin del día lectivo en Gunn sería su salvación... siempre y cuando pudieran aprovecharlo.

- Arcus, ¿crees que nuestro amigo podrá encontrarnos si cambiamos de acera y esperamos allí? -Señaló a la gran entrada al aparcamiento del instituto frente a ellos, flanqueada por parterres.

- Estoy seguro de que se las ingeniará para estar aquí en un momento, mamá. Yo no me arriesgaría a cambiar de planes tan pronto.

Marfa se emocionó al comprobar la entereza, libertad de criterio y madurez de su hijo en una situación que habría provocado un shock nervioso a otros niños de su edad.

- De acuerdo, Arcus, esperemos aquí.

Madre e hijo retrocedieron hacia la protección de la espesa sombra del viejo roble que presidía la entrada en Alta Mesa cuando observaron la llegada de un vehículo del equipo de jardinería de Stanford.

De su interior bajó un jardinero con mono y gorra que se movía con el desparpajo de un humano, pese a que hacía años que semejantes labores a cargo de la universidad y las autoridades municipales eran asumidas por viejos androides con pésimas articulaciones, a menudo más cercanos al movimiento del C-3PO de *La guerra de las galaxias* -o al de su torpe pariente de ficción todavía más alejado en el tiempo, el robot que suplanta a María en *Metrópolis*-, que a la compleja psicomotricidad humana.

El androide empezó a retirar hojas secas de los arbustos más cercanos a la calzada de entre los cobijados bajo la copa del roble, hasta difuminarse bajo su sombra. El jardinero dejó las herramientas y se acercó decidido a los dos bultos que, paralizados por el pánico, trataban de mimetizarse con el grueso tronco del roble: Marcus y su madre habían transformado la tonalidad de su ropa para imitar la corteza del roble americano, al parecer sin demasiado éxito.

Estaban perdidos...

O no:

- ¿Qué tal estáis? ¿Qué, vamos al encuentro de Frederick?

Marfa y Marcus salieron aliviados al encuentro de Renzo Iseman, que les animaba a subir al pequeño vehículo del departamento de jardinería de Stanford que se ocupaba de mantener el entorno de la Casa Hanna.

- Ahora comprobaremos a qué velocidad puede ir esta tartana. Preparémonos para tomar algunas curvas cerradas.

Como uno entre tantos guijarros apelotonados contra un dique, a la espera de que la fuerza del agua haga ceder la grieta un poco más y lo dispare a toda velocidad junto al resto de cuerpos fruto de la erosión, el pequeño vehículo se incorporó con agresiva normalidad al cada vez más denso tráfico sincopado de la zona, gracias al poder succionador de vehículos del instituto Gunn, el mayor trombo de la corriente sanguínea de aquel microcosmos del valle de Santa Clara en ese preciso momento de la eternidad.

EL VALLE DE LAS ADELFAS FOSFORESCENTES por Nicolás Boullosa

Capítulo 12
Molinos quijotescos en el puerto de Oakland

No era el día de Thor Norretrandrers. O quizá fuera su día más importante, según cómo se mirara. Unas horas después de haber conocido a Frederick, un Ciudadano Aumentado con el estatus de proscrito, volvía a suceder lo imposible: un nuevo choque contra otro Ciudadano Aumentado. ¿No eran *Ciudadano Aumentado* y el atributo de "proscrito" un oxímoron imposible? Un Ciudadano Aumentado no podía ser un proscrito, y a la inversa; un proscrito no nacería en el Valle, ni adquiriría la ciudadanía para así formar parte de la sociedad entre usuarios y participar en la "libertad P2P", contribuyendo -con un algoritmo particular y una actividad individual- al bien de Núcleo, el algoritmo colectivo. Los choques en el Valle eran también imposibles. O al menos sobre el papel, porque haberlos, los había.

Cuando se disponía a dar un impulso suficiente como para sortear el cruce de la calle Hanover con la carretera de Page Mill, sobrevolando los vehículos que circulaban con la milimétrica y prudencial coordinación de androides en hora punta, su monopatín levitador se frenó en seco, escupiéndolo a toda velocidad contra otra persona que le cerraba el paso junto a los hangares de fabricación de drones Hewlett Packard. Justo antes del impacto, Thor comprobó de quién se trataba.

- ¡Mierda!

- ¡Mierda no, me llamo Jane y lo sabes muy bien! -Una traviesa y ágil adolescente, vestida íntegramente de tejido elástico negro, media melena de color pajizo y redondos ojos verdes, le miró desafiante-. No me has contestado a los mensajes y no puedo esperar más. ¿Irás conmigo a Burning Man o no?

- ¡No tengo tiempo de pararme contigo ahora, ando en algo importante! ¡Déjame en paz! -Le respondió el universitario Thor Norretranders, con el habitual tono despectivo de quien se dirige a una chinchona adolescente demasiado joven como para que surjan respeto intelectual, atracción química o ambas cosas.

- ¡Contéstame! -Insistió la adolescente, retirándose coquetamente el flequillo de la cara; sus uñas estaban pintadas de negro y en sus dedos podía leerse L-O-V-E.

Seguramente, pensó Thor, en los dedos de la otra mano aparece el predictible H-A-T-E de listillo adolescente alternativo... qué plasta de niña.

- Si no me dejas pasar te suelto un sopapo, niñata.

- No seas mal hablado, señor maduro. Eres un novato y te las das de estudiante de doctorado. Baja esos humos, que te estoy dando una gran oportunidad. No veo a las chicas de tu clase haciendo cola para salir del Valle una temporada camino del desierto...

Thor Norretranders pensó que no se sacaría de encima a su díscola admiradora de instituto, así que era mejor aliarse con ella.

- ¿Cuánto tiempo has tardado en llegar desde Gunn hasta aquí? -Preguntó Thor.

- Acabo de salir y lo sabes. Soy tan rápida o más que tú.

- ¿Sabes hacer "ollies" voladores?

- Pues claro -la muchacha acabó su afirmación con un desdeñoso chasquido entre dientes y un pestañeo que midió el tamaño de la ofensa como el aleteo de una mariposa; quizá aquel pestañeo provocaría un terremoto en la otra punta del planeta, o quizá significara el detonante de una cadena de acontecimientos fortuitos que llevarían a otras personas a abandonar la tierra con destino a las colonias de Marte.

- ¿Has cruzado alguna vez por el aire alguna calle tan ancha como Page Mill?

- Sí -Jane mintió.

La afirmación de Jane Coelho quizá no le suscitara sinceridad, pero Thor se conformó con la determinación de la muchacha. Si ocurría algo a Jane o se le declaraba responsable de un raro accidente en cadena, su karma jamás se resarciría y la familia Coelho no cejaría hasta hacerle pagar a él por la temeridad.

- De acuerdo, tomemos un poco de carrerilla retrocediendo por Hanover. Quiero que, cuando llegues a un par de yardas del semáforo de Hanover con Page Mill, eleves la parte delantera del hoverboard hasta lograr tocarla con la mano adelantada. ¿Cuál es tu "stance"? Ya sabes, tu posición en la tabla.

- Ya sé lo que es "stance", ahórrate el contexto -sacó la lengua-. Esta -Jane le mostró saltando con agilidad y destreza sobre la patineta levitadora.

- Vale, otra goofy... Presta atención, porque tendrás que hacer lo mismo que yo -Thor cogió algo de carrerilla y realizó un estético "ollie" en el aire que despertó en Jane un respeto que se apresuró a ocultar, ninguneando la acción.

- Te referirás a algo parecido a lo que me enseñas, pero bien hecho...

- Así es, graciosilla... Como no quiero cargar sobre mi conciencia con la primera muerte por accidente de tráfico desde la independencia del Valle, tendrás que ir delante mío. Recuerda, tenemos que acelerar al máximo y, un par de yardas antes del semáforo, dar el impulso definitivo. No frenes cuando estés en el aire, pese al vértigo que te darán tanto la altura como la fricción.

- ¿Quién te has creído que soy? Menos hablar, si tanta prisa tienes. Te esperaré al otro lado para seguirte en tu recado. ¿Adónde vas, a salvar el mundo? -Jane rió con sorna, mientras se alejaba un poco más del cruce, antes de empezar el acelerón.

- No estoy seguro, pero quizá sí -contestó Thor.

Por alguna razón, la adolescente y el freshman intuyeron que aquella tarde no se enfrentaban al hastío de la mediocre realidad de su existencia confortable y controlada por algoritmos, sino que se sumergían en una aventura que, quizá, cambiaría sus vidas. En la historia que Jane imaginaba, ella aparecía junto a Thor, y se convertían en algo parecido a superhéroes libertarios, luchando por qué sino: por la libertad. El pragmatismo de Thor le llevaba a relacionar más la aventura con un examen a su formación en lo que él imaginaba como el principio de una resistencia contra la libertad impostada para lograr... la libertad.

Ambos se miraron en el aire y, seguros de que llegarían a la otra orilla de la carretera de Page Mill, compitieron por el aterrizaje más honroso y malabarístico. A partir de allí, Thor se encomendaría a la propia destreza y al porvenir. Jane se conformaba con seguir a Thor durante el pedacito de eternidad al que su pura energía de supernova no renunciaría.

En ese preciso instante, la pequeña camioneta de jardinería de Stanford atravesaba Page Mill Road en sentido contrario unas calles más arriba. La pequeña carretera de Gerona les conduciría, paralela al bulevar de Junípero Serra, a las inmediaciones de la Lagunita. De momento, no detectaban ninguna acumulación sospechosa de drones en la zona, como tampoco cambios en los sincronismos del polvo inteligente de los cuadrantes que iban dejando atrás a medida que avanzaban: los sensores microelectromecánicos de su alrededor seguían cumpliendo con las funciones asignadas, como comprobaba Renzo Iseman mientras conducía la furgoneta. Marcus había recibido el mensaje de un desconocido, un tal Thor, reenviado por su padre. Analizó el alias del muchacho: Triskelion. ¿Triskelion? La búsqueda del término le llevó a su definición. Trinacria. Tríada dialéctica: pasado, presente y porvenir. Interesante. Desencriptó el mensaje, tal y como Thor había pedido a su padre, y pudo comprobar que se trataba de imágenes, vídeos y hologramas. Un vistazo por encima no dejaba lugar a dudas: había pruebas concluyentes sobre la matanza premeditada de miles de animales y personas mientras intentaban acceder al perímetro del Valle. Al entrar en contacto con las invisibles barreras láser que cerraban el paso alrededor de todo el valle de Santa Clara, los ilegales orgánicos, sin implante de Ciudadanos Aumentados ni permiso de acceso a la República P2P del Valle de Silicio, eran freídos en una frontera invisible hasta que de ellos apenas quedaban pequeños jirones de ropa, hebillas de cinturón y prótesis de titanio, así como restos de cabello y documentación. Mamíferos, reptiles y aves terrestres de un tamaño superior a un puño caían también en la barrera invisible. Ello explicaba su misteriosa ausencia en el Valle. Evocó el poema que había leído en una octavilla traída a casa por su padre. Su título: *Árboles sin ardillas y almas en pena*. Compartió con su padre las imágenes usando un protocolo abierto para no despertar sospechas. Su padre apenas recibió un enlace con el asunto: "imágenes del cumpleaños del niño Thor".

Frederick se apeó del vehículo de alquiler en las inmediaciones del bulevar de Junípero Serra con Campus Drive, a apenas diez minutos a buen paso del escondido rincón donde había pasado tantas melancólicas tardes de fin de semana con su mujer y su hijo, en los días en que su pequeño era el normosómico menos normal del Valle y, como consecuencia, su madre era la mujer feliz -en tanto que Ciudadana Aumentada- más desdichada del valle de Santa Clara. Eso sí, siempre que la desdicha hubiera sobrevivido en el eugenésico renacer de aquel rincón tecnificado de Occidente, primer gran bastión de las ideas de la Ilustración mejoradas, aplicadas en tiempo real y literalmente compartidas entre ciudadanos a través de implantes conectados a un único núcleo. Pero el núcleo en minúscula se había convertido en Núcleo, con mayúsculas, un Todo absorbente y rastreador de anomalías, un embellecedor artificial de las aristas y contradicciones de lo humano. Un enemigo de Dostoievski y de todos los seres humanos contradictorios, compositores de música, dramaturgos, escultores, poetas, jardineros, mecánicos improvisadores, cacharreros, astronautas, constructores de microcasas y tantos otros. Los defensores de la belleza compleja, de la suave aspereza, el claroscuro y lo agridulce, eran el objetivo del mayor plan eugenésico jamás comunicado. La norma no escrita:

detectar y destruir todas aquellas contradicciones que se convertían en trabalenguas de las conciencias. Vestigios de energía cósmica que un algoritmo matemático sólo podría interpretar porque había sido programado para ello, y no por mera intuición o sentimiento de pertenencia. Lo humano. Humanidad. Humanismo. ¿Humanure? ¿Cuánto faltaba para completar el trabajo en Humanure? ¿Podría el nuevo algoritmo poner en marcha el proceso que registraría tanto genoma como conciencia epigenética? Si Humanure era culminado, el ser humano cumpliría con su aspiración más grandiosa, el sueño del Demiurgo: reproducir la vida física y también su conciencia. Soma y psiqué. Cuerpo y alma. El retorno de su hijo desde el futuro sólo podía significar algo: un fallo en el pasado había impedido la prosperidad en el mundo y, quizá, había conducido a la exterminación total o parcial de la vida en la tierra... A saber si su hijo del futuro se comunicaba con su Yo presente desde alguna austera estancia de una colonia en Marte. O quizá desde la luna, o desde algún asteroide o cometa explotados por alguna concesión minera. ¿O se trataba de Europa, la luna de Jupiter?

Una vez en el bosque aledaño a la Lagunita de Stanford, Frederick evitó el sendero y llegó, algo alterado y expectante a un lugar tan próximo y significado para su familia. Oyó una alerta: un usuario anónimo con alias Sleepingbot compartía un enlace con él. Su hijo le enviaba las imágenes desencriptadas. Pruebas irrefutables de materia orgánica desintegrada con premeditación y a escala industrial. Un holocausto que nadie planeaba, veía, oía, olía, tocaba. La muerte de personas y otros organismos de la que nadie hablaba. Como las dictaduras industriales más macabras de la historia humana, la República P2P del Valle de Silicio se desentendía de lo que había decidido que no existía. Desintegrar a un individuo que intentaba acceder al Valle era el macabro equivalente a reconstruir la memoria histórica de generaciones retocando textos y fotografías. Pero en el Valle no había purgas, ni trotskystas a los que enviar a Siberia. Ni tampoco Siberia. La desintegración reescribía la historia a escala molecular, sin dejar más rastro que unos jirones, o la patilla de unas gafas de realidad aumentada, o el titanio de una prótesis.

- Así que es verdad -sollozó, cayendo de rodillas sobre el suelo polvoriento; agarró una raíz medio desenterrada y la arrancó de cuajo, impotente-. Soy un Ciudadano Asesino, y no un Ciudadano Aumentado... ¿Para qué hemos creado este simulacro, si ni siquiera respetamos la vida de las personas? El superhombre nietzscheano...

Había que salir del Valle como fuera.

Thor había perdido el rastro a Soplaris y se encontraba a punto de tirar la toalla, mientras trataba de sacarse a Jane de encima.

- ¿Dónde está la aventura, eh, Superman?

- Es hora de volver a casa, niña consentida. No tientes la suerte y piérdete de mi vist... ¡Un momento!

La araña rastreadora de código de Thor Norretranders acababa de interceptar un mensaje de Sleepingbot, el otro alias hacker de Soplaris. Lo localizó con éxito.

- ¡Se mueve! ¡Le tengo! ¡Sé adónde se dirigen!

Y Thor se lanzó sobre el monopatín levitador, en dirección a la Lagunita. Jane siguió la estela de su héroe secreto.

Cuando Renzo Iseman aparcó junto a los parterres de la avenida del Gobernador, la tensión acumulada y los bruscos virajes del último tramo, tan distantes de la acostumbrada conducción sincopada de los pilotos automáticos, agitaron el cuerpo de Marfa hasta la náusea. Un repentino ataque de calor la obligó a respirar profundamente. Cerró los ojos y, tomando todo el aire que cabía en sus pulmones, imploró por llegar al final del aparcamiento en Governor's Avenue, con vistas al campo de golf. Cuando el vehículo se detuvo, Marfa salió disparada y vomitó copiosamente tras el arbolado, pero tuvo que alejarse algo más: tenía que ir de vientre. Los esfínteres se habían descontrolado tanto como las emociones. Por un instante, el dominio de su amígdala sobre su corteza cerebral reconciliaron su conciencia con el instinto vital de cualquier otro animal vertebrado, desde los más simples hasta el propio ser humano. Las copias electrónicas de éste jamás sufrirían el apretón que había estado de provocar su desmayo, ni el reajuste anímico que empezaba a notar gracias a algo tan orgánico como la producción hormonal. Sus células nerviosas reaccionaban al estrés produciendo sustancias que influían sobre el organismo.

Renzo y su hijo la esperaban alejados ya del vehículo. Se encaminaban al lugar de encuentro con Frederick evitando el repecho desde donde se divisaba el lago artificial de Lagunita en toda su extensión. Se reincorporó en silencio, con una palidez de heroína romántica.

- Discúlpeme, Marfa. Debí tener en cuenta su estado... Quería decir que no debí conducir con tanta brusquedad.

Marfa cerró el paso a Renzo Iseman.

- Un momento. ¿Qué sabemos de ti? Nada. Sólo tenemos una coartada en la que hay que creer por convicción, pero que no se puede comprobar con la tecnología actual. Tú aseguras venir del futuro y yo tengo que creérmelo. No sabemos nada de ti, pero tu pareces saber mucho de nosotros...

- ¿Por qué lo dice, Marfa?

Marfa miró con detenimiento al hombre ante él. Quizá un impostor. Quizá una persona que venía a ayudarles desde el futuro.

- ¿Cómo sabías que estoy embarazada? Sólo se lo he dicho a mi marido...

- Vengo del futuro, recuerde.

- ¿Quién eres?

Renzo Iseman apartó la mirada con un particular ademán que Marfa había observado hasta la saciedad sólo en dos personas: su propio padre... y su hijo Marcus.

- ¿Te conozco? Quiero decir, ¿te conoceré en el futuro?

Renzo se emocionó, respondiendo a la primera pregunta con una afirmación, y a la segunda con una negación.

- ¿Eres...?

- ¿Soy...?

- ¿Eres pariente mío?

Renzo Iseman asintió con la cabeza. No pudo evitar que varias lágrimas copiosas descendieran por la mejilla.

Marfa lloraba, tapándose la mano con la boca, como intentando acallar lo que era más que una corazonada. Si el hombre ante él era la criatura que ahora acarreaba en su vientre y, en cambio, su apellido era Iseman...

- ¿Qué es lo que intenta cambiar el Marcus adulto en el presente? ¿Existe alguna posibilidad de modificar algo indeseable ocurrido?

- Creemos que sí -contestó Renzo Iseman, secándose las lágrimas con el puño de la chaqueta de cuero-. Recuerde que "esos" acontecimientos todavía no han ocurrido en el presente en que nos encontramos.

Marfa no necesitaba más explicaciones, o al menos no lo estimó oportuno delante de su hijo Marcus. Ella nunca se habría casado, si su marido muriera; y, en caso de equivocarse sobre esta cuestión, estaba absolutamente convencida de que nunca habría forzado el cambio de apellido de sus hijos. O Renzo Iseman había elegido otro apellido para evitar choques emocionales con sus padres, o ellos mismos, tanto Frederick como Marfa, los padres biológicos de aquel hombre, ahora inconfundiblemente parecido a su marido, habían fallecido. ¿Hasta dónde quería conocer su futuro? ¿Podía evitar un futuro en el que moría joven actuando de un modo distinto a su porvenir "canónico"? ¿Cuántas realidades existían? ¿Era el universo en realidad un conjunto de universos infinitos, en los que cada situación condensaba el resultado azaroso de un cúmulo de opciones que ocurrían de manera simultánea, o el porvenir era esa concatenación fatalista de la que ni siquiera los más poderosos podían escapar? ¿Libre albedrío o determinismo? Trató de evitar que retornara la náusea. Por un instante, quiso abrazar a aquel hombre, su hijo menor, pero él entendió que quizá no había llegado el momento. Se querían, pero la asincronía en el espacio-tiempo necesitaba un poco de tiempo de maduración en el presente que compartían.

Empezaba a atardecer. La familia al completo se había reunido, sólo que el hijo menor contaba con la edad aproximada de sus propios padres. Las similitudes de Renzo con Frederick, Marfa y Marcus eran pasmosas, hasta el punto de convertirse en el único pasatiempo de Marfa, ocupada en recuperar de manera preventiva un tiempo que potencialmente se le podía denegar en el futuro. Se imaginó cuatro décadas más adelante, reuniendo a su familia para tomar un tentempié en un plácido parque urbano...

El ambiente era fresco y apenas se oían los vehículos de la cercana Sand Hill Road circulando orquestadamente en hora punta, uno de los dos momentos del día en que ocupantes humanos, la mayoría en piloto automático, superaban en número a vehículos logísticos con androides y otros sin siquiera ocupantes artificiales, de camino de ida o de vuelta de algún recado. Más allá de las copas de los árboles, el cielo del atardecer tenía el color blanco azulado y ligeramente metálico de los bancos de niebla cargados de contaminación industrial asiática. Cuando la polución oceánica alcanzaba el Valle, el olor a azufre se imponía a los aromas más habituales. La combinación de estos últimos era tan compleja y agradable como el particular petrichor de la zona: un olor a tierra mojada en el bosque durante las primeras lluvias otoñales que carecía de rival poético. En los días sin azufre ambiental, abundaban las esencias de coníferas entremezcladas con el aceite volátil de plantas ornamentales y aromáticas -potenciadas o no en laboratorios corporativos y caseros-, y con un ligero toque a césped recién cortado; en primavera, las flores de los árboles frutales competían con la frescura que secuoyas y cipreses, gigantes estáticos en sempiterna lucha por captar hasta la última bocanada de niebla matutina.

Tras la alegría del encuentro, retornaron a la dolorosa realidad: no había plan para salir legalmente del Valle, ni menos aún plan viable para abandonar el país ilegalmente, ni mucho menos tiempo que perder en superficialidades ni conjeturas. Frederick no disponía de karma suficiente para demandar con urgencia una visita al exterior, e intuían que Marfa y Marcus no podrían alegar una visita a los familiares de Marin County para adentrarse en los corredores de la Tierra de Nadie.

- No hay tiempo para rodeos -empezó Renzo, nervioso por los titubeos de Frederick-. Tenemos que salir del Valle con la copia del repositorio Humanure y acabar el trabajo pendiente cuanto antes. También ha llegado el momento de recoger las muestras genéticas de cuantas más personas mejor. He planeado esta misión durante años, dejando abiertas todas las posibilidades, porque desconocemos qué senderos de las realidades paralelas continuarán cada una de las entidades con que interaccionaremos hasta la salida.

- ¿Senderos? ¿Realidades? Pensé que no había tiempo para circunloquios -sentenció Marfa, impaciente y de nuevo presa de la náusea.

- Resumiendo, yo sé una versión de lo que ocurrió en el pasado e intentaré evitar en esta ocasión las peores consecuencias de esa versión de la realidad. Pero sabemos... me refiero a que en el futuro sabremos, o en el presente del que yo vengo, según cómo se mire, que cada instante de la eternidad tiene múltiples versiones y nosotros somos seres capaces de percibir conscientemente uno de estos "relatos" de la realidad. Las dimensiones del universo no se corresponden con nuestra manera de interpretar la realidad, y nuestra visión de la realidad es coherente con el relato que elegimos, que nos impide ver las otras opciones de cada acontecimiento. Nuestra existencia es una versión compleja de esos libros y videojuegos en que debemos elegir a cada instante cuál es el camino que queremos seguir en función de un origen, como si avanzáramos por el plano de una fractal que aumenta o empequeñece, pero siempre cuenta con nuevas ramificaciones, listas para crear otras, y otras más, y otras más...

Un águila sobrevoló la zona. Marfa se fijó en ella, sospechando.

- Debemos marcharnos.

- Todas las posibles escapatorias están bloqueadas -sentenció Marcus, resignado-. Me he estado preparando en sueños para esta partida definitiva... y después de meditarlo no creo que salir por la red de alcantarillado sea tan sencillo.

- ¿Partida definitiva? -respondió Renzo-. No estamos ante un videojuego. Quizá os haya asustado un poco hablando de un mundo multidimensional con narrativas simultáneas a cualquier escala, pero lo que experimentamos en este momento afecta a nuestra vida, tanto a la vuestra como a la mía, pese a no encontrarme en mi presente.

Marcus trató de justificar sus palabras:

- Papá, mamá, ¿os acordáis de cuando los compañeros de clase os comentaban que yo tenía facilidad para los juegos inmersivos? Hay varias razones para ello, entre ellas mi herencia genética, de la que os estoy agradecido. Pero ha sido la práctica la que me llevó a llegar a las finales en videojuegos que no están siquiera permitidos. Yo mismo me entrené desde que apenas era un bebé... Quiero decir, mi conciencia en el implante entrenó durante el sueño al bebé que había sido.

- ¿Con qué objetivo? -preguntó Frederick.

- Para volver a escapar. Escapar una segunda ocasión. Evitar los errores de la primera escapada.

- ¿Qué errores? ¿Recuerdas qué errores hay que evitar?

- No. Renzo tiene razón. La realidad es más compleja de lo que nos enseña nuestra percepción lineal de la existencia. Lo que sí sé es que hay que lograr los objetivos.

Marfa se acercó a Renzo:

- ¿Qué quiere decir mi hijo... Marcus? -Consciente de que se dirigía a la versión adulta del embrión en su vientre, especificó el nombre de su hijo-. ¿Tuvimos éxito escapando hoy, según el futuro del que vienes?

Marfa tomó como una respuesta el rostro dubitativo de Renzo Iseman, en el que ahora veía al hijo asustado al que quizá no había podido criar ella misma por circunstancias ajenas a su voluntad.

Renzo Iseman se quitó la chaqueta y descomprimió una mochila de kevlar. Se colocó los viejos guantes de cuero que usaba para conducir y extrajo a continuación varios conjuntos integrales de lo que parecía tejido fotosensible convencional, aunque recargado con tal cantidad de electricidad estática que Marcus y sus padres tuvieron que ponerse guantes para manipularlos.

- ¿Listos? -Preguntó Renzo Iseman.

- ¿Para qué? -Respondió Frederick; la mirada de Renzo, Marfa y Marcus le llevaron a reconsiderar su respuesta-. De acuerdo. Sí, estamos listos.

Renzo activó el campo de energía de los atuendos integrales, que obraron la ilusión óptica de parecer invisibles.

- En realidad, el procesador de cada mono mimetiza en tiempo real el entorno tridimensional en que se encuentra, emulándolo hasta el detalle en su superficie. Desde el aire o en la carretera seremos invisibles. Esto nos dará algo de tiempo para buscar alguna solución. Cualquier sensor microelectromecánico convencional captará nuestro movimiento y lo compartirá con quienquiera que esté promoviendo nuestra búsqueda y captura.

- Por eso, en los sueños de mi infancia siempre llegábamos hasta un mismo lugar, donde una barrera de vehículos, personas y drones voladores nos cerraba el paso.

- ¿Ocurrió siempre así? -Preguntó Renzo.

- Sí. Salvo una vez: el sueño de ayer mismo. El día anterior había estado jugando a un videojuego inmersivo en que había que escapar de una cárcel de máxima seguridad. Recordé al padre Faria de *El conde de Montecristo*, el viejo preso en la isla de If que planea escapar con Edmundo Dantés antes de que la muerte se lo impida. Faria cava una gruta durante años, pero se equivoca en sus cálculos y al final el futuro conde de Montecristo escapa cambiándose por el cadáver cubierto del padre Faria, del que deben deshacerse los carceleros. Así que en el juego, justo antes de que me apresaran, busqué una entrada al submundo de las cloacas, y desde allí, programando una parte totalmente nueva en el videojuego, superé los pequeños obstáculos, pero salí a la superficie justo ante el monstruo que hay que derrotar al final del juego.

- ¿Y qué ocurrió? -Preguntó Renzo, intrigado.

- Bien, ya que la estrategia del padre Faria no me había servido para huir, pues en el sueño escapaba de los carceleros para emerger junto al monstruo del último nivel del juego, volví a adentrarme en el subsuelo siguiendo las coordenadas con que yo mismo había enriquecido el universo simulado del juego; acto seguido aparecí en la mazmorra que había ocupado, intercambié mi ropa con la de uno de los carceleros muertos en la primera lucha y, vestido de carcelero, volví a la gruta. En esta ocasión, el monstruo no me reconoció. Escurriéndome bajo sus piernas, no tuve más que salir del pabellón de los presos y abandonar el complejo como uno más de los carceleros que revoloteaban aquí y allá, en mi búsqueda.

- ¿Qué sugieres, entonces?

- Bien, inspirado en el sueño de esta noche, propongo que escapemos de la única manera en que mis padres no se enfrentarían a ningún peligro de desintegración por desobediencia y sedición -Renzo se señaló a sí mismo también, aclarando que él tenía también mucho que perder-. A mí, como menor, me internarían en una institución tutelada... ¿Es eso lo que ocurrió en realidad, Renzo?

Todos le miraron.

- No puedo desvelarlo. Explicar cómo ocurrirán cosas que no han sucedido, se sepa o no una de las posibles versiones de la realidad multidimensional que nos rodea aunque no la percibamos, es predisponernos al derrotismo o a las profecías autocumplidas...

- No hay que ser un lumbreras para entender que Frederick y yo no salimos vivos de ésta -contestó Marfa, de repente concentrada y con verbo ágil-, pero nuestro hijo se las apaña para lograr el repositorio y extraer suficiente contenido genético de mi... futuro hijo como para hacer viable su nacimiento... Pero el proyecto Humanure no salió según lo previsto, ¿verdad? No se finalizó a tiempo el algoritmo necesario para reproducir la humanidad en otro lugar... -Marfa miró a Marcus para observar su reacción, pues el pequeño conocía ahora que el extraño ante él era su hermano menor, el ser humano que le debía la vida; Marcus no reaccionó, lo que sólo podía significar, reflexionó Marfa, que Marcus lo había intuido sin más contexto que el proporcionado por sus propias conjeturas.

Renzo se colocó de nuevo la chaqueta y los invitó a adentrarse en el bosque. En torno al águila, que continuaba planeando sobre Stanford, se distinguían ahora nerviosos puntitos negros que se desplazaban con la rectilínea agilidad de los insectos voladores, quizá drones colibrí cotejando muestras de su vigilancia de los alrededores. Era cuestión de tiempo que sincronizaran las coordenadas de, como mínimo, sus conversaciones, inalcanzables para los asistentes virtuales debido al bloqueo del tejido inhibidor de sus gorros.

- ¿Qué propones, Marcus?

La pregunta de Renzo Iseman iba ahora acompañada del tono expeditivo de las órdenes castrenses. Se acababa el tiempo y debían salir de allí. Les esperaban en CaliKowloon.

- Seguro que Arcus tiene un plan -respondió su madre, confiada y sonriente, con los ojos de repente cristalinos.

Marfa acababa de caer en la cuenta de que su hijo cumplía diez años justo en ese día tan crucial. El regalo: de momento, y no era poco -pensó Marfa-, conocer a su hermano antes de que llegara el momento correlativo en el espacio-tiempo. En ocasiones, las coincidencias mutaban su semántica y eran absorbidas por un determinismo cósmico.

Desde la bahía, las viejas y oxidadas grúas de contenedores logísticos del puerto de Oakland desafiaban como los molinos de *El Quijote* a las modernas embarcaciones y planeadoras que surcaban las aguas de jurisprudencia del Valle de Silicio.

Más allá de las grúas, entre la brumosa contaminación del combustible y las nubes tóxicas que allí se concentraban, aparecía la silueta, cada vez más definida en la luz pastel del atardecer, de una ciudad que parecía construida con una irracional racionalidad, una combinación entre la creatividad e improvisación individuales y los intereses de la comunidad. Desde la distancia, los edificios de distintas alturas, anchuras y formas, siempre compuestas por pixelados ángulos rectos, evocaban una anárquica construcción de LEGO. La ciudad hacker y libertaria de CaliKowloon se erigía sobre los antiguos terrenos industriales de Oakland, al este de la bahía de San Francisco, compuesta casi totalmente por estructuras a base de viejos contenedores logísticos, apilados vertical u horizontalmente en una ingenua partida de Tetris con los inabarcables matices de la realidad. Colores, estados de conservación, ventanales, jardines colgantes, antenas e infinidad de detalles, se hacían más presentes cuanto más se observaba la imagen, como estrellas en el firmamento recién reveladas a la observación concienzuda.

Los viejos contenedores logísticos que habían dejado de usarse para transportar mercancías desde China, casi siempre a través de la mayor terminal de la Costa Oeste en épocas pretéritas, la de Los Ángeles, eran ahora el estándar de la construcción orgánica y prefabricada de la mayor ciudad de la Tierra de Nadie, CaliKowloon. La preponderancia de edificios compuestos por contenedores logísticos había permitido a CaliKowloon concebir un tipo de urbanismo que conformaba una civilidad pública a través de la libertad privada: los terrenos eran de titularidad individual y existían métodos electrónicos para alquilar solares bajo demanda, los cuales contaban ya con infraestructuras básicas a los que un contenedor recién llegado podía conectarse: agua, electricidad, Internet de alta velocidad, módulos con microgranjas para producir alimentos, y muchos otros complementos de fácil conexión en caliente. Muchas de las estructuras de contenedores más grandes de CaliKowloon constaban de un armazón metálico con grúas en la azotea y ascensores que permitían conectar y extraer contenedores-vivienda con la sencillez con que se conectaba un disco duro -o un servidor- en un rack de un centro de datos. Las estructuras, metálicas y modulares habían sido fabricadas por Containerscraper, empresa que había convertido el contenedor logístico en el equivalente -para el tan caótico como dinámico sector inmobiliario en la Tierra de Nadie- al ideal proporcional en la construcción tradicional japonesa: la medida ken, equivalente a un tatami. Un edificio tradicional japonés se proyectaba en proporción al número de tatamis de su superficie, mientras un edificio de CaliKowloon hacía lo propio, aunque en este caso el cálculo se realizaba en número de contenedores logísticos. Cualquiera podía acercar su contenedor con una grúa e instalarlo en algún espacio libre de alguna estructura con grúa y ascensor de Containerscraper. Los propietarios de la tecnología ofrecían alquiler por uso y, cuando no era posible el intercambio pecuniario, se ofrecían baremos de canjeo de conocimiento, una vez contabilizados tanto el valor relativo como la productividad del trabajo que el nuevo inquilino estaba dispuesto a realizar.

En poco más de treinta años, el descampado menos amable de la East Bay se había convertido en la primera gran ciudad íntegramente modular y desmontable del mundo, donde la vivienda no era un bien permanente, estático y transaccional, sino un servicio más, tan sencillo y fácil de contratar y cancelar como un espacio de computación virtual en Internet. No era ni mucho menos un paraíso, pero había creado de la nada una economía informal basada en el uso de criptomonedas y el comercio de bienes y servicios prohibidos -pero demandados- no sólo en la República del Valle, sino también en las Cinco Californias restantes. Los conflictos entre residentes de la Tierra de Nadie se saldaban frente a un ágora compuesta por sabios elegidos por sufragio directo entre quienes tuvieran algún interés demostrable, de manera presencial o electrónica, en la zona.

En CaliKowloon convivían familias intelectuales que educaban a sus hijos en Escuelas Libres con descendientes de progresistas de Berkeley y minorías religiosas perseguidas en Norteamérica en las últimas décadas: mormones, shackers, cuáqueros, amish y tantos otros; así como libertarios de la vieja escuela, neoluditas, seguidores del manifiesto de Ted Kaczynski y perdedores de todos los rincones del mundo con la suficiente listeza -o mal fario, según se mirara- para acabar en la ciudad informal y sin ley, la última Frontera en la tierra y único trampolín informal a otros planetas. Los negocios ilícitos del Valle estaban en manos de esbirros orgánicos de todo el mundo, entre los que destacaban renegados del Valle de Silicio y mafiosos del este europeo. En CaliKowloon había crimen organizado, pero los índices de criminalidad y violencia eran muy inferiores a los del Oakland de principios del siglo XXI. También habían aumentado tanto la diversidad cultural como el cosmopolitismo de la zona.

En los contenedores de la última planta de la estructura metálica más elevada de CaliKowloon, privilegiado puesto de observación para divisar desde el destruido Golden Gate, en la puerta de la bahía, hasta los pequeños barcos y vehículos caseros que descansaban en el agua mansa del muelle a apenas trescientos pies del edificio, residía el matrimonio de emprendedores sin los cuales CaliKowloon se habría convertido en una caótica pesadilla.

Nick Boullosa y Kirsten Dirksen eran dos activos ancianos que, pese a rondar los cien años, seguían trabajando en infinidad de proyectos con la ayuda de sus hijos y nietos, la mayoría de los cuales residían en su alejado retiro familiar del islote con helipuerto en el interior del solitario Crater Lake, Oregón, el profundo y prístino lago sobre la caldera de un viejo volcán. Allí, los descendientes de la familia se enfrascaban en una polimática industriosidad que, según teorizaban Nick y Kirsten, daría pie a los inventos que el mundo necesitaba para evitar la catástrofe. Junto al único muelle del islote, un pequeño cartel de madera en forma de flecha contenía, tallada en madera, la inscripción "Montecristo of North America". No muy lejos de allí, en una de las grutas que conformaba la laberíntica y aislada casa, las veteranas científicas autodidactas Inés y Ximena, hermanas de MrHackescent, realizaban experimentos rodeadas de muestrarios, servidores cuánticos y entornos de emulación atmosférica. Un utensilio acristalado similar a una pecera rectangular contenía una pegatina con la inscripción "Europa".

A la pareja le preocupaban los últimos acontecimientos detectados por su equipo de hackers, coordinado por el veterano MrHackescent, que no era otro que su hijo Nicky. Se daba por hecho que la atmósfera planetaria aceleraría su toxicidad debido a las catástrofes en las plantas de fisión fría de Asia, Europa y Oriente Próximo, lo que había obligado a recurrir a las reservas mundiales de carbón. Todos los experimentos de geoingeniería para revertir el efecto invernadero y la acidificación oceánica extrema habían fallado, aunque varios equipos científicos internacionales, incluido el laboratorio familiar de los Boullosa en Crater Lake, trabajaban contrarreloj para hallar una alternativa efectiva. En el peor de los casos y según las emulaciones informáticas realizadas en CaliKowloon, el ser humano debía abandonar la Tierra en una generación, si pretendía sobrevivir con toda su riqueza y diversidad. El viejo Nicky Boullosa había insistido a su mujer para que el proyecto secreto Soyuz, un transbordador espacial pirata que viajaba a Marte con personas y volvía a la tierra con piedras preciosas de contrabando procedentes de las lunas del Planeta Rojo, multiplicara por diez su dotación económica. Su objetivo era llevar hasta Marte a cien personas por viaje de transbordador, aunque fuera de manera clandestina, pues ni la coalición multinacional que apoyaba la mayor colonia en el Planeta Rojo ni las compañías que explotaban los recursos mineros del astro y sus satélites estaban dispuestos a compartir su monopolio. Con dos viajes anuales y diez transbordadores, Nick, que conservaba un cierto deje castellano cuando hablaba en inglés pese a haber abandonado Barcelona en 2015 debido al auge de los populismos en aquel amable rincón europeo, calculaba que se podrían transportar a dos mil pasajeros anuales durante los años en que el aire siguiera siendo respirable en la tierra. Pero su principal preocupación era el resto de la humanidad. La especie sobreviviría, pero no así la existencia terráquea ni la riqueza cultural humana, por no hablar del resto de grandes vertebrados que, a buen seguro, no podrían adaptarse a tiempo a los profundos cambios atmosféricos y perecerían. Otras especies, desde artrópodos a reptiles, pasando por insectos y peces, así como infinidad de hongos, bacterias y virus, algas y muchas plantas aprovechaban las nuevas condiciones para perder viejos emplazamientos y colonizar nuevos hábitats. La megafauna sería la más perjudicada a corto plazo, para a continuación extenderse la catástrofe al resto de metazoos.

El proyecto Triskelion era una respuesta tan ambiciosa como ingenua para salvar no sólo al futuro de la humanidad más allá de la tierra, sino a la humanidad actual, con su riqueza y contradicciones, sus idiosincrasias y culturas, que deberían sobrevivir en forma de material genético en el yermo Marte, para regenerarse luego en la luna Europa, el astro más prometedor y en mejores condiciones para albergar una gran colonia humana de todo el sistema solar, con actividad tectónica y capacidad para adoptar una atmósfera lo suficientemente compleja en apenas unas décadas. El proyecto Triskelion esperaba que los millones de humanos de la tierra tuvieran una segunda oportunidad en un nuevo hogar, pero era imposible desplazar siquiera a los habitantes de una ciudad mediana, incluso si CaliKowloon tuviera el beneplácito de los colonizadores oficiales del sistema solar.

¿Cómo trasplantar a toda la humanidad a otro planeta, sin trasladar los individuos que se intentaba salvar? Containerscraper había dedicado todos los beneficios obtenidos con las viviendas-contenedor y el contrabando hacia Marte en desarrollar un nuevo tipo de dron-insecto diseñado para extraer una muestra de sangre a cientos de millones de personas de todo el mundo; los Boullosa esperaban que las muestras de sangre recolectadas ascendieran al menos al veinticinco por ciento de la población mundial, priorizando a las familias jóvenes con hijos pequeños, así como a adultos en edad de procrear. Los grandes perdedores del plan eran los mayores de sesenta años, mayoría en el mundo. Para ellos, las esperanzas estaban depositadas en los planes de geoingeniería que frenaran la acelerada degeneración de la atmósfera terrestre y revirtieran la tóxica acidificación oceánica.

Los millones de drones insecto del proyecto Triskelion trabajaban ya en la toma de las muestras, una tarea que les llevaría un lustro. Las muestras serían debidamente catalogadas y refrigeradas, a la espera de que el gran revulsivo del plan, la única esperanza para trasplantar la cultura terráquea a otro planeta sin empezar desde cero, pudiera completarse. Para lograrlo, necesitaban obtener el trabajo genético del Laboratorio Gregor Mendel, elaborado en el Valle de Silicio y a cargo de Frederick Terlingua. Si todo marchaba según lo previsto, el repositorio Humanure, todavía inacabado, llegaría a CaliKowloon en apenas unas horas. Nick Boullosa esperaba convencer a Frederick

Terlingua para que colaborara en el proyecto Triskelion. Pero antes debía asegurarse de que el repositorio Humanure, Frederick y su familia llegaban sanos y salvos a CaliKowloon. Su hijo, MrHackescent, tenía sospechas de que los Terlingua eran ayudados por individuos procedentes del futuro, entre ellos el propio niño y un posible hermano, ya adulto. Por las comunicaciones intercambiadas con Soplaris, MrHackescent temía que el plan hubiera fallado, al menos en la versión azarosa del espacio-tiempo compartida por los visitantes del futuro que ahora trataban de modificar el destino de la escapada. Y, con él, quizá el futuro de la propia humanidad.

Epílogo
Los peces no saben que están en el agua

El tiempo presente y el tiempo pasado
Acaso estén presentes en el tiempo futuro
Y tal vez al futuro lo contenga el pasado.
Si todo tiempo es un presente eterno
Todo tiempo es irredimible.
Lo que pudo haber sido es una abstracción
Que sigue siendo perpetua posibilidad
Sólo en un mundo de especulaciones.
Lo que pudo haber sido y lo que ha sido
Tienden a un solo fin, presente siempre.
Eco de pisadas en la memoria,
Van por el corredor que no seguimos
Hacia la puerta que no llegamos nunca a abrir
Y da al jardín de rosas. Así en tu mente
Resuenan mis palabras.
Pero no sé
Con cuál objeto perturbamos el polvo
Que vela el cuenco en donde están los pétalos
De rosa.
Y otros ecos

T.S. Eliot, *Cuatro cuartetos*, poema *Burnt Norton, I* (1943)

Muchas horas después de empezar escribiendo su relato y avanzar dictándolo, Jane permanecía en su tranquila sala de estar con vistas a un lago cuya vida microscópica convertía su plasma líquido, tan distinto y a la vez evocador del agua terrestre, en un reflejo amarmolado con vetas liláceas en constante movimiento. Sus ojos, con el aspecto cristalino de la senectud, demandaron un merecido descanso bajo los párpados. En Europa, los párpados pesaban menos debido a la baja gravedad. La "disgravedad" obligaba a los colonos a tomar complementos para evitar pérdida ósea, así como a vivir en enormes incubadoras que emulaban la atmósfera terrestre durante los dos primeros años de vida. En ese momento, sintió por primera vez el peso de los párpados, quizá como respuesta somatizada a la tranquilidad que se había adueñado de ella.

Llegaba la fría mañana en aquel rincón del sistema solar y se levantó a preparar un té, apartando de un manotazo a los solícitos androides, los "cacharros", como ella los llamaba, para adueñarse de la situación. "Es un momento analógico. Estas criaturas sin conocimiento jamás entenderán las sutilezas de la existencia. Señor Roomba, discúlpeme, pero no he requerido sus servicios. Noto las mariposas de la transitoriedad de la vida y quiero recogerme en mí misma. Váyase usted a cortejar a una batidora o a una aspiradora y vuelva ya desfogado" -rió, mientras añadía una cucharada de Soylent en polvo al té.

Su nieta entró en el espacio para que la abuela le fijara el adaptador atmosférico, pues una pelea con su hermano había descolocado la ventosa del cuello, convirtiendo la sutil hendidura de su piel en lo que sugirió a la abuela la abertura branquial del tiburón.

- ¿Sabías que los peces no son conscientes de que están en el agua? -Preguntó Jane Coelho a la pequeña Ynez.

- No... -los ojos de la pequeña eran redondos, llenos de vida y ánimo para aprovechar su tránsito por el espacio-tiempo.

- Es una fábula explicada hace mucho tiempo por un escritor de la tierra -replicó la abuela, mientras peinaba el corto cabello de la nieta, a punto de cumplir los ocho años-. En un mar terráqueo, o quizá en un lago... Sí, en un lago diminuto, artificial pero a la vez lleno de vida en invierno, llamado Lagunita, en Stanford, dos jóvenes peces seguían su camino cuando, de repente, un pez maduro nadando en dirección opuesta, les saluda con la cabeza y dice: 'Buenos días, chicos. ¿Cómo está el agua?' Y los dos jóvenes peces siguen a lo suyo durante un rato, cuando de pronto uno de los dos se gira hacia el otro y le pregunta: '¿Y qué diantres es "agua"?'

La niña rió, antes de desaparecer con un mendrugo de pan en la mano y su válvula de oxígeno atmosférico reposicionada.

Jane volvió a su escritorio con una sonrisa en los labios, de repente rejuvenecida. "¿Y qué diantres es el agua?". Antes de seguir con la historia que acababa de alumbrar, miró de nuevo a la laguna lilácea junto a la cual revoloteaban los niños. "En una laguna entendí que empezaba mi auténtica vida, y en una laguna entiendo ahora que es menester que acabe", meditó. Empezó a dictar:

- Agradezco la ayuda que me ha prestado en esta historia su auténtico narrador omnisciente: las imágenes y conversaciones registradas tanto por los drones de vigilancia de aquel microestado que, queriendo ser libre, coartó la libertad de sus ciudadanos, a los que privó de su orgullo individual; y las imágenes y conversaciones que registró Renzo Iseman Terlingua, por si la historia repetida de su existencia les volvía a negar a su hermano y a él una vida adulta sin padres, y una civilización sin colonos con conciencias conectadas a la Nave Espacial Tierra.

Jane Coelho chasqueó los dedos y, sobre el escritorio, se posó un hermoso dron insecto con el aspecto de una mariposa monarca. Jane descargó en la mariposa monarca electrónica la única copia que conservaba de los ficheros sobre la historia que se disponía a finalizar con su último acontecimiento. El final que desencadenaba el principio. La tristeza que posibilitaría, tanto tiempo después, su existencia plena. Una luz diminuta se encendió en la cabeza de la mariposa, indicando el éxito de la operación de copiado.

- Vuela, mariposa, vuela.

Jane siguió con su dictado.

"A las cinco y media de la tarde, patrullas de androides lideradas por sargentos humanos irrumpieron sin permiso judicial en el Laboratorio Gregor Mendel del edificio PARC de Xerox, la vivienda de los Terlingua, la escuela de Marcus y los establecimientos donde la familia había realizado transacciones registradas durante los últimos quince días. A las seis de la tarde, se cerraron las fronteras del Valle de Silicio. A las seis y media, varias áreas de servicios microelectromecánicos dejaron de funcionar, con epicentro en Menlo Park y Stanford. A las siete de la tarde, ya de noche, empezaron las batidas de drones y androides vigilantes.

"A las ocho, una cincuentena de drones cisterna depositaron miles de galones de pintura sensible al calor corporal como antídoto a posibles atuendos con tejidos invisibles e inhibidores de señales electromagnéticas. A las ocho y cinco minutos, se conectaron por primera vez las barreras láser en el cien por cien del perímetro del Valle de Silicio, una medida polémica que dividió el voto de los sabios del Consejo Consultivo P2P y que causaría la muerte de miles de animales -y quizá la muerte fortuita de algún despistado Ciudadano Aumentado buscando setas en algún cerro sin prestar atención a su asistente ni a los mensajes emitidos en miles de sensores difuminados hasta en los más recónditos lugares del microestado- en apenas unas horas.

"A las diez de la noche, una patrulla de androides vigilantes se presentó en la frontera de máxima seguridad de Foster City.

"Agazapados en la oscuridad, un chico y una chica asisten expectantes a la escena, iluminada como una pintura negra de Goya a la luz de las adelfas fosforescentes frente a la garita de los guardas artificiales.

"Los androides que guardan el puesto fronterizo desconectan el láser que bloquea la carretera, mientras intercambian con la patrulla recién llegada palabras que se pierden en la distancia. Uno de los androides presentes en el puesto habla sin nadie ante él: quizá coteje alguna información con sus superiores. De pronto, el androide que habla solo se disculpa y entra en la garita de acero inoxidable. Otro compañero intenta abrir el maletero del vehículo, que al final fuerza sin permiso de sus colegas, indignados.

"Algo no va bien. Se oyen gritos. Del maletero baja un androide más pequeño y menudo. De ser humano, se trataría de un niño de apenas diez años.

"El chico agazapado en la sombra forcejea a su vez con la chica que le acompaña, que permanece acurrucada bajo la higuera que les cobija. El muchacho, en cambio, se lanza a toda velocidad en su monopatín levitador y ataca a los androides ya presentes en el puesto antes de que llegara el vehículo de refuerzo. Los recién llegados corren hacia el vehículo y aceleran pasando la frontera y cruzando de inmediato del puente de San Mateo.

"El muchacho que les ha ayudado a escapar es reducido y matado a quemarropa por un androide, pese a las leyes éticas que prohíben cualquier tipo de agresión de un androide a un Ciudadano Aumentado. La escena recuerda a todos los ataques y fusilamientos impunes en lugares olvidados que la han precedido. Antes de desintegrarse, Thor Norretranders abre los brazos, preguntando un porqué que nunca nadie responderá. Por un instante, el joven skater se convierte en el soldado anónimo de la camisa blanca a punto de ser acribillado en la montaña del príncipe Pío, a las afueras del Madrid ocupado por las tropas francesas en 1808. El soldado pintado por Goya en *Los fusilamientos del 3 de mayo*; el joven indefenso quizá se pregunte el sentido de la existencia, o quizá no se pregunte nada. Su vida se extingue. Allí, en un pedacito de Tiananmen.

"Vuelven a activar la frontera láser, aunque ya es demasiado tarde: el vehículo policial ocupado por humanos impostando su carácter de androides ya ha cruzado el puente y se aproxima a toda velocidad a CaliKowloon, custodiado por drones que les han dado la bienvenida y aclaran el camino. En el puesto fronterizo, el androide que antes charlaba con un interlocutor remoto vuelve a esperar órdenes de su interlocutor invisible. A los treinta segundos, pide ayuda a sus dos compañeros, que le ayudan a lanzar el cadáver contra la barrera láser. El cuerpo de Thor Norretranders se desintegra al instante. Todo lo material que queda de él es un jirón de su ropa con sus iniciales bordadas: T. N.; nada más. Jane lucha en su fuero interno para no gritar, permaneciendo agazapada, con la boca tapada por sus manos, separadas sólo para apartar con torpeza las lágrimas que inundan sus ojos y empañan como una tormenta la pesadilla que se ha desatado ante ella: cruel, clínica, aséptica.

"No habrá dron insecto que pueda extraer una muestra de sangre de un organismo que ya no existe, pues ha sido desintegrado. Imposible reproducir la materia y la psique de alguien que ya no es. La adolescente Jane lo intuye.

"La noche cerrada se ilumina con el despegue del transbordador pirata Soyuz CaliKowloon, lanzado desde la ciudad libertaria de contenedores que flota sobre el viejo navío Matz Maersk Triple E, situado a apenas cincuenta millas náuticas hacia el oeste de los pilares ruinosos del Golden Gate.

"La noche vuelve a caer. Al otro lado de la bahía, los contenedores de la última planta del edificio más elevado permanecen iluminados. Dos figuras humanas se asoman, renqueantes. "Se abrazan. Son Nick Boullosa y Kirsten Dirksen.

"Un susurro se deshace frente a ellos como una pompa de jabón."

EL VALLE DE LAS ADELFAS FOSFORESCENTES por Nicolás Boullosa

Trilogía del Largo Ahora

Y hasta aquí la *Trilogía del Largo Ahora* por Nicolás Boullosa.

Los dos títulos anteriores son:

- *Triskelion: Historia verdadera de la conquista de la felicidad* (primera entrega de la trilogía; novela histórica);
- *La rebelión del Charna* (segunda entrega de la trilogía; novela autobiográfica ambientada en el presente).

El valle de las adelfas fosforescentes cierra desde la ciencia ficción la tríada del aprendizaje, que es la tríada de las edades del hombre, así como la trinidad del tiempo: pasado, presente y porvenir.

Cada uno de los tres títulos puede leerse como un relato en sí mismo, completo y autónomo; conjugando su lectura con uno o los dos restantes relatos, nace la *Trilogía del Largo Ahora*. El tiempo de esta trilogía es escurridizo e intercambiable, se percibe desde distintos puntos de vista y viaja a su antojo por líneas de realidad que existieron, quizá se produzcan mientras lees esto, o quizá existan en el espacio-tiempo. "Mutato nomine et de te fabula narratur": cambia sólo el nombre y esta historia es sobre ti.

Mientras tanto, los arroyuelos imaginados por Knut Hamsun cantan sin que nadie se detenga a oír su música humilde y, sin embargo, no se intranquilizan y prosiguen su suave canción, armonizada con el ritmo de todos los mundos.

La voz de Marco Aurelio se confunde con el tintineo del agua: "El mundo no es más que transformación, y la vida, opinión solamente".

EL VALLE DE LAS ADELFAS FOSFORESCENTES por Nicolás Boullosa

Agradecimientos

Si has llegado hasta aquí, el libro ha cuplido con su objetivo.

Primera edición (1 de enero de 2015).

Agradezco a mi mujer Kirsten Dirksen la lectura de la obra, así como la sugerencia de que la publicara yo mismo. Esta es la tercera entrega de la *Trilogía del Largo Ahora* (el primer título es *Triskelion: Historia verdadera de la conquista de la felicidad*; y el segundo, *La rebelión del charna*).

- Título de la obra: *El valle de las adelfas fosforescentes.*
- Autor: Nicolás Boullosa Guerrero (para cualquier cuestión, escríbeme a nicolas.boullosa@faircompanies.com).
- ISBN de la edición electrónica: 9780996032728.
- ISBN de la edición impresa: 978-0-9960327-5-9.
- Todos los derechos reservados.
- Diseño de portada: Alexander Probst (visita su portfolio: http://alexprobst.prosite.com/).

Agradezco a mi hija Inés el dibujo con que finaliza este libro. En febrero de 2015 cumple 8 años. Gracias a Ximena (cinco años) y Nico (dos) por hacer posible esta historia.

Si deseas averiguar más cosas sobre mí, visita:

- Mi sitio web: http://faircompanies.com
- Twitter: https://twitter.com/faircompanies
- Facebook: http://www.facebook.com/nicolas.boullosa
- *faircompanies en Facebook: https://www.facebook.com/faircompanies
- Flickr: http://www.flickr.com/photos/faircompanies/
- LinkedIn: http://www.linkedin.com/in/nicolasboullosa